ALICE FRONTZEK
Der Abt vom Petersberg

Es hat sich nichts geändert ... Erfurt 1451. Auf dem Höhepunkt der Reformbewegung besucht Kardinal Nikolaus von Kues das Benediktinerkloster auf dem Erfurter Petersberg. Lange schon schwelt der Kampf zwischen den Ratsherren, den reformtreuen und den abtrünnigen Geistlichen, um Unzucht und Missstände in Stadt und Kirche. Das Laster aufzudecken, macht sich der aufstrebende Erfurter Mönch Günther von Nordhausen zur Aufgabe, der durch seinen Bruder Martin, Mitglied des städtischen Rates, unterstützt wird. Dabei bedient er sich nicht ganz fairer Mittel und unterschätzt das Gespür des jungen Mönches Werner aus dem Kloster Bursfelde, der seinerseits ein gefährliches Geheimnis hütet – die einvernehmliche Liebe zu einer Frau. Gelingt ihm trotzdem der Aufstieg? Der »Abt vom Petersberg« ist ein Sittengemälde der Gepflogenheiten und Zustände einer mittelalterlichen Handels- und Universitätsstadt. Glaubenssätze und Religiosität werden genauso beleuchtet wie das weltliche Leben, Liebe und dunkle Machenschaften.

Die Autorin Alice Frontzek, geboren 1966 in Berlin, wuchs in der Nähe der niedersächsischen Stadt Hildesheim auf. Nach einem Wirtschafts- und Übersetzerstudium und einigen Jahren Berufserfahrung als Schulungsleiterin einer großen amerikanischen Fluggesellschaft zog sie mit ihrem Mann ins thüringische Erfurt, wo sie freiberuflich als Englisch- und Deutschdozentin, Stadtführerin und Übersetzerin arbeitet. 2009 begann sie, ihre Stadtrundgänge zu veröffentlichen, schrieb als freie Autorin über Thüringer Spezialitäten und veröffentlichte ihren ersten historischen Roman. Als Mutter von vier Kindern und Oma einer Enkeltochter ist sie mittlerweile in Thüringen verwurzelt und widmet sich der Regionalliteratur.

ALICE FRONTZEK

Der Abt vom Petersberg

Historischer Kriminalroman

GMEINER

Immer informiert

Spannung pur – mit unserem Newsletter informieren wir Sie
regelmäßig über Wissenswertes aus unserer Bücherwelt.

Gefällt mir!

Facebook: @Gmeiner.Verlag
Instagram: @gmeinerverlag
Twitter: @GmeinerVerlag

Besuchen Sie uns im Internet:
www.gmeiner-verlag.de

© 2021 – Gmeiner-Verlag GmbH
Im Ehnried 5, 88605 Meßkirch
Telefon 07575 / 2095-0
info@gmeiner-verlag.de
Alle Rechte vorbehalten
1. Auflage 2021

Lektorat: Susanne Tachlinski
Herstellung: Mirjam Hecht
Umschlaggestaltung: U.O.R.G. Lutz Eberle, Stuttgart
unter Verwendung der Bilder von: https://commons.wikimedia.org/
wiki/File:Rogier_van_der_Weyden_017b.jpg
und https://commons.wikimedia.org/wiki/File:Erfurt-1740-Glaesser.jpg
Druck: GGP Media GmbH, Pößneck
Printed in Germany
ISBN 978-3-8392-2808-1

Ich bedanke mich bei meinen »Probelesern« Helma von Kieseritzky und Renate Stoff für ihre hilfreichen Kommentare und ganz besonders bei Werner Anisch, auf dessen Initiative dieses Buch überhaupt erst entstanden ist!

Kapitel 1

1437

NIKOLAUS VON KUES empfahl sich, tupfte sich mit einer weißen Stoffserviette die Mundwinkel und verließ den großen Speiseraum ihrer Unterkunft. Die vier anderen Gesandten sahen ihm hinterher, blieben aber und diskutierten weiter über die bevorstehende Schiffsreise, die Wetterprophezeiungen und mögliche Widrigkeiten auf dem Weg und versuchten sich in Prognosen ihres Delegationserfolgs. Die Reise ging von Venedig nach Konstantinopel. Ihr Auftrag lautete, die byzantinische Kirche mit der römischen Kirche gegen die Osmanen zu vereinen. Papst Eugen IV. hatte sich wirklich um ihn bemüht, das musste Nikolaus zugeben. Er war auf dem Konzil von Basel, der Versammlung von Bischöfen und anderen hohen Geistlichen zum Zweck der Erörterung und Entscheidung theologischer und kirchlicher Fragen, im vergangenen Jahr sicher einer der Hauptredner zum Nachteil der päpstlichen Autorität gewesen und somit auch das Zünglein an der Waage gegen Eugens Interessen. Sein Standpunkt war es deshalb nicht, der ihn zum Gesandten machte, sondern seine Redekunst und Überzeugungskraft, auf die es nun an ihrem Reiseziel ankam. Eugen setzte auf ihn, den Deutschen, auf seine italienischen Kardinäle Giuliano Cesarini und Tommaso Parentucelli und die Griechen Erzbischof Basilius Bessarion und Georgius Gemistos, genannt Plethon, der seine Jugend in Konstantinopel verbracht hatte und sich gut an ihrem Reiseziel auskannte.

Nikolaus war müde. Es war schon lange dunkel. Erst heute hatten sie das große steinerne Haus im Hafen Venedigs erreicht, das eigens für ihre Delegation vorbereitet worden war. Der Weg von Rom nach Venedig verlief über gepflasterte Straßen, aber das Geschaukel der Kutschen, die für Anfang Mai ungewöhnliche Wärme und das Gefühl, ständig eine Unterhaltung führen zu müssen, hatten ihn angestrengt. Er wollte sich schlafen legen, seine Glieder strecken und seine Argumente noch einmal im Kopf hin und her bewegen. Er stieg die breite Steintreppe hinauf. Die Stufen waren flach und bequem zu nehmen. Er holte den großen eisernen Schlüssel hervor, den ihm der Hausverwalter gegeben hatte, steckte ihn in das verzierte gusseiserne Schloss und betrat das Zimmer zum ersten Mal. Seine lederbezogene Holzkiste mit der Kleidung, ein paar Büchern, einem Fernrohr, einer Schreibschatulle und seinem Essbesteck stand bereits neben dem Tisch am Fenster. Rechts davon befand sich ein großes, gemütlich aussehendes Bett mit grünem Leinenbezug und einem gleichfarbigen Bettvorhang. Er ging zum Fenster und zog den samtenen Stoff zurück. Draußen war nicht mehr viel zu sehen außer den Lichtern der Talglaternen an den Stegen des Hafens, an den Schiffen und am Leuchtturm in der Ferne. Er sah auf die Straße vor seinem Fenster, auf der vereinzelte Personen liefen und über die gerade eine Katze vor einem bellenden Hund flüchtete. In seinem Zimmer befand sich an einem Haken eine kleine Laterne, in der eine Kerze brannte. Es klopfte.

»Ja!«, sagte Nikolaus mit seiner tiefen Stimme.

Die Tür wurde geöffnet. Ein Diener des Hauses erkundigte sich, ob alles in Ordnung sei und er noch etwas brauche.

»Nein, danke. Doch, halt!« Kues machte eine nachdenkliche Geste, indem er seinen Daumen und den Zeigefinger an sein Kinn legte. »Eine Karaffe vom roten Muskateller bringe Er mir noch und etwas warmes Wasser in einer Wasserkanne samt Waschschüssel.« Er wollte sich vor der Reise auf dem Meer vom heutigen Straßen- und Pferdestaub befreien. Als er wieder für sich war, kleidete er sich aus und betrachtete sich im Spiegel auf dem Tisch. Er war nicht mehr ganz jung mit seinen 36 Jahren, aber groß und kräftig, hatte nur einen kleinen Speckansatz am Bauch, sonst dominierten Muskeln seinen Körper. Er las, betete und studierte nicht nur, er ritt und übte sich auch im Fechten. Hin und wieder, wenn niemand in der Nähe war, verfiel er auf seinen Spaziergängen durch Wald und Flur oder auf Fußwegen durchaus auch einmal in einen Laufschritt, den er mit schnellem Rennen abschloss. Morgens und abends machte er gymnastische Körperübungen, benutzte auch jedes Mal einen gefüllten Bier- oder Weinkrug als Gewicht, wenn er sich unbeobachtet fühlte. Nun nahm er sich Zeit zum Meditieren. Wie immer setzte er sich dazu in den Schneidersitz auf ein himmelblaues Tuch, das er dafür aus seinem Koffer nahm und auf den Boden legte, schloss seine Augen, faltete die Hände zum Gebet und atmete ruhig ein und aus. Dabei konzentrierte er sich auf den Raum in seinem Körper, auf den Raum, den sein Körper im Raum einnahm und auf den Raum im unendlichen Raum. Er befahl sich, zu einem reinen Gedanken zu werden in der Schwärze des Universums. Eins mit Gott. Denn am Anfang war das Wort. In der Thora hieß es sogar noch klarer: Am Anfang war der Gedanke. Und immer wenn sich ihm ein Gedanke aufdrängte, ließ er ihn vorbeiziehen. So verweilte er mindestens eine halbe Stunde. Das Läuten des Kampanile zu jeder Viertelstunde nahm er wahr und beschränkte seine Zeit, auch wenn er gewöhnlich viel länger im Nichts verweilen konnte.

Dann zog er ein weißes Leinenhemd zum Schlafen über und legte sich auf die feste Strohmatratze. Das Fenster hatte er einen Spaltbreit offen gelassen. Ein angenehm kühles Lüftchen zog herein. Trotzdem schloss er den Bettvorhang. Er wollte nicht von Insekten geplagt werden, die es hier auf dem südlichen Kontinent, zudem am Wasser, in fast unerträglicher Artenvielfalt gab. Schon summte etwas um ihn herum, das ihn vom Einschlafen abhielt. Seine Gedanken begannen zu kreisen. Nette Mitstreiter hatte er so weit. Man kannte sich ja von den diversen Kapiteln und Konzilien. Nikolaus war zufrieden. Natürlich auch stolz, dass man auf seine Person Wert legte und ihre Delegation sich gegen eine Gesandtschaft der Konzilsmehrheit durchgesetzt hatte. Der gesamte Klerus schaute auf sie und ihre Mission. Vereinigung hin oder her: Die Kirche musste sich erneuern! Ein einziger Sündenpfuhl – schlimmer als jede bürgerliche Gemeinschaft! Zu viel Privilegien und Macht verbunden mit den Entbehrungen eines normalen Familienlebens bei zu wenig Pflichterfüllung Gott zur Ehre. Das führte zwangsläufig zu Übel und Schandtaten. Auch ohne das Basler Konzil würde der Papst neue Wege gehen müssen. Über diese Gedanken glitt Nikolaus in tiefen und festen Schlaf, bis jemand am nächsten Morgen an seine Tür pochte.

»Aufstehen! Das Frühstück steht bereit, und in einer halben Stunde wartet die Kutsche, um unsere Sachen zum Schiff zu bringen. Kommst Du, Nikolaus?«

»Ach, Guiliano. Ja, ich bin gleich unten. Danke«, rief Nikolaus, reckte und streckte sich, setzte sich auf den Boden zur Meditation und erhob sich schon nach einigen Minuten wieder, um sich fertig zu machen und die anderen nicht warten zu lassen.

Nach einer warmen Milch mit Honig und einem Stück Gebäck verließen sie zu fünft das Haus, gefolgt von kirchlichen Bediensteten, die ihnen als Schreiber, Träger und Boten zur Hand gehen sollten. Ihre Gepäckstücke waren aufgeladen, alle nahmen sie in den zwei bereitgestellten Kutschen Platz und schaukelten über das Pflaster den kurzen Weg zur Anlegestelle ihres Schiffes. Die Sonne stand noch tief, aber der Himmel war wolkenlos, der Duft der Mandelblüten begleitete sie und die leichten Wellen des Meeres schwappten gleichmäßig ans Schiff, als sie an Bord gingen. Die Besatzung empfing sie und stellte sich den Gesandten vor. »Ich bin Euer Kapitän, Francesco Fortuna. Diese Herrschaften betreuen die Kombüse. Chefkoch Enrico Cerea wird Euch Eure Wünsche erfüllen. Steuermann Adriano Barbesca hält uns auf Kurs durch das Adriatische Meer, das Mittelmeer und hinauf den Bosporus bis zum Hafen von Konstantinopel. Die Reise dauert je nach Windstärke etwa acht Wochen. Weiter haben wir zwanzig Schiffsjungen, einen Quartiermeister, einen Segelmacher, unsere Barbiere, Trompeter, Feuerwerker, Zimmermänner, einen Schneider … Habe ich noch jemanden vergessen? Fragt mich einfach. Ich wünsche uns allen eine gute Reise und immer eine Handbreit Wasser unterm Kiel oder ›Leinen los und Sorgen über Bord‹!« Er lächelte und machte eine einladende Geste, wobei er gleichzeitig die Augenbrauen nach oben zog und einigen Schiffsjungen durch Blicke und eine seitliche Kopfbewegung bedeutete, sich um die Gäste zu kümmern und ihnen ihre Kajüten zu zeigen.

Nikolaus folgte einem von ihnen und sah sich um. Das Schiff machte einen guten Eindruck. Es sah neu, groß und unsinkbar aus. Es war ein Zweimaster mit einem mächtigen Rahsegel, das sich quer zur Fahrtrichtung orientierte. Der Spähkorb befand sich in schwindelerregender Höhe. Das Deck war weitläufig. Bei der jahreszeitlich zu erwartenden guten Wetterlage würden sie sich viel hier aufhalten können. Seine Kajüte lag nur ein paar Holzstufen tiefer gleich rechts neben einer Treppe. Sie war etwa vierzehn mal zehn Ellen groß. Es gab einen Schreibtisch, ein Bücherregal, das mit einer Faltschiebetür bei starkem Seegang geschlossen werden konnte, und eine hölzerne Schlafkoje. Außerdem stand da noch ein kleiner runder Esstisch mit vier Stühlen daran. Für die Stühle wie auch für den Hocker vor dem Schreibtisch gab es Eisenringe im Boden, an denen die Sitzmöbel befestigt werden konnten. Nikolaus hoffte, dass das nicht allzu oft vonnöten sein würde. Über seinem Bett und an der Wand hinter dem Schreibtisch befand sich jeweils ein Jesuskreuz.

Es klopfte an seiner Tür.

»Herein!«

»Euer Kapitän. Ich möchte mich erkundigen, ob alles nach Euren Vorstellungen gerichtet ist. Ich empfinde es als besondere Ehre und außerordentliches Zeichen des Glücks, Euch an Bord zu haben.«

»Ach, ja? Wieso?« Nikolaus zog die linke Braue nach oben.

»Nun. Ihr Namenspatron, St. Nikolaus, Nikolaus von Myra, gilt als Schutzheiliger der Seefahrt. Er errettete einst Seeleute durch die Stillung des Seesturms aus ihrer Seenot. Habt Ihr schon den kleinen Altar in Eurer Kajüte entdeckt?« Der Kapitän deutete auf eine winzige Nische hinter der Koje. Dort befand sich ein kleiner Schrein, darüber an der Wand die Figur des Bischofs Nikolaus, des St. Erasmus, Bischof von Formia, und der Jungfrau Maria, Schutzpatronin des Apostolats des Meeres. Vor dem Schrein war eine Kniebank fest arretiert.

»Ah, natürlich. Sehr schön. Ich hoffe, ich bringe uns tatsächlich Glück. Ja, alles ganz hervorragend. Danke!«

»Das Mittagsmahl gibt es im Speiseraum gleich um die Ecke, wenn die Sonne am höchsten steht«, sagte Francesco und ging. Der Kapitän war ein hochgewachsener, kräftiger Mann mit einem dichten Seemannsbart. Nikolaus fühlte sich sicher und vertraute auf seine Segel- und Navigationskünste.

Nun wurde auch seine Kiste gebracht. Er stellte seine Bücher ins Regal, darunter eine Abschrift eines Werkes des Raimundus Lullus, des Albertus Magnus, zwei Bücher zur Astronomie, einen gregorianischen Kalender, die Regula Benedicti und eine Abschrift von Auszügen des Hermes Trismegistos, die Gedanken zu Reinkarnation und mystischer Vereinigung sowie zur Überwindung von Gegensätzen beinhaltete. Seine Bibel platzierte er auf dem Altar. Sie war ihm heilig. Nicht nur das Wort Gottes, sondern auch das Stück Pergament, das er säuberlich gefaltet hinten in den ledernen Umschlag geschoben hatte. Dabei handelte es sich um eine handschriftliche Auflistung all seiner Pfründe. Es waren an die zwanzig kirchliche Ämter, die seinen Lebensunterhalt und Lebensabend sichern sollten, vornehmlich in Koblenz, Trier, Altrich und anderen Orten. Seit seiner Priesterweihe im letzten Jahr würden noch weitere hinzukommen. Er seufzte: »Noch mehr Reisen – kein Ende in Sicht. Aber über Land gefallen sie mir besser.«

Er hörte die Hörner, die das Ablegen ankündigten, ihnen folgten Kommandos, und mit leichtem Schaukeln ging das Schiff auf große Fahrt. »Vater unser im Himmel. Bewahre uns vor Unheil auf dieser Reise. Lasse Dein Antlitz wachen über uns und schenke uns Frieden. Amen!« Nikolaus bekreuzigte sich auf der Bank kniend, erhob sich und beschloss, seine Mitreisenden zu suchen.

Er traf auf Guiliano, Plethon und Basilius. Einige Minuten später kam auch Tommaso hinzu. Gemeinsam schlenderten sie über Deck, hielten ihre Gesichter in den Wind und schauten dem Schauspiel des Meeres und der Schiffsmannschaft zu. Das mächtige Segel wurde gehisst und Venedig wurde kleiner und kleiner, bis es gar nicht mehr zu sehen war. Eine Gruppe Delfine sprang in Bögen aus dem Wasser und begleitete sie neugierig ein Stück.

»Nun, Kues. Was hat Euch dazu gebracht, Euch auf dem Basler Konzil so zu ereifern? Sicher, Ihr habt mächtig Eindruck gemacht. Aber wem nützt die Beschneidung der päpstlichen Befugnisse? Wer soll sonst entscheiden? Der Kaiser? Der Adel? Oder gar das Volk?«, begann Giuliano das Gespräch und schaute ihn fragend an.

»Es geht mir weniger darum, *worüber* der Papst entscheidet, als darum, dass er es ohne Kontrollinstanz tut. Lasst uns einmal die Päpste durchgehen, deren Verfehlungen zu einer Aufweichung sämtlicher Kirchenregeln, ja sogar der Gebote Gottes geführt haben. Nicht nur in der Bevölkerung, sondern vor allem in den Klöstern. Stadträte, Adelige, Patrizier, weltliche Herren, Kaiser machen sich lustig über den Machtanspruch der Geistlichkeit. Von Gottes Zorn, der zu befürchten ist, ganz abgesehen«, lud er die anderen ein und fuhr fort: »Nehmen wir Papst Clemens V., den sein Verhältnis mit der schönen Gräfin Perigord in Frankreich festhielt und den Grund zu dem Papstpalast von Avignon mit seiner düsteren Großartigkeit legte. Für die Masse die Demut, Armut und Entsagung, aber für sich selbst den Prunkpalast, das Lotterbett und die gefüllte Tafel, so ist es bei den Päpsten in Avignon. Und in Rom ist es nicht besser. Johann XXIII., Inkarnation von Wollust und Grausamkeit!«

»Oh ja, Inquisitionsführer in Spanien, unter dem Hus in Konstanz brennen musste!«, ergänzte Tommaso.

»Sein wüstes Leben hätte ihn fast an den Galgen gebracht, wovon er sich mit erkaufter Kardinalswürde errettete. Doch endlich wurde über ihn zu Konstanz Gericht gehalten. Es gab kein Verbrechen, dessen man ihn nicht mit Recht beschuldigt hätte. Der öffentliche Ankläger auf dem Konzil nannte ihn den Feind aller Tugend, den Pfuhl aller Schande, das Laster der Laster und einen eingefleischten Teufel. Er wurde abgesetzt und sollte lebenslänglich ins Gefängnis. Nach kaum zwei Jahren kaufte er sich frei. Papst Martin V. machte ihn zum Kardinal von Tusculum und ließ ihn im Kardinalkollegium zur Rechten seiner Person auf einem erhöhten Stuhl sitzen, weil er doch einmal Papst gewesen war.«

Alle vier lachten verächtlich. Bessarion fügte hinzu: »Macht sich nicht Habgier und Wollust breit, dann desto mehr die Fresserei und Völlerei oder eine weibische Eitelkeit. Schminke und Kleider, besetzt mit Edelsteinen und Goldstickerei. Und vergesst nicht die Trunksucht!« Sie nickten einhellig. »Nicht lange ist es her, dass die prunküberladenen Paläste der römischen Großen wie Bordelle waren. Die Hauptstadt des Reiches war der Tummelplatz einer ungeheuren Ausschweifung. Die Zahl der Prostituierten vom vornehmsten bis zum niedersten Schlage war riesengroß. Vor fast genau hundert Jahren hat Papst Johann XXII. Zahlungen zur Absolution festgesetzt. Man stelle sich vor: Wenn ein Geistlicher fleischliche Sünden beging, sei es mit Nonnen, sei es mit Beichtkindern, bezahlte er eine bestimmte Summe. Wenn es kleine Knaben waren, eine andere Summe und so weiter. Entjungferung, Nonnen, die sich Männern hingaben – alle zahlten sie. So kam eine ganze Menge Geld zusammen!«

»Jeder von uns weiß, was noch heute hinter verschlossenen Türen vor sich geht. Der Vatikan nicht ausgenommen, die Kirchen und Klöster schon gar nicht. Und deshalb habe ich mich in Basel ins Zeug gelegt. Dennoch bin ich schließlich für mich zu dem Entschluss gelangt, dass nicht die Befugnisse das Problem sind. Die Gesetze, die dem Einhalt gebieten, sind da! Sie müssen nur befolgt und durchgesetzt werden. Die Bibel ist das Gesetz! Wir brauchen eine Erneuerung der Kirche an Haupt und Gliedern!«, schloss Nikolaus das Thema ab, als die Glocke des Kombüsenmeisters zum Mittagessen rief. »Wenn Ihr mich fragt, ist der christliche Staat ebenso wie der islamische eine Fehlentwicklung und dem Untergang geweiht. Die Zukunft gehört einem griechischen Staat, der an die klassische Antike anknüpft und sich an platonischen, pythagoreischen und zoroastrischen Prinzipien orientiert«, führte Plethon aus, während sie zum Speiseraum gingen. Nikolaus fragte sich, ob er mit dieser Ansicht der richtige Mann war, um die christlichen Kirchen zu vereinen.

Das Essen schmeckte vorzüglich, die Sonne schien, die See war ruhig und der Wein versetzte sie in gute Stimmung. Dies war der Anfang endloser Gespräche und Diskussionen und einer wochenlangen Reise. Die Gesandten, die mittlerweile Freunde waren, strukturierten ihren Tag, indem sie regelmäßig zur selben Zeit beteten, gemeinsam die Mahlzeiten einnahmen, allabendlich nach Einbruch der Dunkelheit den Sternenhimmel mithilfe der astronomischen Schriften des von Kues beobachteten sowie kartierten und lasen oder schrieben. Darüber hinaus fanden sich manchmal interessante Meerestiere in den Fangnetzen. Einer der Schiffsjungen kannte sich mit der Farbherstellung aus und freute sich einmal über den Fang einiger Purpurschnecken. Er trocknete sie und machte sie zu einem roten Farbpulver, von welchem er einen kleinen Flakon an Nikolaus verkaufte, der damit die Initialen in seinen Handschriften zu verzieren beabsichtigte. Ab und an fielen brauchbare Möwenfedern auf das Deck, aus denen sie sich Schreibfedern schnitzten. Viele Mannschaftsmitglieder ließen sie bei ihrer Arbeit zuschauen. Manche Nacht lehrte sie das Fürchten, wenn die Wellen meterhoch gegen das Schiff schlugen und sie unter Deck Mühe hatten, sich in ihren Kojen festzuhalten. Dann, irgendwann, das erlösende »Land in Sicht!«. Sie hatten ihren Zwischenhafen erreicht und gingen in Griechenland für einige Tage im Hafen von Athen an Land, wobei Bessarion sie in eines seiner Klöster zur Übernachtung einlud. Das letzte Stück der Schiffsreise war im ruhigen Ägäischen Meer leicht zu bewältigen. Und endlich erreichten sie den Hafen von Konstantinopel.

Kapitel 2

Konstantinopel 1437/38

DIE SONNE WAR gerade aufgegangen und die Schiffs-
besatzung hatte vorerst ihr Ziel erreicht. Es mussten
einige Formalitäten erledigt werden, das Schiff regis-
triert, leere Fässer und Kisten von Bord gebracht, das
Schiff und die Segel gereinigt sowie geflickt werden, und
nicht zuletzt fühlte sich Kapitän Francesco verantwortlich, der Gesandtschaft Kutschen zu besorgen, diese mit
dem Gepäck der Reisenden beladen zu lassen und sie
zum Hauptsitz des byzantinischen Patriarchen Joseph
II. zur Apostelkirche zu schicken. »Habt Ihr noch etwas
Zeit? Gebt mir zwei Stunden. Ihr könntet Euch ein
wenig umsehen, etwas frühstücken. Ein Bote könnte
derweil Eure Ankunft vorausmelden«, schlug er vor.

Kues, Bessarion, Parentucelli und Cesarini waren
einverstanden, genauso wie Plethon, der als Ortskun-
diger die Richtung vorgab. Es war ein milder Morgen.
Es grüßten fremdländische Gerüche, buntgewandete
Menschen und orientalische Klänge von Straßenmusi-
kern. Vor kleinen Gasthäuschen saßen an ebenso kleinen runden Tischen Männer mit Pfeifen und winzigen
Tässchen eines dampfenden Aufgusses.

Sie folgten dem Menschenstrom und erreichten einen Basar, wo das Gedränge nicht stärker hätte sein können. Unter steinernen eingewölbten Hallen fanden sich Konstantinopels Kaufmannswaren in engem Raume aufgetürmt vom Kostbarsten bis zum Wohlfeinsten und Größten – alle nur möglichen Dinge und Artikel. Gewürze in geöffneten Fässern aller Farben und Geschmäcker, kostbare Kräuter, Obst und Gemüse in Güte und Größe, wie man sie in der Heimat nur suchen konnte. Dann ertönte der Klang der Glocken – die Sarazenen hatten Konstantinopel noch nicht eingenommen. Aber auch arabische Gesänge riefen zum Gebet in die Gebetshäuser. In blendendem Weiß hoben sich die größeren Häuser wohlhabender Bewohner von den niedrigen Behausungen der einfachen Menschen ab und bildeten einen farblichen Kontrast zu den schattenreichen, dunkelgrünen Zypressen, die sich abwechselnd mit Pinien neben den Behausungen emporstreckten. Unter ihrem Schatten glitzerten hier und da die vergoldeten, die weißen und die bunt bemalten Grabsteine hervor, die auf den wahllos in der Stadt verteilten Ruhestätten Verstorbener mit Inschriften lagen. Die drei Reisenden gingen wieder in Richtung Kanal. Wasservögel aller Art, oft so zahm, dass sie zu nah an die Boote herankamen und fast unter die Ruderschläge gerieten, und die zu Tausenden auf den Dächern und Pfählen lagerten, erfüllten die Luft mit ihrem Geschrei.

»Gehen wir zum Schiff zurück und sehen wir, ob der Bote uns angekündigt hat. Ich glaube, es ist deutlich, dass die Türken eine Bedrohung für Byzanz sind. Das Osmanische Reich lässt sich schwer aufhalten. Der Kaiser wird nicht anders können, als die Einigung der Ost- und Westkirche zu befürworten«, stellte Kues fest. Auch den anderen schien das sicher.

Als sie sich dem Schiff näherten, kam schon der Kapitän auf sie zu. »Kaiser Johannes VIII. Palaiologos erwartet Euch. Dort drüben steht seine Kutsche, mit der er unseren Boten zurückbrachte und Euch mitnehmen wird. Wir warten auf Eure Anweisungen zur Vorbereitung der Rückreise. Viel Erfolg!«

»Danke, Francesco. Wir melden uns rechtzeitig.« Die Gesandten waren überrascht, dass der Kaiser sie zuerst begrüßen würde. Die Kutsche des Kaisers war mit blauen und goldenen Schnitzereien verziert. Zwei weiße Araber mit langen welligen Mähnen waren davor gespannt. Ein Diener hielt die Tür der Kutsche auf und bat die Gesandten, mit ihren Begleitern einzusteigen. Plethon war unterwegs bei einem großen Herrschaftshaus ausgestiegen, er wohnte bei einer Tante. Er würde erst zu den Treffen mit den Delegationspartnern hinzukommen.

Dann erreichten die anderen den Kaiserpalast. Die Dienerschaft führte sie in das Gästehaus und zeigte ihnen ihre Gemächer, in die ihre Kisten bereits gebracht worden waren. Von Kues, Bessarion, Parentucelli und Cesarini schauten den Diener erwartungsvoll an. »Natürlich ... Ihr werdet zum Mittagsmahl in einer Stunde im Speisesaal des Palastes erwartet. Bis dahin stehen Euch einige türkische Dienerinnen für ein Bad zur Verfügung. Zum Badehaus geht es hier entlang. Wenn Ihr mir bitte folgen wollt!« Er verbeugte sich und deutete mit seinem Arm die Richtung. Nikolaus und Giuliano schauten sich fragend an, Basilius und Tommaso folgten dem Diener als Erste.

Des Kaisers Schloss ähnelte einem Sultanspalast. Das musste an den einheimischen Bauleuten sowie am wärmeren Klima und den sich daraus ergebenden praktischen Erwägungen liegen. Das Badehaus betraten sie durch einen offenen Torbogen. Dahinter fanden sie sich in einem Raum wieder, der mit blauen und goldenen Fliesen gestaltet war. Um ein großes Schwimmbecken mit türkis leuchtendem Wasser befanden sich Säulen mit Bänken oder Steinliegen dazwischen. Der eher dunkle Raum, der nur blau-grün verglaste kleine Lichtluken besaß, war mit Laternen ausgestattet, die ein warmes oranges Licht verbreiteten. Nun erschienen vier augenscheinlich junge Orientalinnen, die nichts trugen als einen Schleier um Haar und Mund, ein bauchfreies Oberteil, das die Brüste zur oberen Hälfte freigab, und fast durchsichtige Pluderhosen aus bunter hauchdünner Seide. Eine jede in einer anderen Farbe. Wenn sie liefen, klingelten die talerartigen Verzierungen an ihren schmalen, gebräunten Taillen, was ihnen das Aussehen von Bauchtänzerinnen verlieh. Jede von ihnen trug ein großes Tuch über dem Arm und nahm sich nun einem der Männer an.

Nikolaus merkte, wie ihm die Röte ins Gesicht stieg. Er war überrascht von so viel Freizügigkeit und wunderte sich über die Art des Angebots an sie als geistliche Herren. War nicht das Hauptthema ihrer Reise, Versuchung und Laster aus der Geistlichkeit zu vertreiben? Und nun ertappte er sich, wie sich Begehren in ihm regte. Er nahm sich zusammen und schaute zu seinen Freunden, die ähnlich konzentriert wie er der Dinge harrten, die da kommen sollten. Keiner ließ sich etwas anmerken. Protestieren wollte ebenfalls niemand. Vermutlich wäre es eine Beleidigung gewesen, die freundliche Geste eines erfrischenden Bades abzuschlagen.

Seine Badedame verneigte sich vor ihm und zeigte ihm einen Umkleideschirm. Mit Gesten erklärte sie ihm, dass er das Tuch umlegen solle. Alle verschwanden sie hinter den Schirmen und kamen fast gleichzeitig wieder hervor, jeder mit einer anderen Wickeltechnik. Sie mussten lachen und die Situation entspannte sich. Nikolaus erahnte ein verschmitztes Grinsen hinter dem Schleier seiner Orientalin. Ihre Augen waren groß, dunkel und schauten ihn aufmerksam an. Dann wurden die Männer zu Zubern geführt, wo sie, geschickt und ohne ihre Männlichkeit zu offenbaren, ins Wasser glitten und dabei die Tücher abgenommen bekamen. Nun übergossen die Damen sie mit Kannen warmen Wassers und rieben sie mit wohlriechenden Seifen an Haupt und Körper ein. Nach dem Abspülen boten ihnen die Orientalinnen an, im Becken zu schwimmen. Alle nahmen an, und jeder war überrascht, dass sie allesamt das Schwimmen recht gut beherrschten. Beim Aussteigen aus dem Wasser wurden ihnen die Tücher aufgehalten und abschließend durften sie eine Massage mit duftenden Ölen genießen, wozu sie sich bäuchlings auf die gepolsterten Steinbänke legten. Dann konnten sie sich wieder ankleiden.

Als sie hinter den Schirmen hervorkamen, waren die Frauen verschwunden. Nikolaus sah sich suchend um und bedauerte, nur seine Freunde zu sehen.

Inzwischen war der Diener von vorhin erneut erschienen. »Ihr werdet nun im Speisesaal erwartet.«

Er ging wieder vorneweg. Die Männer folgten ihm durch lange Flure mit übergroßen Herrscherporträts, Gemälden von Frauen und Bildern vergangener Schlachten und Kreuzzüge. Dann öffnete sich eine große Holztür und sie traten in einen steinernen Saal, der mit prunkvollen Perserteppichen ausgelegt war. An einer langen Tafel saß am anderen Ende auf einem breiten Stuhl mit rot-samtenen Armlehnen Kaiser Johannes VIII. Palaiologos, hinter ihm stand sein Sekretär. Mit einer Handbewegung bedeutete er den Gesandten, sich direkt neben ihn an die vorbereiteten Plätze zu setzen. Er erhob sich zum Gruße auf Augenhöhe, wobei er freundlich nickte und die Geistlichen eine leichte Verbeugung andeuteten. »Seid herzlich willkommen. Ich halte nicht viel von Schaugeplänkel. Wir wollen dasselbe: Das Zentrum, der Ursprung der christlichen Kirche, die christlichen Stätten von Byzanz, müssen gegen die Osmanen verteidigt werden. Ich unterstütze Eure Mission, der Patriarch von Konstantinopel ist mit mir einer Meinung. Wir werden mit Euch gen Westen zu Verhandlungen aufbrechen. Wir benötigen Eure Armee gegen die Türken. Die Glaubenslehren besprecht mit ihm und den Bischöfen der Ostkirche. Wir werden uns gemeinsam mit Euch auf die Schiffsreise begeben. Bis dahin seid Ihr meine Gäste. Morgen werdet Ihr in der Apostelkirche erwartet.«

Die Delegierten waren sprachlos. Diese Direktheit hatten sie nicht erwartet. Auch nicht, dass die Ostkirche bereits Reisepläne hatte und sie ihre künftigen Mitreisenden in jedem Fall als Erfolg auf dem Weg zu einer geeinten Kirche verbuchen konnten.

Kues fasste sich als Erster. Der Kaiser hatte fast schon alles gesagt. Dem war kaum etwas hinzuzufügen. Doch Nikolaus wollte mit Berechtigung diese weite Reise auf sich genommen haben. »Eure Hoheit können Gedanken lesen und besitzen ein besonders feines Gespür für Diplomatie und Taktik. Es freut uns, dass wir keine Eulen nach Athen tragen müssen und die tatsächlichen Notwendigkeiten und ein gesunder Menschenverstand allein Euch zu überzeugen vermochten. Nun stehen wir hoch in Eurer Schuld, weil wir Eure Gastfreundschaft in Anspruch genommen haben, wofür ich mich stellvertretend für meine Mitreisenden bedanken möchte. Der Besuch Eures Badehauses hat unsere von der Reise strapazierten Glieder entspannt und mit neuer Kraft versorgt. Wir ziehen gerne noch heute in eine Unterkunft der Kirche. Bescheidenheit ist eine unserer Hauptforderungen an den Papst höchstselbst.« Der Kaiser lachte tief und sein Bauch wackelte. »Eure Zimmer sind bescheiden. Ich will Euch gerne die meinen zeigen. Nein, der Patriarch und ich haben miteinander gesprochen. So ist es unser Wille. Mein Diener wird Euch nach dem Essen in die Kapelle führen. Dort könnt Ihr beten. Die Palastbibliothek ist gleich daneben. Das Bad steht Euch den ganzen Tag zur Verfügung. Ihr werdet es in der Hitze hier gerne nutzen. Die Damen sind ebenfalls jederzeit verfügbar. Ihr müsst nur nach ihnen klingeln. Wozu heiliger sein als der Papst!« Nun lachte er erneut ein schallendes Lachen, von dem er sich kaum erholen konnte. »Verzeiht. Ich habe mich lange nicht so amüsiert.«

Tommaso und Nikolaus sahen sich ernst an. War das als Affront zu werten? Sollten sie sich diese Andeutungen verbitten, wenngleich sie nicht treffender hätten sein können? Sollten sie vielleicht sogar dankend auf die Mahlzeit und die Gastfreundschaft verzichten? Basilius legte seine Hand auf Nikolaus' Unterarm. Giuliano deutete ein fast unsichtbares Nein an, indem er den Mund leicht spitzte, den Kopf kaum merklich schüttelte und beide eindringlich ansah. Nikolaus atmete durch und setzte sich. Die anderen folgten.

Der Kaiser räusperte sich. »Spaß muss sein. Im Süden ist man nicht so ernst wie in Deutschland, oder, Erzbischof Bessarion? Wie ist es in Griechenland?«

Der lachte und animierte die anderen, die Situation ebenfalls mit Humor zu tragen. Die Stimmung entspannte sich schnell auch bei den Gesandten. Man sprach nun über die Welt, Italien, Rom, den Vatikan; Deutschland, Köln, Erfurt, Hildesheim, Prag, Athen, Kaiser Sigismund, Papst Eugen, über die Sonne, das Meer, die Gesundheit, Früchte und nicht zuletzt Frauen.

»Wie kommt es, dass Türkinnen zu Eurer Dienerschaft gehören, Hoheit?«, wollte Tommaso wissen.

»Der Islam erlaubt dem Mann einen ganzen Harem! Sind sie gottesfürchtig, verschleiert und gehorsam, erhöhen sie den Wert des Mannes. Aber Ihr habt recht, was machen sie im Dienste eines Christen? Nun, ich zahle gut. Ihre Väter fühlten sich geehrt. Ich respektiere ihren Glauben. Lest doch in dem Koran, den ich auszugsweise ins Lateinische übersetzen ließ. Ihr findet die Handschrift in der Bibliothek!«

Nikolaus liebte Bücher und merkte sich dieses Angebot vor. Nach dem üppigen Mahl dankten sich alle gegenseitig für das anregende, gute Gespräch sowie die hervorragende Gesellschaft und freuten sich auf eine Wiederholung. Der Kaiser zog sich zurück. Die vier Gesandten, deren Helfer fast unsichtbar nie weit entfernt waren, gingen in den Park des Palastes, setzten sich in den Schatten einer Zypresse auf den Rand eines Wasserspiels und überlegten ihr weiteres Vorgehen.

»Es wird heiß. Ich gehe später noch einmal Schwimmen. Ich werde mir auch die Bibliothek anschauen. Vielleicht ist es eine gute Idee, wenn wir uns zum Abendgebet in der Kapelle treffen. Sehen wir uns das Messzeug an. Vielleicht gibt es auch einen Priester«, ordnete Nikolaus seine Gedanken.

»Das klingt gut. Lasst uns noch ein bisschen im Garten spazieren, dann will ich mich ausruhen. Morgen sehe ich zuversichtlich und mit Freude dem Treffen mit der byzantinischen Geistlichkeit entgegen«, ergänzte Basilius.

Eine Stunde später ging jeder von ihnen zunächst auf sein Zimmer. Nikolaus nur, um in den Spiegel zu schauen, seine halblangen Haare zu ordnen und sich den Mund auszuspülen. Fasern des Fasanenfleischs klemmten noch zwischen seinen Zähnen. Dann flanierte er alleine im Park des Palastes unter gleißender Sonne und steuerte das Badehaus an. Außer ihm hatte offensichtlich keiner der anderen die Idee. Er sah das kleine Glöckchen auf einer halben Säule gleich neben der Tür, nachdem er eingetreten war. Er läutete vorsichtig. Eine der Damen erschien. Es war zu seiner Enttäuschung nicht die, die sich zuvor um ihn gekümmert hatte. Die, deren kleine zarte Hände so kraftvoll seine Muskeln massiert und gelockert hatten. Ob er nach ihr fragen sollte? Gestikulierend erkundigte er sich nach seiner Badefrau. Die Dame verstand, verschwand in einen Raum am anderen Ende der Badehalle, und tatsächlich: Seine Orientalin, die, die die orangefarbene Tracht trug, kam auf ihn zu. Ihr Lächeln konnte er erkennen. Wieder trug sie ein großes Tuch über dem Arm und deutete an, dass er sich seiner Kleidung entledigen sollte. Das tat er. Diesmal schüttelte er den Kopf, als sie ihn zu einem Badezuber leiten wollte. Er ging zum Schwimmbeckenrand, setzte sich, ließ das Tuch fallen und rutschte schnell in das angenehm kühle Wasser. Er schwamm ein paar Runden und dachte, sie schaue ihm zu. Als er jedoch am Beckenrand kurz verschnaufte und sich umsah, war die Türkin nirgends zu sehen. Er schwamm weiter. Er wollte sich etwas verausgaben, um die unzüchtigen Gedanken loszuwerden, die sich ihm erneut aufdrängten. Dann verließ er über die Treppe das Wasser und ging zurück zu seinem Badetuch. So, wie Gott ihn schuf – er fühlte sich unbeobachtet –, kreiste er seine Arme, um seine Schultern zu lockern, dann seinen Kopf, um den Nacken zu entspannen, und machte ein paar Liegestütze, bevor er sich das Handtuch umlegte und zum Umkleideschirm ging. Er erschrak, als er die junge Frau auf einer Steinbank sitzen sah, von der aus sie ihn die ganze Zeit beobachtet zu haben schien. Ihm stieg die Schamesröte ins Gesicht und er beeilte sich, hinter den Schirm zu gelangen. Als er angezogen wieder hervorkam, stand sie vor ihm, ergriff seine geöffnete Hand und malte mit einem dünnen Stöckchen, an dem schwarzes Pulver zum Schminken der Augen haftete, eine Mondsichel und eine Bank mit einer Zypresse und einem Brunnen daneben auf die Innenfläche. Nikolaus überlegte und zeigte auf sich und anschließend auf sie. Er wiederholte diese Handbewegung und machte ein fragendes Gesicht.

Sie nickte.

»Wie heißt du? Ich heiße Nikolaus. NIKOLAUS.« Er zeigte auf sich, dann auf sie. »Und wie heißt du?«

»Melechsala. Mein Name ist Melechsala.«

Dann klingelte das Glöckchen am Eingang. Tommaso stand in der Tür.

»Ah, Tommaso! Gerade bin ich fertig. Du hast das Becken für dich!« Noch bevor der ihn in ein Gespräch verwickeln konnte, kam die gelb gekleidete Badefrau, die ihn heute früh massiert hatte, und überreichte ihm ein Badetuch. Nikolaus lächelte ihn an, zwinkerte unbemerkt Melechsala zu und verließ die Badehalle. Er fühlte sich glücklich und leicht. Was ist da gerade passiert?, fragte er sich. Mal sehen, ob ich im Koran schlauer werde, wie das Verhalten dieser jungen Schönheit zu werten ist, überlegte er und schlug den Weg zur Bibliothek ein.

Die Bibliothek war nicht sehr groß. Kein Vergleich zu der im Vatikan. Seine private Büchersammlung war nicht viel kleiner. Aber dort auf dem hölzernen Stehpult vor dem Fenster lag zugeklappt, an einer Kette befestigt, die besagte lateinische Übersetzung des Korans.

Er wusste nicht, wie lange er schon über das Buch gebeugt stand. Die Kernpunkte kannte er: der Glaube an einen Gott. Der Glaube an die Engel. Der Glaube an die Propheten – einschließlich Jesus. Der Glaube an die offenbarten Bücher Gottes. Der Glaube an den Tag des Gerichts. Der Glaube an das Schicksal und den göttlichen Erlass. Aber hier! Koran 9:17: »Und die gläubigen Männer und die gläubigen Frauen sind einer des anderen Beschützer: Sie gebieten das Gute und verbieten das Böse und verrichten das Gebet und entrichten die Zakat, eine Spende für die Armen, und gehorchen Allah und seinem Gesandten. Sie sind es, derer Allah sich erbarmen wird. Allah ist erhaben, allweise.«

Seinem Gesandten ... Das klingt gut, dachte Nikolaus und musste schmunzeln. Wieso kommt mir der Name Melechsala so bekannt vor? Er grübelte. Plötzlich fiel es ihm ein und er staunte: Die Geschichte, die man sich vom Grafen von Gleichen noch immer erzählte, handelte vom Grafengeschlecht aus Thüringen, das sich das Kloster Reinhardsbrunn als Hauskloster erwählt hatte. Kues erinnerte sich, dass einer der Grafenbrüder vor etwas über hundert Jahren in den großen Kreuzzug gegen die Sarazenen gezogen war, wobei er in Gefangenschaft geriet. Er entkam dem Henkersschwert, weil die Tochter des Sultans sich in ihn verliebte. Ihr Name war Melechsala. Sie floh mit ihm in seine Heimat und wurde seine zweite Frau. Ja, den Grabstein hatte er höchstpersönlich vor einigen Jahren in der Peterskirche des Erfurter Benediktinerklosters in Augenschein genommen und mit Verwunderung der Geschichte, die er zunächst für ein Märchen gehalten hatte, gelauscht. Welch ein Zufall! Vielleicht eine Fügung, ein Hinweis. Nun, er war fern der Heimat. Heute Abend würde er zum Treffpunkt gehen.

Jetzt hörte er ein Glockenläuten. Das musste der Ruf zum Abendgebet in der Kapelle sein. Auf dem Weg dorthin kamen aus verschiedenen Richtungen Basilius, Giuliano, Tommaso und die drei vatikanischen Bediensteten dazu. Nach dem Gebet wurden sie vom Diener des Kaisers zu einer kleinen Abendmahlzeit in den Innenhof eines Nebengelasses gebeten. Sie waren dort unter sich, aßen sich satt, tranken vom besten Wein und beobachteten den Sonnenuntergang. Nikolaus war der Erste, der sich verabschiedete. Basilius erhob sich ebenfalls und letztlich gingen sie alle ein jeder in sein Zimmer.

Nikolaus wartete, bis der Mond, und tatsächlich war es ein abnehmender Mond in Form einer Sichel, hoch am Himmel stand. Dann ging er zu der Steinbank am Brunnen mit der Zypresse. Melechsala trat hinter der Zypresse hervor, bedeutete ihm mit dem Zeigefinger, ihr zu folgen, und führte Nikolaus in eine kleine Nische, die von Hecken umgeben war. In der Mitte hatte sie eine Decke ausgebreitet und eine kleine Karaffe Wein auf ein Tablett gestellt. Sie bot ihm einen Kelch. Er trank und gab ihr den Kelch zurück. Melechsala nahm ebenfalls einen Schluck. Dann legte sie ihren Schleier ab und öffnete ihr Haar. Sie hatte wunderschöne volle Lippen, weiße Zähne, ein bezauberndes Lächeln, eine kleine Nase und diese wunderbar dunklen Augen. Ihr gewelltes volles Haar umspielte ihre hohen Wangenknochen. Nun öffnete sie ihr Oberteil. Ihre Brüste sprangen weich und voll aus ihrer Halterung. Dann öffnete sie auch ihre Pumphose, setzte sich, lüftete seinen Umhang, zog seine Hose herunter, lehnte sich zurück und spreizte leicht ihre Schenkel. Er vergaß seine Pflichten und dachte an den Satz: »… und gehorcht Gottes Gesandten.« Er drang in sie ein, sog ihren Duft auf, sie liebten sich bis zum Sonnenaufgang, jeder in seiner Sprache. Dann beeilten sie sich, halfen sich gegenseitig, sich ordentlich herzurichten, gaben sich einen Kuss und verließen den Ort der Liebe in entgegengesetzte Richtungen.

Am nächsten Tag verzichtete Nikolaus auf ein gemeinsames Frühstück und die Gesellschaft seiner Reisegefährten. Stattdessen stand er mit dem Sonnenaufgang auf und meditierte eine gefühlte Ewigkeit. Sein Gewissen plagte ihn und er wollte seine Gefühle sortieren. Danach sah sich Nikolaus alleine die Stadt an und durchwanderte stundenlang die endlosen Gassen, die sich mehr und mehr mit Leben füllten. Er und die anderen waren erst zur Mittagszeit in der Apostelkirche angekündigt und vorher konnte er noch niemandem unter die Augen treten. Er hatte nachzudenken. Die Sophiakirche genügte ihm vorerst von außen, später würden sie sie sicher gemeinsam besuchen. Wie wenig dieser vermauerte Raum doch dem Vergleich der Peterskirche in Rom standhielt! Die Apostelkirche, in der sie sich mit ihren byzantinischen Brüdern später trafen, verdiente jedoch seinen Respekt. Er ging schon einmal hinein. Den Grundriss bildete ein ungleichmäßiges griechisches Kreuz, wobei der westliche Arm breiter und länger war. Nicht nur die Vierung war überwölbt, auch über den Kreuzarmen thronten Kuppeln. Die Kuppel im Westen war größer, genauso wie die Vierungskuppel. Hier, in der Mitte, kamen Erde und Himmel zusammen. Nikolaus blieb in der Mitte des Quadrats stehen und sah nach oben. Zwischen den Fenstern der lichtdurchfluteten Kuppel waren die zwölf Apostel als Engel dargestellt. Kues schloss die Augen und versuchte an nichts zu denken. Er spürte, wie ihn eine unsichtbare Energie durchflutete, die ihn wissen ließ, dass er nicht alleine war. Wieder draußen, waren die Gassen voll, niemand nahm von ihm Notiz. Aber genau so war es ihm recht. Er war verliebt und wusste nicht, wie er jemals der Alte sein sollte, nachdem er so intensive Gefühle erlebt hatte. Doch mit jedem gelaufenen Kilometer wurden seine Gedanken nüchterner. Der Wein, das Klima. Kein Wunder. Ja, er würde sich diesen Genuss hier erlauben, um dann gestärkt und ohne das Gefühl, etwas verpasst zu haben, für die Reformen zu arbeiten. Schließlich musste man erlebt haben, wovon man sprach! Und überhaupt – bei näherem Nachdenken schien auch Tommaso Gefallen am Bad gefunden zu haben. Und nicht nur am Bad … Doch was, wenn die sarazenischen Frauen jedem zu Diensten waren? Er konnte nur hoffen, dass dies nicht gar im Auftrag des Kaisers geschah, um sie zu seiner Belustigung zu verspotten. Sei's drum! Ich gewinne jedes Wortduell, dachte er.

Und so vergingen die folgenden Wochen wie im Flug: Gebet, Baden, Lektüre, Verhandlungen, Reisevorbereitungen und fast jede zweite Nacht ein Stelldichein mit Melechsala. Er war schon fast süchtig nach ihren Treffen und den fleischlichen Genüssen. Hin und wieder träumte er, er würde sein Gewand ablegen, sich ein Häuschen am Wasser bauen und Melechsala freikaufen und zur Frau nehmen. Doch der Respekt, der ihm von ihren Verhandlungspartnern und auch von seinen Delegationsfreunden entgegengebracht wurde, ließ ihn jedes Mal wieder Vernunft annehmen. Sie waren in höchster Angelegenheit hier. Es ging um Himmel und Hölle, um Weltmacht, um etwas Großes! Worüber sollte er sich mit dieser Frau unterhalten? Sein Geist brauchte Nahrung und Gott hatte ihm eine verantwortungsvolle Aufgabe angetragen. Man kann kein Geistlicher sein und eine Frau lieben. Das verträgt sich nicht. Eine Erkenntnis, die ich nie wieder in Zweifel ziehen werde!, resümierte er.

Die Nachricht vom Tod des römischen Kaisers Sigismund und die Verlegung des Konzils nach Ferrara, wie erwartet, ließen ihn aufgrund der Entfernung verhältnismäßig kühl. Am 27. November desselben Jahres brachen der byzantinische Kaiser Johannes VIII., der Patriarch Joseph II. von Konstantinopel und zahlreiche Bischöfe der Ostkirche mit den päpstlichen Gesandten nach Westen zum Unionskonzil auf. Hier wird meine Geschichte sich von der Geschichte des Grafen von Gleichen unterscheiden. Ich werde Melechsala nicht mitnehmen, bedauerte Nikolaus im Stillen. Am Vorabend der Abreise übergab er ihr einen goldenen Ring mit einer Mondsichel zur Erinnerung. Ein Goldschmied im Bazar hatte ihn ihm verkauft. Nikolaus versprach wiederzukommen. Beide hatten sie Tränen in den Augen. Tränen logen nicht.

»Finde einen anderen Mann!«, versuchte Nikolaus, Melechsala zu verstehen zu geben. »Ich liebe dich! In Deiner Nähe könnte ich kein Geistlicher mehr sein.« Er war sicher, dass Gott diese Worte hörte.

Am 8. Februar 1438 erreichten sie gemeinsam mit den Vertretern der Ostkirche nach stürmischer Seereise den Heimathafen. Zeitweise meterhohe Wellen und ein stark schwankendes Schiff, dazu die nervös machenden, dicht aufeinanderfolgenden Order zum Hissen oder Reffen der Segel und der Bedienung des Steuerrades an die Matrosen schweißten die Reisenden als Gefahrengemeinschaft zusammen. Nikolaus und Tommaso verstanden sich noch besser als bereits schon zu Anfang ihrer Reise. Offensichtlich teilten sie ein unausgesprochenes gemeinsames Geheimnis. Sie hatten unendliche Gespräche geführt und währenddessen fasziniert dem Spiel der Wellen zugesehen. Dabei hatte Nikolaus festgestellt, dass die Wogen aus der Einheit des großen Ozeans emporstiegen, um für kurze Zeit als selbstständige Gebilde aus dem Meer herauszuragen. Dann fielen sie wieder zusammen. Eine jede Welle in ihrer unterschiedlichsten Ausdrucksform wurde wieder eins mit dem großen weiten Meer. Das war das Grundprinzip allen Seins!

Tommaso hatte ihn sofort verstanden. Sie waren sich einig: Das war das Sinnbild ihrer Mission. Die Ost- und die Westkirche mussten zusammenfallen.

Begeistert wurden sie am Zielhafen empfangen. Ihr diplomatischer Erfolg galt als Sensation, und Papst Eugen versprach Nikolaus, ihn bei nächster Gelegenheit zum Kardinal zu machen.

Kapitel 3

Erfurt 1444

FAST 20.000 SEELEN ZÄHLTE die große Handelsstadt Erfurt am Kreuzungspunkt der Via Regia und der Nürnberger Geleitstraße. Man nannte sie die türmereiche, denn alle Orden mit ihren Klosterkirchen waren in ihr vertreten. Es gab fünfundzwanzig Pfarrbezirke, ebenso viele Kirchhöfe, Kapellen und natürlich die mächtigen Wachtürme der langen Stadtmauer. Marktplätze, Gasthäuser, Ausspannen. Es war ein Getümmel auf den Straßen. Die reichen Waidhändler, die aus der Waidpflanze ein wertvolles blaues Farbpulver herstellten, Bierbrauer, Futterer, die die Ausspannen betrieben und als Getreidehändler die Pferde der vielen Fernhändler fütterten, Kaufleute, Goldschmiede, Tuch- und Gewürzhändler und die Ratsherren darunter und alle anderen, die zum Patriziat gehörten, protzten mit ihren großen Anwesen und verzierten steinernen Hausfassaden. Alle anderen versuchten, auch die kleinsten Häuserlücken mit Holzkonstruktionen und Lehm zu bebauen, sodass die Gassen enger und die Häuser höher wurden. Dort war das Leben elender. Die Breite Straße, die Wege zu den Märkten vor dem Rathaus, auf dem Anger, bei der

Allerheiligenkirche und auf dem Platz vor den Graden, den Stufen, die auf den Domhügel führten, zu den Kirchen, zum Rathaus auf dem Fischmarkt, zum Kauf- und Waaghaus und zur Universität waren grob gepflastert, die Nebengassen hatten ungepflasterten Boden, der bei Regenwetter in ein Schlamm- und Kotbett verwandelt wurde, sodass die Bürger beim Passieren der Gassen meist schwere Holzschuhe anzogen. In die winkligen Gassen drangen nur spärlich Sonnenstrahlen und der Boden blieb wochenlang in seinem ekelhaften Zustand. Aus Gewohnheit entleerten die Bewohner allen häuslichen Unrat vor dem Haus. Stallmist, Scherben, Stroh und Kot häuften sich in den schmalen Durchlässen zwischen den einzelnen Häusern auf. In übel riechenden Pfützen standen die Abwässer in den verstopften Gassen, sickerten in den Boden, drangen in die Brunnen und durchsetzten das Trinkwasser mit Krankheitskeimen oder gelangten über die schmalen Wasserklingen in den großen Fluss. Da fast alle Stadtbewohner zur Deckung ihres Fleischbedarfs Vieh hielten, wälzten sich tagsüber die Schweine im Gassenkot, drückten ihn breit und trugen ihn weiter. Doch als fast noch unsauberer galten die Pfaffen und die Mönchsklöster. Die Mönche, die durch die Bürgerhäuser kamen, trugen auch ihre Unreinlichkeit in diese hinein. Häufig auch Krankheiten. Denn der Bettelmönch bettelte nicht nur, er pflegte auch den Kranken, in dessen Haus er trat. Vom Kranken ging er wieder zum Gesunden, setzte sich an seinen Tisch, berührte seine Kinder und seine Hausgenossen und verbreitete die Keime. Der Bürger aber küsste noch in Demut und Unwissenheit die Hand, welche sein Haus mit Unglück belastete.

Die Kleriker wüteten gegen die Fleischesteufel und erzogen ihre Gläubigen zur Heuchelei in fleischlichen Dingen. Das enge Zusammenwohnen in den Gassen und der Mangel an höherer geistiger Zerstreuung nährten jedoch die Sinnlichkeit. Die Notzucht war selbst durch Rädern und Vierteilen nicht zu besiegen, sodass Frauenhäuser eine unverzichtbare Angelegenheit waren. Obrigkeitliche Verordnungen regelten genau den Preis und die Ausübung des Gewerbes, schrieben den Dirnen die Kleidung vor, damit sie sich von den Frauen der städtischen Ehrbarkeit unterschieden. Die Liederlichkeit des Klerus hatte mit dem Zölibat zugenommen und immer häufiger sah man Kutten durch die Dirnengässlein streichen. Ein Mumenhaus, in dem Frauen für Geld ihre Körper anboten, befand sich ganz in der Nähe des Domes St. Marien, ein anderes zwischen Kaufmannskirche und Johanneskirche in der Sperlingsgasse. Die käuflichen Frauen verdienten hier ihren Lebensunterhalt.

Der Rat der Stadt hatte sich zu einer Besprechung im Rathaus versammelt. Martin von Nordhausen, Johannes von Allenblumen, Tilmann Ziegler, Hermann von Denstedt, Heinrich Lange, Johann Nafzer und Walter Ludolf waren die Anwesenden.

»Die Zustände in unserer Stadt sind fast unerträglich. Wir werden dem Laster kaum noch Herr, wenn nicht endlich die Klosterregeln erneuert werden und Zucht und Ordnung nicht nur gepredigt, sondern auch gelebt werden. Ich habe Angst um meine Verlobte, wenn sie bei Dunkelheit auf die Gasse geht. Die Bürger erwarten, dass wir handeln«, begann Martin.

»Nicht nur das. Der Schmutz und die Unzucht auf der einen Seite, die über alles erhabenen Juden auf der anderen Seite. Wir demütigen uns selbst dadurch, dass wir ein Bier- und Hurenhaus sind, und dazu kommt die Demütigung, uns von den Wucherern Geld leihen zu müssen. Bald haben uns die Juden in der Hand. Die Unzufriedenheit nimmt zu, die Zünfte raten ihren Mitgliedern, gegen die Steuerlast zu protestieren. Sie sagen, das Geld werde nicht klug ausgegeben«, ergänzte Allenblumen.

»Und denkt daran, dass wir eine der renommiertesten Universitäten haben. Hier werden Kirchenrecht und Theologie gelehrt. Diese Zustände schrecken die Gelehrten ab und machen die Fakultäten unglaubwürdig«, sagte Ziegler.

»Habt ihr gehört, dass das nächste Generalkapitel der Benediktiner dieses Jahr in Erfurt auf dem Petersberg stattfinden wird? Es geht um die Klosterreform. Bis dahin müssen wir Weichen stellen, Maßnahmen ergreifen, einen Plan haben und uns einmischen! Martin, dein Bruder ist doch bei den Benediktinern – sprich mit ihm. Vielleicht gibt es Möglichkeiten der Zusammenarbeit. Abt Herling scheint nicht der richtige Mann für Reformen zu sein, wenn man den Gerüchten Glauben schenkt.« Ludolf machte ein ernstes Gesicht.

Martin von Nordhausen nickte. »Ja, wir müssen uns einbringen. Es geht nicht nur um die Klöster, es geht um unsere Stadt, um unsere Kinder und unseren Besitz. Wir müssen der höheren Gewalt gehorchen, und die gehört dem Konzil, das sich im Unterschied zu den Päpsten noch nie geirrt hat.«

Allenblumen ergänzte: »Alles richtig, schön und gut. Nicht zuletzt geht es natürlich auch um die Pest. Ist sie einmal da, breitet sie sich ohne Ansehen des Standes aus. Wie oft hatten wir sie in Erfurt? Die Ausgehverbote wurden unterwandert, Wachen vor den Häusern ausgetrickst. Wenn die Moral nicht strikt gepredigt, vorgelebt und überwacht wird, wird der Schwarze Tod immer wieder leichtes Spiel haben. Und die Folgen? Eine Handelsstadt wie unsere lebt vom Geschäft, von den Steuern. Nach der letzten Pestilenz war die Not groß, und es hat lange gedauert, bis wir wieder eigenständig wirtschaften konnten. Dörfer mussten wir verpfänden, Kredite bei den Juden aufnehmen. Und … Ihr wisst, dass gerade sie komischerweise vor der Pest gefeit zu sein scheinen!«

»Ja, Spielsucht, Trinkgelage in den Gasthäusern und Unzucht in den Schlafstuben, das alles hat stets die Pest verschlimmert. Eine Strafe Gottes, ganz einfach, wenn ihr mich fragt!«, ergänzte Martin.

Ziegler fügte hinzu: »Nur gut, dass wir den Freydel-schen Turm gleich hier am Rathaushof erworben haben und sein Untergeschoss ein Gefängnis wird. Wie wollten wir es nennen? ›Zum Paradies‹?«

»Ja, ›Zum Paradies‹!« Alle lachten.

Martin von Nordhausen beeilte sich, nach der Rats-sitzung nach Hause zu kommen. Es war schon Nach-mittag, vielleicht saß sein Bruder Günther, der Mönch, noch beim Vater, bevor er zum Abendgebet zurück im Kloster sein musste. Sie besaßen ein großes steinernes Haus mit Pferdestall und Kutschenremise, mit Innen-hof für den Bierausschank, wenn sie wieder brauten, und mit einem Waidspeicher, dessen spitz zulaufendes hohes Dach über drei Böden mit je vier Belüftungslu-ken verfügte. Es war April, die erste Ernte getrockneter Waidblätter befand sich im Speicher. Die Waidknechte hatten alle Hände voll zu tun mit dem Zerschlagen der Ballen, dem Befeuchten derselben mit dem gesammelten Urin des letzten Ausschanks, mit ständigem Umschau-feln und damit, fertige Waidasche in Tongefäße zu fül-len und für den Verkauf vorzubereiten und zu lagern. Der Urin diente dem Gärungsprozess. Er durfte nur von Männern stammen, denn der Urin von Frauen war unrein. Bald würden sie wieder brauen und ein Extra-fass nur für die Waidpinkler aufstellen.

Sie wohnten im Georgsviertel, das direkt an die Michaeliskirche grenzte, wo der Heilige Michael, der

Drachentöter, als der Pfahl im Fleische des Juden galt. Über die unsichtbare Grenze dieser Kirche hinaus wohnte kein Jude mehr. Es war vielen schon ein Dorn im Auge, dass die wichtigen Handelsplätze um die Krämerbrücke und um das Rathaus von Spitzhüten und Geldwechslern beherrscht wurden. Martin grüßte den Juden Alexander Schmuck, der wohl gerade von der Synagoge kam. Die Stadt hatte vor Kurzem mit seinem Geld die Futterstraße neu gepflastert. Martin wünschte, sie hätten das Angebot ausschlagen können. »Wir sind das Aushängeschild der Stadt als Ausspann für die auswärtigen Marktbesucher, zahlen hohe Steuern und müssen im Sumpf versinken!« Ziegler selbst wohnte dort und forderte, auch in seiner Eigenschaft als Ratsmitglied, Abhilfe.

Die Glocke der Georgskirche schlug Viertel. Martin ging über den Innenhof durch den hinteren Eingang, der gleich über eine kleine Stufe in die Küche führte. Auf dem Herd stand ein Topf Suppe, der noch dampfte. Seine Mutter erhob sich vom großen Holztisch, an dem sein Vater und seine Brüder Günther und Hermann mit Bierkrügen saßen. »Martin! Magst du noch etwas Kohlsuppe? Günther sagt, sie wäre viel besser als die, die er im Refektorium bekommt!« Sie lächelte zufrieden.

Er bejahte, setzte sich und die alte Dame stellte eine Schüssel mit einer Scheibe Brot vor ihn hin.

»Grüßt Euch! Schön, Günther, dass ich dich noch antreffe. Wir hatten gerade Sitzung im Rathaus. Es geht um das Generalkapitel, von dem du mir erzählt hast. Ein wichtiger Anlass, kommt es doch nur alle sechs Jahre zusammen. Auch werden wichtige Ämter besetzt. Und natürlich geht es uns um die Missstände in der Stadt. Es geht so nicht mehr weiter! Weißt du, was man auf der Straße über die Geistlichkeit sagt?«

»Nein, nur raus damit!« Günther lehnte sich gelassen zurück. Er war der kühlere Gegenpol zu seinem eifrigen Bruder.

»Die Mönche mästen sich mit Sünden und werden fett von Aas. Oder: Lass den Mönch ins Haus, so kommt er in die Stube; lass ihn in die Stube, so kommt er ins Bett. Ich könnte noch weiterreden. Wie's den Mönchen eigen, Essen, Trinken, Schweigen.« Günther zuckte verächtlich mit den Schultern. Ihn betraf das nicht.

»Martin, es reicht!«, mischte sich Vater Hans ein. »Worum geht's?«

»Es geht um die Zustände in der Stadt. Die Kirche lebt's vor, das Volk macht's nach. Das Volk treibt's bunt und niemand wird ihm habhaft.«

»Günther, dein Bruder hat recht. Seit zehn Jahren gehörst du dem Orden an. Was sagst du dazu? Oder du, Hermann. Du bist auch schon ein paar Jahre auf dem Petersberg?«

Hermann schaute betreten auf den Boden. »Der Abt lässt alles zu. Zudem hat er auch nichts unter Kontrolle. Er wohnt außerhalb der Klausur und lässt es sich gut gehen!«

Günther fügte hinzu: »Ich könnte so einiges berichten. Doch wer will es hören? Wer kann es ändern, wenn der Abt selbst der Schlimmste ist? Hier kommt ein Spruch von mir: Alles mit der Zeit, sagte der Abt, wie man ihn ob der Magd ertappte.«

Sie mussten lachen.

»Mein Sohn, Günther, du hast in diesem Jahr dein Grundstudium des geistlichen Rechts als Magister Artium abgeschlossen. Denkst du nicht, du könntest Einfluss nehmen? Der Titel gibt dir zweifelsfrei Autorität. Das Amt des Priors stünde dir gut. Danach solltest du streben. Versuche, dich beim Generalkapitel einzubringen. Auch wenn du bei den Gesprächen nicht dabei bist, könntest du dich in privaten Unterhaltungen hervortun, durch eine vorbildliche Haltung auf dich aufmerksam machen.«

»Ja, Günther, strebe den Prior an, und du, Hermann, du kannst schreiben und rechnen, versuche, in die Verwaltung zu kommen!«, riet Martin. »Da du gerade zu mehr Mitsprache rätst. Wie steht es um deine Chancen, in den Viererrat gewählt zu werden?«, erinnerte der Vater an Martins diesbezügliche Ambitionen.

»Es geht immer um Einfluss und Verbindungen. Wenn man mir zutraut, etwas bewegen zu können, so wird man mich wählen. Mein Amt verpflichtet euch alle. Unsere Familie muss im rechten Licht stehen.«

»Wir müssen zurück ins Kloster. Zur Komplet dürfen wir nicht zu spät sein. Gehabt euch wohl!« Der ältere

Mönch Günther und sein jüngerer Bruder Hermann verließen in ihren schwarzen Kutten das Elternhaus, liefen bis zur Pergamentergasse, wo aus den Werkstätten der Papiermacher die Geräusche der Pressen zu hören waren, zum Severiviertel, das sich rechts unterhalb der Severikirche auf dem Domberg erstreckte. Dann ging es ein Stück bergan, an den Weinbergen des Klosters vorbei, auf den Petersberg.

Rechts außerhalb der Klausur befand sich das Gasthaus zum Grünen Hagen. Hier wohnte Abt Hartung Herling mit seinen Familiaren in dem eigentlich für Gäste bestimmten Gebäudekomplex. Es waren Laienmitglieder, die außerhalb des Klosters die Spiritualität des Benediktinerordens leben wollten, die bei ihm Rat und Vorbild suchten. Er selbst führte daher auch eher das Leben eines weltlichen Herrn und stellte seine aufwendige Haushaltung gerne zur Schau. Nur wenige Schritte und der Erfurter Benediktiner befand sich inmitten städtischen Lebens und Treibens. Einige Brüder aus dem Kloster tafelten ausgiebig und nach ihrem Geschmack in der Wohnung des Abtes und entzogen sich so der Verpflichtung zu Pünktlichkeit, Tischdienst, Gebet und Lesung sowie dem kargen Essen.

»Die Mönche verneigen sich nicht vor dem Abt, sondern vor seinen vollen Schüsseln. Merk dir das, Hermann! Hörst du das Gelächter und das schnelle Spiel der Geige? Es scheint schon wieder lustig zuzugehen.«

Günther und Hermann machten ein angewidertes Gesicht. Sie erreichten das große Holztor und klopften. Der Pförtner öffnete. Rechts war der Abteihof mit der großen Abtei. Links von der Pforte die Stallungen und der Wirtschaftshof, der sich die ganze Nordseite entlang erstreckte, mit dem Brau- und Malzhaus am Ende. Im Klosterinneren lagen nördlich des Kreuzgangs die Küche, das Laienrefektorium für die Brüder ohne Priesterweihe, das Sommerrefektorium, die Sprachstube und die Bibliothek, östlich das Winterrefektorium, das Archiv, der Kapitelsaal, in dem sich jeden Freitag die Mönche versammelten, südlich grenzte die Kirche an, und im Westen, wieder in Richtung Eingang, befanden sich die Kellnerei und die Böttnerei, die Fässer putzte, band und herstellte. Außerhalb des Klostergemäuers gelangte man nördlich zum Holzstadl, östlich zur Infirmerie, der Krankenstation, und zur Annenkapelle. Zwischen Annenkapelle und den Osttürmen der Peterskirche lag der Kirchhof mit der kleinen Fronleichnamskapelle. Die Brüder liefen durch die große Abtei über den Eingang im Westen in die Kirche zum Gebet. Dreiundzwanzig Altäre zählte die Kirche, wobei die mittleren, der Barbara-Altar, der Kreuz-Altar, der Benedikts- und der Peter-und-Paul-Altar im hohen Chor die wichtigsten waren. Der Bonifatius-Altar war eine Stiftung von Heinrich Brun, der schon seit Jahrzehnten im Stadtrat vertreten war. Der Barbara-Altar war von den Grafen von Gleichen vor circa hundert Jahren gestiftet worden. Sie hatten hier ihre Familiengruft.

An die achtzig Mönche, überschlug Hermann, hatten sich im Hohen Chor eingefunden. Weniger als die Hälfte aller Klosterinsassen. Sie nahmen ihre Plätze stehend im Chorgestühl ein. Mit gesenktem Kopf sprachen sie ein stilles Gebet. Der Prior saß rechts neben den Chorschranken. Die Kantorenbrüder Konrad von Kreuzburg und Friedrich Goldschmied stimmten den Psalmengesang an, in den die Anwesenden einstimmten. Die unterschiedlichen tiefen Tonlagen wurden ergänzt durch glockenhelle Stimmen, die zeitversetzt erklangen. Die Schwingungen erfüllten den ganzen Raum und durchfluteten das Innerste der Klosterbrüder. Günther stieß Hermann mit dem Ellenbogen unauffällig in die Seite und deutete mit den Augen auf Bruder Walter, der, die Kapuze tief ins Gesicht gezogen, offensichtlich die Augen geschlossen hatte und nun leicht hin und her wankte. Als der Gesang verstummte, vernahm man von ihm ein leises Schnarchen. Hermann flüsterte in seine Richtung: »Walter! Aufwachen!«

Der schrak zusammen und stieß so ungünstig gegen seinen hochgeklappten Sitz, dass die Stuhlklappe krachend nach unten fiel und man meinte, der Kirchenraum werfe das Krachen als Echo zurück.

»Halt die Klappe und sammle dich!«, wurde er vom Prior ermahnt.

Während der Komplet, dem Nachtgebet, sah Günther sich nach Abt Hartung um. Er war nicht überrascht, ihn nicht zu sehen.

Hartung Herling befand sich im Grünen Hagen, hatte seine jüngste Bedienstete, die 15-jährige Tochter des Böttchers Schmalfuß, in sein Zimmer kommen lassen, als es in der Gaststube laut und lustig zuging, und sie gefragt, ob sie etwas zu beichten hätte. Sie verneinte.

»Schönes Kind, komm setz dich mir gegenüber. Ich weiß, du musst Vertrauen zu mir fassen, um mir deine sündigen Gedanken zu gestehen.« Er zog einen Stuhl dicht vor den seinen, bedeutete ihr, sich zu setzen, und nahm ihre Hände. »Hör mal, Gott sieht alles und weiß alles. Ob eine Sache getan oder nur gedacht, ist das Gleiche. Denkst du manchmal an einen unbekleideten Mann?«

»Eigentlich nicht, oder vielleicht«, gab das Mädchen schüchtern zu.

»Hast du schon einmal einen beobachtet?«

Nun fühlte sie sich ertappt. Gott sah alles. Leugnen half nicht. »Ich habe schon einmal durchs Schlüsselloch geschaut, als meine Schwester und ihr Mann sich liebten.«

»Und, was hast du gesehen, mein Kind? Und welche Wünsche kamen in dir auf?« Hartung Herling merkte, wie seine Fragen, ihre Antworten und vor allem ihre Unschuld, die leicht erröteten Wangen und ihr tiefer Atem ihn erregten. Als sie dann sagte, wie ihr Schwager sich entkleidete und in ihre nackte Schwester eindrang und sie sich an ihre Stelle gewünscht hatte, zog der Abt sie zu sich und legte ihre Hand in seinen Schoß. »Gott will dich nicht unerfüllt und vor allem unerfahren von mir, seinem Diener, gehen lassen. So, wie du mir dienen musst, muss ich ihm dienen. So ist für alles gesorgt. Er begann, sie zu entkleiden, entledigte sich seines Beinkleides, ließ sie einen großen Schluck von seinem Gebrannten nehmen und begann sie am ganzen Körper zu streicheln. »Schäme dich nicht, es ist Gottes Wille. Er kennt dich sowieso.«

Der starke Alkohol machte des Böttchers Tochter willig, der Abt zog die Vorhänge zu und vergnügte sich an dem Mädchen, das er erst nach über einer Stunde mit der Ermahnung gehen ließ, dass die Beichte für beide dem Schweigegebot unterlag. Eine mehr, die mir hin und wieder das Leben versüßt, dachte er zufrieden bei sich.

Als sie das Zimmer verlassen hatte, richtete er seine Kleidung, zog seine Kutte über, setzte seine runde Kappe auf, die genau seine Tonsur bedeckte, und verließ den Grünen Hagen durch die Hintertür. Er musste ins Kloster, um nach dem Rechten zu sehen. Der Weg war zwar kurz, doch half er ihm, seine Gedanken an das Mädchen abzuschütteln. Er konzentrierte sich auf die Umgebung. Hinter der Mauer auf dem Klostergelände fingen die ersten Knospen an zu blühen. Ja, auch in ihm regten sich die Frühlingsgefühle immer wieder – an sich ein gutes

Zeichen, dachte er, das von Jugendlichkeit und Gesundheit zeugte. Der Vorgarten eines Ordens symbolisierte eigentlich das Paradies. Er sah sich auf den Beeten um. Schlechtes Gewissen machte sich in seiner Magengegend breit. Angesichts der soeben erlebten Freuden erinnerte er sich an den Sündenfall. Die Frauen sind Verführerinnen und Schlangen! Was soll ich machen, Gott?, fragte Hartung in Gedanken. Morgen werde ich den Gärtner beauftragen, das Unkraut zu jäten, die Bäume in Form zu bringen und den Rasen zu schneiden.

Gerade als er seinen Schritt zur Abtei lenken wollte, kam ihm der Konventuale Otto Konrad Pfefferkorn entgegen. »Abt Hartung, ich grüße Euch. Ich wollte mit Euch sprechen. Es geht um Ichtershausen.«

Der Abt forderte ihn auf, mitzukommen. In der Abtei gingen sie in Hartungs Arbeitszimmer, wo dieser Konrad einen Hocker anbot. »Was ist es, Pater?«

»Ihr wisst, dass ich schon mehrmals Sorge geäußert habe wegen der Zisterzienserinnen in Ichtershausen, deren Beichtvater ich bin. Nicht nur, dass ich immer wieder Schoßhündchen antreffe, die, wie man mir sagt, den Besitzerinnen zum Zeitvertreib im Bett dienen oder gerade letztens wieder ein Kind geboren wurde, dessen Vater möglicherweise ein Erfurter Ordensbruder ist, auch der Kerzenverbrauch recht hoch ist aus mir zugetragenen unschicklichen Gründen und ich mir freiwillig einen Keuschheitsgürtel anlege, um nicht überfallen zu werden ...«

»Entspannt Euch und kommt zum Punkt!«, ermahnte ihn der Abt mit ungeduldigem Gesichtsausdruck.

»Verzeihung. Nicht also nur das, sondern nun trage ich gar ein Panzerhemd unter meiner Kutte, weil ich von der Äbtissin Hildegard gewarnt wurde, dass bewaffnete Verwandte im Kloster auftauchen könnten, wegen der Klosterzucht, die ihren gutbürgerlichen oder adeligen Töchtern neuerdings zuteilwird. Ich bitte um Eure Unterstützung in dieser Angelegenheit!«

»Was erwartet Ihr?«

»Nun, viele Familien sehen es gern, wenn ihre Kinder den Umgang mit Nonnen pflegen, sich mit ihnen unterhalten und sogar die Feiertage im Kloster verbringen, fromm Gebete schreiben und lesen lernen und sich ein ehrbares Benehmen angewöhnen. Die Eltern sind bereit, dafür zu bezahlen oder wenigstens für die Unkosten aufzukommen. Doch ich fürchte um die Seelen der Nonnen, wenn Mädchen aus reichem Hause mit ihren roten und gelben Kleidern, mit Perlen und kostbarem Schmuck und bunten Borten die Sinne der Schwestern auf weltliche Freuden lenken.«

Weltliche Freuden. Der Abt sah für eine Sekunde das Bild des jungen Mädchens von eben vor sich, besann sich aber sofort seines Amtes. »Ich werde Euch das nächste Mal begleiten und mit der Äbtissin das Problem erörtern und auch zu beseitigen wissen. Seid unbesorgt!«

»Vielen Dank!« Konrad verließ die Stube des Abts. Hartung atmete tief durch. Er fühlte, dass er in mancher Angelegenheit nicht mehr der richtige Ansprechpartner war.

Schon klopfte der Nächste. »Herein!«

»Abt Hartung, gut, dass ich Euch antreffe. In meinem Amt als Cellerarius fühle ich mich verpflichtet, Euch darauf hinzuweisen, dass das bevorstehende Generalkapitel unter Umständen unsere Finanzen übersteigt. Die Bücher weisen nur geringe Mittel aus und mir wurden schon einige Beträge der Küche und des Gästehauses mitgeteilt, die sie für Besorgungen benötigen. Ich befürchte auch, dass der Erzbischof höchstpersönlich Einsicht in die Bücher nehmen wird und bei der Gelegenheit den Anteil des Erzbistums einfordert. Ich kann ihm schlecht erklären, dass wir mittlerweile für zwanzig Bälger zahlen. Vielleicht wird auch Ihre Wohnung außerhalb des Konvents wieder angesprochen. Ihr wisst, wie kritisch er sich im Oktober vor vier Jahren in unserer Abtei umgesehen hat und ihm auch nicht verborgen blieb, dass Ihr nicht innerhalb der Klausur lebt, wie es die Reformbulle von Basel vorsieht. Diese Urkunde mit der Verkündung der päpstlichen Rechtsakte ist absolut verbindlich, wie Ihr wisst.«

Der Cellerarius Jonas Eisenkraut war ein selbstsicherer und pflichtbewusster, aber auch gehorsamer Mönch, der sich um alle wirtschaftlichen und finanziellen Belange kümmerte. Abt Hartung wusste ihn auf seiner Seite. Gut, dass er ihn warnte. »Ich werde mir Gedanken machen. Danke für deine Offenheit!«

»Und nicht nur das. Im Vertrauen: Die Reformabsichten werden künftig Eigentum verbieten. Es aufheben, einziehen, wie auch immer – die Güterverwaltung wird sich ändern.«

»Woher wisst Ihr das?«, wurde Hartung hellhörig.

»Ich habe eine liebe Freundin unter den Nonnen von St. Martin im Brühl. Sie weiß vieles, was noch nicht in aller Munde ist.«

Hartung nickte nachdenklich und verständig. Als Jonas sein Arbeitszimmer verlassen hatte, schaute er vor der Tür, ob sich jemand auf dem Flur befand. Alles blieb still. Es war Zeit für die Prozession im Kreuzgang, worauf die Mönche in ihre Zellen zum Bibelstudium gingen. Auch Jonas war in Richtung Kreuzgang gelaufen. Hartung schlich durch die leere Kirche, schlüpfte durch eine Verbindungstür zum Kapitelsaal und ins daneben befindliche Archiv. Hier gab es einen kleinen Raum mit einer sehr schweren, durch eiserne Riegel verschlossenen Tür, zu der er als Abt den Schlüssel hatte. Er nahm sich eine Kerze und trat ein. Der fensterlose Raum war stockdunkel. Im Schein der Flamme konnte er die kostbaren Kelche, Insignien und die wertvollen Schmuckstücke, Geschenke von Gläubigen, betrachten, die dort auf samtenem Stoff in Regalen lagen oder standen, genauso wie die Reliquienbehälter. Hartung holte unter seiner Kutte ein Stoffsäckchen hervor, das an seinem Gürtel befestigt war. Nun ließ er diverse Ringe und Ketten, ein mit Edelsteinen besetztes Kästchen, ein durch Goldstickerei verziertes Tuch und einen kleinen goldenen Becher darin verschwinden. Er ordnete die Schatzstücke neu, sodass die frei gewordenen Stellen wieder gefüllt waren. Dann suchte er die Inventarliste, fand das Stück Pergament in einem Schubfach und steckte es sich in sein Obergewand. Das kalte Pergament lag steif auf seiner Haut. Er versicherte sich noch mal, dass alles unberührt aussah, schloss ab, stellte die Kerze an ihren Platz und verließ eiligst das Kloster, um seine Beute in sein privates Zimmer im Grünen Hagen zu bringen. Erst als er alles gut im hintersten Winkel unter seiner Matratze versteckt wusste, atmete er auf. Am nächsten Tag würde er seine Schwester besuchen und sie zum Wohle des Klosters und zum Schutz vor dem Zugriff Unberechtigter um Verwahrung der Gegenstände bitten. Der Klosterschatz ist nicht zuletzt aufgrund meines persönlichen Einsatzes gewachsen. Die Früchte meiner Arbeit nimmt mir niemand! Mit diesem Gedanken ging Hartung zu Bett und entglitt sofort ins Land der Träume.

Während der Abt schlief, verließen einige Mönche das Kloster. Zwei trieb es in die Gaststube, Pater Georg hatte einen kranken Mann zum Ziel. Seit zwei Wochen besuchte er ihn fast jeden Abend, um mit ihm für Genesung und das Erwachen am nächsten Morgen zu beten.

Der Mann, dessen Kräfte schwanden, hielt dann seine Hand, dankte ihm mit einer Münze und trug seiner Frau auf, dem Mönch einen guten Schluck einzuschenken, bevor er wieder hinaus zum Kloster musste. Danach schlummerte er sofort selig ein und man hörte ihn von der Küche aus laut schnarchen.

An den ersten zwei Tagen blieb es beim Schluck des guten Weinbrands. Schon am dritten Tag wollte sich die junge und hübsche Frau des Hausherrn dankbar zeigen, indem sie ihr langes Haar offen trug, die Haube absetzte und Einblicke in ihr Dekolleté gewährte. Georg hatte die Einladung verstanden, sich aber nur zu einem heißen Abschiedskuss hinreißen lassen. Der Gedanke an diesen Kuss ließ ihn jedoch nach mehr verlangend unruhig schlafen, sodass er es am nächsten Tag kaum erwarten konnte, wieder zum Krankengebet zu gehen. Dieses Mal ließ er sich verführen und landete mit der Schönen im Stroh des frisch gemisteten Kuhstalls im Raum hinter der Küche außer Reich- und Hörweite des Krankenbettes. Die junge Frau war nicht nur dankbar für das Gebet, sie schien auch liebesdurstig, konnte ihr der wesentlich ältere und nun schon länger gebrechliche Mann in dieser Hinsicht wohl kaum etwas bieten.

Auch Pater Heinrich Holt frönte regelmäßig den fleischlichen Genüssen. Sein Gewissen belastete ihn hierbei wenig. Er ging zu den Pfaffenhuren im Mumenhaus hinter St. Marien in der Halben Monds Gasse. Eigens für die Geistlichen, um sie von anderen Sünden fern und damit im sonstigen Tun anständig zu halten, wurde das Haus eröffnet. Auf Reinlichkeit wurde geachtet, die Frauen verdienten sich damit ihr Geld. Der Mönch fand daran nichts Sündhaftes. Selbst bei der Beichte jeden Freitag im Kapitelsaal gab er seine Schwäche für das weibliche Geschlecht offen zu und erntete kaum Entsetzen. Heute war ein besonders lauer Frühlingsabend. Die Sonne war fast hinter dem Horizont verschwunden und schaffte gerade noch, einen dunkelroten Lichtstreifen hinter die Stadtkrone, den Türmen von St. Marien, St. Severi und St. Peter, zu zaubern. Einige bunt gekleidete Damen mit knallroten Lippen saßen auf einer Bank vor dem Frauenhaus oder standen davor. Er wollte immer zu einer bestimmten. Sie war vielleicht gerade siebzehn Jahre alt, hatte lange blonde Haare, blaue Augen, war ein bisschen füllig mit überdimensionalen Brüsten. Manchmal machte er nicht viel mehr, als sich nur an ihren weichen Körper zu schmiegen. Sie schien ihn schon zu erwarten, denn sie erhob sich von der Bank, als sie ihn nahen sah. »Bruder Heinrich, ich freue mich, Euch zu sehen. Gleich in die Badestube oder wollt Ihr erst essen und trinken?«

»Gehen wir rein. Eine Kleinigkeit essen, dann baden und trinken, anschließend ins Bett wäre heute genau richtig.«

Sie betraten das große Haus, dessen Fensterläden immer geschlossen waren. Drinnen gab es Laternen mit rotem, blauem und grünem Glas. Die Kupplerin stand am Eingang und überprüfte, wer mit wem die Räume betrat, um dann später abzurechnen.

»Wir gehen erst in die Gaststube, dann in den großen Zuber und hinterher ins Zimmer – mit einem Krug Wein, bitte!«

Die Kupplerin nickte zufrieden.

In der Gaststube ging es bereits lustig zu. Er war nicht der einzige Mönch. Ein Karthäuser und ein Dominikaner waren ebenfalls da. Sonst machte er noch einen fremdländischen Händler aus, des Weiteren zwei Auswärtige und drei Hiesige, der eine jung, die zwei anderen älter. Ein Musikant spielte einen schnellen Rhythmus und es wurde gebrüllt, gekreischt und gelacht. Heinrich aß ein schönes Stück Schweineschulter mit gebratenem Kamm. Ihm tropfte das Fett aus den Mundwinkeln, das ihm seine Hure mit der Zunge ableckte. Dann führte sie ihn in den Baderaum, wo diverse größere Wannen nebeneinanderstanden. Sie legten ihre Kleidung ab und stiegen in das lauwarme Wasser, dem nun von einer anderen fast unbekleideten Dame heißes Wasser aus einem Bottich hinzugegossen wurde. Mit dem Waschvorgang begann das Liebesspiel, wobei sich der Mönch nicht nur von seiner Gespielin erregen ließ, sondern auch von dem, was in den anderen Zubern zu erahnen war. Da es nur vier Badebottiche gab, mussten sie dem nächsten Paar Platz machen und begaben sich nun in das kleine Privatzimmer, in dem schon ein Krug Wein wartete. Dort fuhren sie mit Zärtlichkeiten fort, bis der

Mönch sich erschöpft ein kurzes Nickerchen erlaubte. Nach zwei Stunden wachte er alleine wieder auf, zog sich an und ging zum Bezahlen.

»Ihr berechnet mir vier Stunden? Zwei davon habe ich alleine im Bett geschlafen!«, wollte er sich beschweren.

»Ihr habt das Zimmer belegt. Hier wird stundenweise abgerechnet. Seht, da ist Eure Sanduhr!« Auf einem Regalbrett standen an die 20 Zeitmesser.

»Ist schon gut!« Er lallte noch etwas.

»Und bestellt Eurem Abt, dass noch Alimente ausstehen!«, rief die Kupplerin ihm hinterher.

Günther von Nordhausen, der dem Rat seiner Familie folgen wollte, sich während des Generalkapitels hervorzutun, ging zur neunten Stunde – zur Schlafenszeit – durch das Dormitorium und die Zellen und notierte sich, wer nicht im Kloster war. Die Notiz bewahrte er in einer Tasche in der Innenseite seiner Kutte auf.

Am nächsten Morgen verließ der Cellerarius mit hektischen Schritten die Klausur und ging zum Grünen Hagen, wo er den Abt aus dem Bett holte. »Was seid Ihr so aufgeregt?«

»Abt Hartung, ich wollte wegen des bevorstehenden Kapitels das Inventarverzeichnis unseres Schatzes einsehen, aber ich konnte es nirgends finden. Ich habe sicher überall geschaut.«

»Warum wolltet Ihr es einsehen?«

»Ich wollte prüfen, ob es vollständig ist, ob sich unerlaubter persönlicher Besitz daraus ablesen lässt und welchen Wert wir in etwa dort verwalten, damit ich unsere Bücher ergänzen kann.«

»Kein Wunder, dass man in diesem dunklen Raum nichts findet. Vielleicht hat der Wind es beim Öffnen der Tür davongetragen und nun liegt es unter einem Regal oder Ihr habt es schon einmal genommen und vergessen zurückzubringen.«

»Ich habe überall geschaut, und ziehen tut es dort nicht.«

»Schreibt eine neue Liste!«

»Dazu fehlt mir die Zeit.«

»Dann beauftrage jemanden, der die Inventur machen kann. Hermann von Nordhausen ist ein guter Rechner. Ehrlich, bescheiden und zuverlässig. Du wirst bei den Vorbereitungen des Kapitels einen Gehilfen gebrauchen können. Ich werde ihn zu deinem Subcellerarius ernennen.«

»Gut. Ich danke Euch für die Hilfe. Er kann sich bei mir den Schlüssel holen.«

Hartung verließ bei Einbruch der Dunkelheit das Kloster, ging in sein Zimmer im Grünen Hagen und verstaute die Wertgegenstände unter seiner Matratze in einem Stoffsack, den er unter seiner Kutte befestigte. Dann zog er sich die Kapuze tief ins Gesicht und lief hinunter in die Stadt, an der Andreaskirche vorbei, durch die Glockengasse und dann zum Haus zum Kleinen Handschuh bei der Schildchensmühle. Dort wohnte seine Schwester Jutta, die seit der letzten Pest Witwe war und einen kleinen Laden für Garn und Zwirn, Spindeln und Spinnräder betrieb. »Jutta, mach auf! Ich bin's, Hartung!« Er klopfte dreimal.

Sie öffnete die Tür einen kleinen Spalt. Als sie ihn erkannte, ließ sie ihn herein. »Hartung, wieso bei Dunkelheit? Hat dich jemand gesehen?«

»Gegenüber plätschert die Erpha, das Mühlrad dreht sich und sonst ist niemand auf der Gasse. Die Compthurei ist dunkel. Nein, keiner.«

»Was ist denn so dringend?«

»Das Vermögen unserer Eltern … Teilweise habe ich es dem Kloster überlassen. Natürlich solange ich glaubte, dass es dort bis zu meinem Tod unter meiner Aufsicht liegt – und zu meiner Verfügung. Nun, die Dinge scheinen sich zu ändern. Nicht nur, dass ich mich verpflichten muss, auf alles zu verzichten, vielleicht wird man mich auch abberufen. Ich habe das im Gefühl. Dann verlasse ich Erfurt.«

»Oh!«, Jutta sah ihn erschrocken an. Er war der einzige Familienangehörige, der ihr geblieben war.

Nun ging Hartung zum schweren Eichentisch in der Küche seiner Schwester und legte den Stoffsack auf die Platte. »Das betrachte ich als meinen Einsatz in die Klosterkasse. Ich habe ihn mir wieder herausgenommen. Zu deiner und meiner Sicherheit will ich, dass diese Gegenstände bei dir bleiben. Hier sind sie sicher.

Versteck sie in deiner Kammer, hinter dem Haus, wie du denkst.«

Jutta hatte verstanden. Sie versicherte sich, dass niemand vor ihrem Fenster stand, und verschloss alle Fensterläden. »Ich werde den Sack im Keller neben der Treppe in einem Steinverschlag verstecken. Sei unbesorgt.« Sie legte den Beutel auf die oberste Stufe hinter der Kellertür. »Jetzt stärke dich erst mal. Ich habe ein Fässchen Schlunze. Trink einen Krug!«

Der Abt war dankbar. Er trank zu wenig. Seine Kehle war trocken und der Weg hatte ihn durstig gemacht. Nach ein paar tiefen Schlucken trieb es ihn jedoch bereits wieder zum Aufbruch. »Danke, Schwesterlein. Ich muss zurück!« Sie umarmten sich, bevor Jutta die Tür nur wenig öffnete und Hartung sich vorsichtig hinausschob. Sein Atem ließ feinen Dampf in der kühlen Luft aufsteigen. Zurück im Grünen Hagen legte er sich beruhigt zu Bett. Das Wichtigste war geregelt!

Kapitel 4

Mai 1444

ES WAR DONNERSTAG, der 9. Mai 1444. Die Mönche versammelten sich zum Abendgebet im hohen Chor. Die meisten von ihnen hatten in den letzten Tagen der Vorbereitungen des Generalkapitels viel gearbeitet. Neben Beten und Arbeiten blieb wenig Zeit, sich auszuruhen. So waren durch Buchbinder Bruder Konrad von Füssen viele Bucheinbände erneuert worden, damit die Gäste und hohen Geistlichen eine ansehnliche Bibliothek vorfinden würden. Der Gärtner hatte, wie es ihm von Abt Hartung aufgetragen worden war, den Garten einer Generalüberholung unterzogen, während der Baumeister mit seinen Gehilfen Mauern ausgebessert, Wandgemälde aufgefrischt, Wege gepflastert und Holzbalken ersetzt hatte. Vom Heilarzt waren Kräuter und Tinkturen hergestellt worden, um bei Bedarf schnell reagieren zu können. Hanf, Alkohol, Thymian, Minze, Melisse, Rinde der Trauerweide, Knoblauch, Zwiebeln, Mohn – daraus machte er Schmerzstiller, Beruhigungsmittel, Mittel zur Wundheilung und zum Austreiben schädlicher Erreger. Die sechszehn Schreiber des Ordens begannen lang vor sich hergeschobene

Abschriften, die Räume für die Gäste wurden vorbereitet, und für den morgigen Freitag hatte der Koch guten Fisch auf dem Fischmarkt gekauft und den ganzen Tag Brot und Süßgebäck gebacken. Der Vorrat an Wein und Bier wurde sichergestellt, Krüge gewaschen, Böden geputzt und Kutten vom Schneider ausgebessert. Abt Hartung wollte keinen Anlass zur Kritik geben.

Nun beteten sie für einen guten Geist über dem Kapitel und Gottes Hilfe. Es waren schon einige Gäste im Laufe des Tages eingetroffen. So war der Mainzer Erzbischof Dietrich von Erbach bereits den ganzen Nachmittag im Rathaus gewesen, um über den Judenschutz zu sprechen. Er hatte sich auch mit dem Rabbiner der jüdischen Gemeinde getroffen, um sich zu versichern, dass es den Andersgläubigen, die sich an die Regeln hielten, gut ging, und um zu erwirken, dass ein Kredit nochmals verlängert wurde. Abt Hartung Herling hatte für den Erzbischof und die Äbte Georg von St. Ägidien aus Nürnberg und Nikolaus von St. Blasien sowie Heinrich von Amorbach die besten Zimmer im Grünen Hagen reserviert. Die Äbte nahmen am Abendgebet teil, zogen sich dann aber mit Hartung in das Gästehaus zurück. Die Mönche trafen sich zur Abstimmung über die Aufgabenverteilung und den Ablauf des offiziellen Teils am nächsten Tag im Refektorium.

Günther von Nordhausen war der Erste, der sprach. »Ihr wisst, dass nach dem Kapitel nichts mehr so sein wird wie bisher. Den Erzbischof interessiert nicht allein

Erfurt. Mit der Reformierung unseres Klosters will er eine allgemeine Klosterreform in seiner gesamten Erzdiözese einleiten. Unser Erfolg soll auf andere Ordenshäuser ausstrahlen. Und natürlich gewinnt unsere Stadt an gutem Ruf, die besten Professoren werden an unserer Universität lehren wollen, es nützt dem Handel und letztendlich dem Wohlstand aller Bürger.«

»Ob unser Abt das überlebt?«, fragte Bruder Konrad.

»Man wird sehen. Jedenfalls wird sich die Spreu vom Weizen trennen. Der Sünde gilt es Lebewohl zu sagen.« Pater Günther schaute in die Runde. Nicht jeder von ihnen mochte seine belehrende Art, aber alle wussten, dass er mit seinem Bruder Hermann, der nun sogar das Geld und die Güter mit verwaltete, und mit seinem anderen Bruder im Stadtrat über Einfluss verfügte.

»Gehen wir schlafen. Der Tag morgen wird lang! Jeder kennt seine Aufgaben. Gibt es noch Fragen?« Schon wieder übernahm Günther das Kommando. Einige gähnten, schüttelten die Köpfe und gemeinsam begaben sie sich zum Dormitorium.

Am nächsten Tag morgens um zehn wurde das zwölfte Generalkapitel der Provinz Mainz-Bamberg feierlich eröffnet. Auch Hartung Herling gehörte zu den Vorsitzenden. Auf der Tagesordnung stand das Reformprogramm einer Bulle. Die einzelnen Kapitel der Bulle wurden besprochen. Arbeitsgruppen erstellten Listen von Maßnahmen. Schreiber setzten Verträge auf und schrieben Protokolle. Im festlich eingedeckten Refektorium wurde zu Mittag Fisch gespeist, zur Nachmittagspause gab es Gebäck, Honig, gesüßte Mandelmilch und Wein. Am Abend wurde eine Biersuppe mit Brot serviert. Nach dem feierlichen Abendgottesdienst schloss der Mainzer Erzbischof die Versammlung mit den Worten: »Ich freue mich, dass wir uns auf das Programm einigen konnten. Damit werden Präsidenten, Visitatoren und Verantwortliche mit der Vollmacht ausgestattet, in jedem von der Observanz abweichenden Kloster die Benediktinerreform durchzuführen, ja sie nötigenfalls ohne Rücksicht auf Sondergewohnheiten oder päpstliche Verfügungen mit Kirchenstrafen und mithilfe der weltlichen Gewalt zu erzwingen.« Der Erzbischof wies mit nach oben gekehrter Handfläche in Richtung des anwesenden Stadtrates, zu dem auch Martin von Nordhausen gehörte. »Wir hatten gestern schon lange Verhandlungen im Rathaus, wo ich mich der Unterstützung und Zusammenarbeit mit der Stadt und ihren Ordnungshutern versichern durfte. Schließlich profitieren wir alle von Sicherheit, Sauberkeit und lauterer Lebensführung.« Die Räte nickten zustimmend. »In drei Jahren wird eine Tagung in Petershausen stattfinden. Hierzu ernenne ich Abt Hartung Herling zu einem der Vorsitzenden und bedanke mich gleichzeitig für die Gastfreundschaft und gute Organisation dieses Treffens.«

Hartung wusste, dass dieser Vorsitz ein weiteres Druckmittel darstellte, die Umsetzung der Reform mit aller Macht voranzutreiben und seine Privilegien aufzugeben. Er lächelte höflich.

»Außer den Abt von St. Peter berufe ich des Weiteren in die Reformkommission: die Chorherren des Marienstifts, Matthias von Bursa und Konrad Moer, sowie den Chorherrn von St. Severi, Jakob Hartmann. Damit haben wir zwei Personen, die gleichzeitig an der Universität wirken. Ich freue mich auf die Früchte unserer Bemühungen, die wir in drei Jahren in Petershausen bewerten werden. Dann wird auch der Abt von Bursfelde an der Weser anwesend sein. Nördlich des Mains ist es das einzige Reformkloster der Benediktiner. Dort gibt es nicht nur eine eigene Observanz, sondern auch eine kleine Kongregation, die andere Häuser berät. Das vielleicht auch als kleiner Denkanstoß!«

Günther, der unter den Zuhörern war, suchte Augenkontakt mit seinem Bruder Hermann. Sie nickten sich zufrieden lächelnd zu. Einige der anwesenden Konventualen, die in Abt Hartung einen verständnisvollen und großzügigen Vater sahen, der selbst so manche Freuden nicht verpönte und ihnen stets zur Seite stand, versuchten ihre Betroffenheit zu vertuschen und schauten zu Hartung, der aber mit gespielt gleichgültiger Miene vermied, überhaupt jemanden anzublicken.

Am nächsten Tag standen Besuche bei Klöstern an. In St. Peter wurden besonders die Schreibstube, die Buchbinderei und die große Bibliothek gelobt. Die Gäste staunten über die vielen Kirchen der Stadt. Die Dominikaner luden zum Gottesdienst und der Erzbischof pries die Verurteilung Meister Eckhards, der mit seinen Lehren im letzten Jahrhundert in der Kirche an diesem Ort Häresie betrieben hatte.

»Mit genau solchen Reformen, wie wir sie gestern beschlossen haben, soll Überschätzung und Selbstherrlichkeit entgegengewirkt werden.«

Der Abt aus Nürnberg wollte wissen, was es mit dem Stifterbild des Kalvarienberges auf sich hatte.

»Vor fast genau hundert Jahren, am 21. März 1349, hatten sich, ohne Zustimmung des Rates, Bürger zusammengerottet, die der jüdischen Gemeinde so böse zusetzten, dass die Juden ihre eigenen Häuser in Brand steckten und sich gleich mit. Nicht ganz unschuldig an der Situation war Hugo Lange – deshalb dieses Anbetungsbild, mit dem er die Tat rechtfertigte. Jesusmörder ...«, erklärte der Dominikanermönch und zuckte mit den Schultern.

»Und doch habt Ihr eine große jüdische Gemeinde, habe ich gehört.«

»Eine Zeit lang musste es ohne die Juden gehen, aber dann fehlten die Geldwechsler und Geldverleiher, auch die Händler und Handwerker bemerkten den Verlust an Käufern. Und wenn jemand krank war, ging er dreimal lieber zu einem jüdischen Arzt als in ein Erfurter Hospital. Dennoch, die Probleme bleiben. Sie sind anders. Die Erfurter und die Juden kommen nicht richtig zusammen.«

»Was ist das Problem?«

»Neid, Geld, Misstrauen. Was weiß ich.«

Der Dominikaner Prior zeigte den Besuchern gerade einige bekannte Erfurter, die ihre Grabstätten genau vor dem Altar hatten. Der Mönch und Abt Georg schlossen auf. Die Geistlichen besichtigten das Rathaus, sahen sich die Auslagen der Krämer auf der mit Häusern bebauten Brücke über der Gera an, waren Gäste des Ritterordens im Saal des Comthurhofes und erhielten eine Vorstellung der Gutenberg'schen Druckpresse mit beweglichen Lettern im Haus zum Güldenen Stern in der Allerheiligenstraße. »Johannes Gensfleisch aus Eltville – auch Johannes Gutenberg genannt – war Student in Erfurt vor einigen Jahren«, bemerkte der Drucker stolz.

Weiter begutachteten die Gäste die Stände auf der Lehmannsbrücke, bewunderten die Werkstätten der Papiermacher in der Pergamentergasse, ließen sich das Collegium Maius der Universität zeigen, in der Studenten mit langen Talaren ein und aus gingen, und fühlten sich in der Michaelisstraße, in der viele Personen mit spitzen Hüten die Straße entlangliefen und in der es viele Häuser mit kleinen Behältnissen, die den Haussegen auf einer winzigen Schriftrolle enthielten, gab, wie in einem anderen Land. Diese Häuser gehörten jüdischen Bürgern. Fremdländische Händler fuhren in die große Waage, die sie durch eine gegenüberliegende Ausfahrt in der Waagegasse verließen, um dort in den städtischen Speichern ihre Waren zu lagern.

Am Sonntag wurde der Orden der Zisterzienserinnen visitiert, am Nachmittag gab es eine große Messe auf den Graden des Domes für die Stadtbevölkerung. Montag war große Abreise. Abt Hartung Herling bekreuzigte sich, als auch endlich die letzte Kutsche über das Kopfsteinpflaster holpernd seinem Blick entschwand. Er war erschöpft und wollte sich nur noch in sein Zimmer zurückziehen. Vorher sprach er jedoch mit dem Prior: »Lasst alle Spuren des Besuchs noch heute von den Mönchen beseitigen, damit wir wieder klar denken und uns auf unser Klosterleben besinnen können!«

»Ja, die Küche ist schon seit dem frühen Morgen sehr fleißig. Ich kümmere mich. Abt Herling, da ich Euch jetzt unter vier Augen spreche, wie wird es weitergehen? Was genau wird sich ändern?«

»Entspannt Euch. Morgen werde ich die neuen Regeln verlesen. Jeder wird sich daran halten und es ist gut.«

Der Prior nickte und machte dazu ein Gesicht, als hätte er das Konzept noch nicht ganz verstanden.

Hartung Herling betrat den Grünen Hagen. »Emmi, du Goldstück des Hauses, sei so lieb und bring mir einen Krug Bier aufs Zimmer. Wenn du magst, kannst du mir auch noch etwas Gesellschaft leisten.« Er zwinkerte ihr zu. Emmi war kaum jünger als Hartung, hatte üppige Kurven, ein derbes Mundwerk und halblanges blondes Haar. Sie arbeitete schon seit ihrem sechzehnten Lebensjahr im Ausschank des Wirtshauses und kannte jeden Gast und jeden Bewohner, verdiente sich auch ein paar Extrataler, wenn sie den Bewohnern beim Putzen zur Hand ging. Abt Herling war ihr Liebling, und sie wusste, dass er es mochte, wenn sie ihn bemutterte.

Das Wirtshaus hatte noch nicht geöffnet. Sie brachte ihm eine ganze Kanne Bier, nahm zwei Krüge mit und setzte sich auf seine Bettkante. Er hatte sich schon lang ausgestreckt und atmete tief durch. »So ein Trubel schafft einen doch ganz schön. Komm, leg dich zu mir!«

Emmi drängelte ihn etwas zur Seite und machte es sich neben ihm bequem. Sie nahm seine Hand und streichelte sie. »Jetzt sind sie alle wieder weg. Wirst du nun sehr streng werden?«

»Furchtbar streng!« Er lachte und nahm sie in den Arm. »Lass uns ein bisschen kuscheln.«

Sie hielten sich ein wenig fest, küssten sich, er legte seinen Kopf auf ihren weichen Busen und schlief ein.

Als er ausgeschlafen hatte, hörte er Emmi unten in der Gaststube lachen und Scherze machen. Er raffte sich auf und ging in die Abtei. Dort ließ er sich noch einmal die Beschlüsse der Tagung durch den Kopf gehen und lief dann pünktlich zum Abendgebet in die Kirche. Nach dem üblichen Gottesdienst richtete er das Wort an seine Konventualen. »Liebe Brüder, Ihr wisst: Die Reform ist beschlossen. Die Vorschriften sind schon immer da gewesen. Ich muss Euch anhalten, diese auch streng zu befolgen. Keiner reitet aus oder verlässt den Konvent ohne Erlaubnis. Der Bruder Pförtner wird angewiesen, nur die Prokuratoren oder besonders beauftragte Konventualen, niemals aber einen Mönch ohne Begleitung in die Stadt hinuntergehen zu lassen. Bürgerliche haben erst nach Erlaubnis Zutritt, Verwandtenbesuche sind eine vom Visitator einzuholende Ausnahme. Außerdem ist es verboten, sich ohne Zeugen in einer Kapelle oder an einem anderen Ort mit einer Frau zu unterhalten. Sonst droht der Kerker! Ach ja, und Bücher und Schreibzeug bleiben Allgemeingut. Noch Fragen?«

»Ändert sich etwas an den Speiseregeln?«

»An Fastentagen kein Fleisch und generell weniger. Tischdienst wie immer, Fußwaschung am Ende der Woche, bei der jeder ohne Unterschied des anderen Diener ist. Gehorsam, Schweigen, Demütigung im SchuldKapitel. Alles wie immer.«

Die Mönche nickten.

»Pater Konrad!«

Konrad Pfefferkorn sah auf.

»Wie ist es inzwischen mit Euren Besuchen im Kloster der Zisterzienserinnen? Bei unserer Visite sprach ich kurz mit der Äbtissin, die beeindruckt war von der Delegation. Sie versicherte, dass Ihr niemanden dort fürchten müsst!«

»Ja, mein Abt, mein gestriger Besuch verlief ganz ohne Zwischenfälle. Ich danke Euch!«

»Wer mich sprechen will, findet mich in der Abtei. Pater Georg, Euch möchte ich gleich sprechen.« Abt

Hartung löste damit die Versammlung auf und begab sich in seine Amtsstube. Georg folgte ihm.

»Pater Georg. Ihr erwähntet bei Eurem letzten Schuldbekenntnis das körperliche Dankesangebot der Frau eines Kranken. Ihr werdet dort nicht mehr hingehen. Ich schicke jemand anderen.«

Georg beugte seinen Kopf und verließ demütig mit innerem Bedauern das Zimmer.

Johannes Müller, der Infirmarius und Priester, war der Nächste, der ihn gleich in seinem Arbeitszimmer aufsuchte. »Abt Hartung, ich besitze Pfründe und Benefizien in verschiedenen Pfarreien. Die werden mir doch nicht entzogen, oder?«

»Um's genau zu sagen, doch! So sieht es die Reform vor.«

»Wie steht Ihr dazu, mein Abt?«

»Ich sehe es etwas anders. Nichts, das wir besitzen, besitzen wir unverdient. Es dient uns zur Absicherung im Alter und entlastet die Gemeinschaft, die sonst für uns aufkommen müsste. Solange ich hier bin, müsst Ihr um Euren Besitz nicht fürchten. Vielleicht benötigen wir Beistand von unseren Rechtskundigen. Ich werde mit Günther von Nordhausen sprechen. Er hat gerade dieses Jahr seinen Magister des geistlichen Rechts gemacht.«

Kapitel 5

1444

PATER GÜNTHER WUNDERTE SICH, dass ihn der Abt in sein Arbeitszimmer kommen ließ. »Mein Abt, Ihr wünscht?«

Hartung saß an seinem Schreibtisch und bot Günther von Nordhausen den Schemel auf der gegenüberliegenden Seite mit einer Handbewegung an. »Pater Günther, schön, dass Ihr meiner Bitte gleich gefolgt seid. Ihr seid seit zehn Jahren hier im Kloster. Ich habe Euer Studium unterstützt und nun seid Ihr Magister der Jurisprudenz. Ich bin sehr stolz auf Euch.« Er machte eine bedeutsame Pause. »Wie Ihr wisst, gilt es für unser Kloster, die Befolgung der Regel unseres Heiligen Benedikts zu erneuern und streng zu verfolgen.« Abt Hartung Herling wusste, dass Günther zu den reformtreuen Mönchen zählte. »Verzicht auf Eigentum, Schweigen, Demut, Keuschheit, Gehorsam und stabilitas loci, strenge Klausur. Er lebte vor eintausend Jahren, zunächst als Einsiedler, dann gründete er ein Kloster und verfasste die bedeutendste Klosterregel des Abendlandes. Natürlich hat sich der Mensch weiterentwickelt, Erfahrungen gesammelt und daraus gelernt. Es gilt, die Regel zeitgemäß auszulegen, ihre positive Intention zu deuten und im Hier und Heute umzusetzen. Einige unserer Konventualen, einschließlich meiner Person, und ich glaube, auch Ihr gehört dazu, haben kraft ihres Wirkens Zuwendungen erhalten, die sie in die Lage versetzen, später ihrem Orden nicht zur Last zu fallen. Auch gibt es Vermögen, das Familienmitglieder nur dieser ihnen lieben Person zudenken. Es wäre gar frevelhaft, diese Schenkungen einfach weiterzugeben – in diesem Fall hätten die Besitzer ihr Vermögen vielleicht eher unter den Bettelkönigen verteilt. Euer Bruder Martin legte Euch und Euren Bruder als Empfänger seines Vermögens fest. Was tätet Ihr damit, wenn er nun versterben würde? Würdet Ihr es dem Kloster schenken? Was sagt die Rechtslehre hierzu?«

Die umständliche Einleitung, das Wissen um das Testament seines Bruders und die direkte Fachfrage, die er verbindlich beantworten sollte, überraschten Pater Günther. »Die Antwort kann ich nicht aus dem Ärmel schütteln. Es kommt darauf an. Ich werde es prüfen. Eure Argumentation ist nicht von der Hand zu weisen. Vielleicht bedarf es eines Diskurses mit anderen Gelehrten. Gebt mir etwas Zeit.«

»Selbstverständlich, Pater Günther. Ich erlaube Euch, zu diesem Zweck das Kloster auch ohne Begleitung zu verlassen. Ich stelle Euch einen Schein für den Pförtner aus, holt ihn Euch in der Schreibstube ab.«

Günther bedankte sich und ging. Es läutete zur Matutin. Er beeilte sich, sein Magen knurrte, aber zuerst wurde gebetet.

Nach dem Essen holte er sich seine Ausgeherlaubnis beim Schreiber und machte direkt davon Gebrauch. Statt jedoch zur Universität zu gehen, besuchte er sein Elternhaus, wo er kurz nach dem Mittagsschlaf seinen Bruder Martin antraf, der gerade in die Stadt gehen wollte, um seine Verlobte Katarina Färber zu treffen.

»Grüß dich, Martin. Kann ich dich sprechen?«

»Natürlich. Ist's wegen der Reform? Ein voller Erfolg für den Stadtrat!«

»Ja, wegen der Reform. Abt Hartung hat mich als Rechtsgelehrten gefragt, wie es denn nun mit Eigentum wäre. Meine Antwort würde auch dein uns testamentarisch zugedachtes Erbe betreffen.«

»Mach dir die Antwort nicht so schwer. Ein Teil für das Kloster und die Seelenfürbitte, der größte Anteil zur persönlichen Absicherung im Alter. Euer Abt wird aber in jedem Fall auf seine Wohnung verzichten müssen. Wo gibt es denn so was? Lebt wie ein Weltlicher, fordert aber Gehorsam seiner Mönche ein!« Martin zog sich seine dünnen Lederstiefel an. Es war ein sonniger Tag und er war voller Vorfreude auf seine zukünftige Frau. »Katarina ist ein Prachtweib. Mit der Verbindung unserer beiden Höfe gewinnen wir im Waidgeschäft und beim Bierausschank.«

Draußen vor der Hoftür vernahmen sie den Bierrufer.

»Im Haus zum Güldenen Rade ist ein wohlfeil frisch Bier angestochen worden!«

»Hörst du? Allein schon die Lage direkt auf der Via Regia zwischen Fischmarkt und dem großen Markt vor den Graden, wenn du willst, auch dem Galgen und dem Henkershaus, wird uns reich machen. Viele durstige Kehlen ziehen dort vorbei. Ins Georgenviertel verlaufen sich nicht ganz so viele«, fügte Martin noch im Hinausgehen hinzu.

Katarina Färber war die einzige Tochter des Besitzers des großen Anwesens, das der Bierrufer gerade als Brauhaus ausgerufen hatte. Ihre Eltern waren froh, dass sie den angesehenen Ratsherrn Martin heiraten würde. Katarina war erst sechszehn, aber in zwei Jahren war die große Hochzeit geplant. Sie war ein sehr hübsches, fleißiges und kluges Mädchen mit streng zurückgebundenen langen braunen Haaren und braun-grünen Augen. Sie half ihren Eltern beim Brauen, beim Ausschank und bei der Waidherstellung. Ihr Vater war Mitglied der Waidjunker Gilde. Er schickte seine Tochter zu den Magdalenerinnen, wo sie schreiben und rechnen lernte, um ihm und ihrer Mutter mit den Büchern zur Hand zu gehen.

Günther beschloss, die Frage nicht zu einem städtischen und universitären Diskurs auszuweiten, und ging zurück zum Kloster. Bevor er die Klausur betrat, wollte er dem Abt seine Antwort überbringen. Er ging zum Grünen Hagen und bat Emmi zu schauen, ob der

Abt da wäre. Sie ging und klopfte an seiner Zimmertür. »Abt Hartung, unten wartet einer Eurer Mönche.«

»Schickt ihn hoch!«, kam die Antwort von innen.

Als Günther das Zimmer betrat, wunderte sich der Abt, denn für gewöhnlich kamen nur die Brüder zu ihm, die, wie er, der Reform ablehnend gegenüberstanden. »Kommt rein, setzt Euch, Bruder.«

Günther war irritiert. Er hatte einen kargen Raum mit einem kleinen Altar und einer farblich gedeckten Ausstattung erwartet. Dieses Zimmer war mit einem Bett mit weichem Daunenbettzeug, einem Samtbaldachin und samtenen Vorhängen in Weinrot, einem großen Kleiderschrank, einer Kommode, einer Truhe und einem Bücherregal sowie einem Esstisch mit sechs Stühlen bestückt. In der Mitte lag ein grün-blauer Teppich und die Vorhänge der Fenster waren königsblau. Es fehlte an nichts. Es gab auch eine Waschschüssel mit Kanne und einen passenden Topf unter dem Bett aus weißem gebranntem Ton mit floraler Verzierung. Gut, über der Kommode hing ein Kruzifix an der Wand und an einem der Bettpfosten eine kleine Mutter Maria. Die Zimmer in seinem Elternhaus sahen nicht aufwendiger aus. Er versuchte, sich seine Verwunderung nicht anmerken zu lassen.

»Abt Hartung, ich habe die Frage geprüft und bin zu folgender Antwort gekommen: Gegen gewisse Vermögensgegenstände und Geld ist nichts einzuwenden, solange man einen selbst erwählten Anteil dem Kloster stiftet und der andere Teil zur Entlastung des Klosters zur eigenen Absicherung dient. Die Regel bezieht sich vielmehr auf das alltägliche Leben, das nicht von Besitz dominiert sein soll: nicht mein Buch, dein Buch, mein Schreibzeug, dein Schreibzeug. Die Beachtung und das ständige Mitsichführen von Eigentum, vielleicht sogar das Prahlen damit. Das hindert das Gemeinschaftsleben, die Beweglichkeit, die Freiheit im Denken und die Gleichheit und auch die Einfachheit – das ist es, was vermieden werden soll. Ein Geldpolster, das im Hintergrund ruht, ist gestattet.« Günther dichtete dazu, während er sprach, und gefiel sich in seiner Rede ganz gut.

Hartung nickte wohlwollend. Er war sich bewusst, dass auch Pater Günther etwas zu verlieren hatte. »Sehr gut. Ich finde, Ihr habt mit Eurem Magistertitel ein angemessenes Amt verdient. Ich werde Euch zum Kustos ernennen. Zum höchsten Hüter unserer Ausstattung, unseres Klosterschatzes und unseres Bauwerks. Ihr überwacht auch die Arbeit des Subkustos beim Vorbereiten der Gottesdienste und dem Läuten der Glocken. Damit untersteht Euch auch der Cellerarius Pater Jonas Eisenkraut und Euer Bruder.«

»Vielen Dank für Euer Vertrauen. Ich nehme diese Aufgabe gerne an und will nun um göttliche Führung bitten.« Günther verabschiedete sich und dankte Gott für die Zurückhaltung seiner Zunge. Beinahe hätte er dem Abt gesagt, dass er mit Umsetzung der Reform in die Klausur ziehen müsse. Doch die Überbringung dieser Forderung war gar nicht seine Aufgabe. Sollte sich doch ein anderer mit dem Abt auseinandersetzen.

Bei nächster Gelegenheit berichtete Günther seinem Bruder Martin von seiner Beförderung und der damit einhergehenden Aufsicht über die Güter des Klosters. »Nun vermeide bitte auch du, Martin, als Stadtrat in Verbindung mit der Aufforderung an den Abt, auf seine Privilegien zu verzichten, deinen Namen ins Spiel zu bringen!«

»Ich gratuliere, Günther! Ja, das werde ich beherzigen. Der Stadtrat soll diese Aufgabe den Geistlichen innerhalb der Reformkommission überlassen.«

Kapitel 6

Es war ein schöner Sommer, stürmischer Herbst und kalter Winter. Mancher Mönch war streng gegen sich selbst, andere, die sich zunächst abwartend verhielten, führten bald ihr Leben wie bisher. Schließlich warteten die Frauen, das eigene Kind, die Lust und die Sehnsucht nach Wärme und Zärtlichkeit. Der Frühling, in welchem sich der Reformbeschluss des Kapitels jährte, war eine Fortsetzung der Missachtung. Abt Hartung hatte nichts geändert. Sein Vorbild diente den Konventualen als Rechtfertigung ihrer Verfehlungen. Die Natur erwachte und mit ihr verstärkte sich das Verlangen nach Zerstreuung außerhalb der Klausur. Martin von Nordhausen heiratete Katarina Färber. Es war ein rauschendes Fest. Die Trauung fand in der St. Georgskirche statt. Auch Günther und Hermann waren eingeladen. Sie segneten das Paar, verabschiedeten sich aber schon früh zurück ins Kloster, bevor der lustige Teil mit Tanz und Schmaus begann. Katarina trug ein schwarzes Kleid. Ihre Haare hatte ihr ihre Magd aufwendig hochgesteckt und mit Perlen verziert. Sie trug einen Kranz auf dem Kopf, der aus frischen Blüten gefertigt war.

Martin hatte ein besonders feines Hemd mit einer Weste an. Er hatte die ganze Gaststube des Ratskellers am Fischmarkt reserviert und fast alle Stadträte mit ihren Frauen eingeladen, viele Zunftvorstände, die Biereigen, auch Viertelsvormünder genannt, und Universitätsprofessoren von Rang und Namen. Katarina bestand auf der Anwesenheit ihrer drei besten Freundinnen. Sie war die Erste, die in ihrer Runde unter die Haube kam. Eine war Johanna von Allenblumen. Ihr Vater Johannes war sehr reich und hatte viel Einfluss. Sie besuchten zusammen den Unterricht bei den Magdalenerinnen. Ihre Lehrerin war auch unter den Gästen. Sie hatte ausnahmsweise die Erlaubnis erhalten, zu kommen, da der Einladung und Anfrage eine großzügige Spende beilag. Ein kleines Ledersäckchen mit zehn Gulden. Sie hieß Lioba und war vielleicht fünf Jahre älter als ihre Schützlinge. Natürlich trug sie ihre Nonnentracht. Dennoch waren ihr hübsches Gesicht und ihre gute Laune auffallend. Sie unterhielt sich lachend, aß und schien sich zu amüsieren. Der Wein stieg ihr zu Kopf und die Musik animierte sie zum Mitwippen. Schließlich griff sie sich Johanna und tanzte mit ihr unter all den anderen Hochzeitsgästen. Johannas Vater beobachtete das ausgelassene Tänzchen missbilligend. Andere schauten belustigt zu, was seinen Ärger nur noch mehr schürte. Plötzlich hatte er sie aus den Augen verloren, als er nach einem kräftigen Schluck Bier wieder aufschaute. Lioba und Johanna waren draußen im Hof.

»Puh, ist das warm. Ist dir auch so heiß vom Tanzen?«, fragte Lioba Johanna.

»Und wie!«, lachte sie, öffnete ihr vorne geschnürtes Hemd und fächelte sich Luft ins Dekolleté.

»Hast du schon mal jemanden geküsst?«, wollte Lioba wissen.

»Nein, du?«

»Ja, aber wünschte damals, ich hätte es vorher geübt. Ich bin deine Lehrerin. Wie wär's mit einer Lektion im Küssen?« Sie war betrunken und wusste, dass auch Johanna etwas mehr als gewöhnlich vom Wein gekostet hatte.

»Einverstanden!«

Ihre Gesichter näherten sich und ihre Lippen kamen zärtlich zusammen. Lioba schob vorsichtig ihre Zungenspitze zwischen Johannas Zähne und auch die Jüngere fing an, mit ihrer Zunge zu spielen. Es fühlte sich wunderbar warm und aufregend an.

»Auseinander!«, unterbrach ein laut gepresstes Zischen ihr Spiel. Johannes Allenblumen stand vor ihnen, gab der Nonne eine Ohrfeige und zog seine Tochter vor das Gasthaus, wo er ihr befahl, sofort nach Hause zu gehen und sich nicht aus ihrem Zimmer zu wagen.

Johanna lief weinend nach Hause. Lioba nutzte den Moment, um die Veranstaltung so schnell wie möglich zu verlassen. Nun war sie auch fast schon wieder nüchtern.

Der Vorfall hatte ein Nachspiel. Johanna durfte nicht länger am Unterricht im Frauenkloster teilnehmen und Allenblumen verbündete sich mit Martin für eine endgültige Umsetzung der Reform. Lioba erwartete eine ordentliche Strafe. Sie hatte sich ihrem Beichtvater zu offenbaren und musste sich mit bloßem Oberkörper Stockschläge auf den Rücken geben lassen. Katarina hatte sich nicht dem Wunsch Martins gebeugt, dem Unterricht ebenfalls fernzubleiben. Sie verlangte sogar von ihrem Mann, dass er sich für Lioba einsetzte.

Doch erst einmal kam der Sommer, mit ihm die Arbeit und die frohe Botschaft, dass Katarina ein Kind erwartete.

Es war ein Samstagmorgen. Katarina hatte schon einen kleinen Bauchansatz. Sie und Martin wohnten jetzt im Haus zum Güldenen Rade. Katarinas Vater hatte es so gewollt. Es war kein Stammhalter da, aber die Arbeit musste gemacht werden. Wie auch die von Nordhausens besaßen die Färbers das Brauprivileg, stellten das Waidpulver her und färbten Stoffe. Katarina half ihren Eltern, wo sie konnte. Um zehn Uhr läuteten die Glocken zum Gottesdienst. Sie und Martin machten sich bereit für den Besuch der Allerheiligenkirche, die sich nur wenige Schritte in Richtung Dom auf derselben Straßenseite ihres Hauses befand. Martin zog sich sein weißes Leinenhemd an, darüber seine blaue Samtweste mit den rot- und silberfarbenen Stickereien. Die Ärmel des Hemdes krempelte er hoch, denn draußen war es heiß. Katarina trug ein grünes langes Leinenkleid, das unter der Brust weit und locker nach unten fiel. So drückte es nicht am Bauch. Sie setzte ihre weiße Haube auf und ließ ihr langes Haar an den Seiten und hinten herausschauen. Dann nahm sie eine braune Ledertasche mit breitem Riemen und tat eine Schiefertafel und Kreide hinein. Wie immer wollte sie anschließend zum Magdalenenkloster auf dem großen Waidanger.

»Wie lange willst du noch zu dieser Schwester Lioba?«, fragte Martin missmutig.

»Eigentlich immer. Aber in jedem Fall, bis unser Kind geboren ist. Ich habe noch lange nicht genug gelernt!«

»Gefällt sie dir? Ich meine, will sie was von dir?« Allenblumen hatte ihn aufgefordert, etwas zu unternehmen.

»Sie ist eine gute Freundin und sehr ordentlich. Das war der Alkohol, Überschwang, Spaß, was weiß ich, wenn du schon wieder auf den Vorfall anspielst, der schon ewig lange zurückliegt. Geschlagen wurde sie dafür! Was will man ihr noch antun? Das Unterrichten verbieten?« Katarina sah ihren Mann vorwurfsvoll und fragend an.

»Es muss sich generell etwas ändern. Aber das ist nichts Neues. Wer hat sie geschlagen?«

»Dieser Beichtvater von den Benediktinern. Infirmarius und Priester Johannes. Und dann musste sie ihm zeigen, wie sie geküsst hatte. Mehr wollte sie mir nicht erzählen. Sie fing zu weinen an …« Auch seine Frau schien nun mit den Tränen zu kämpfen.

Martin liebte Katarina. Sie so traurig zu sehen war schwer für ihn zu ertragen. Wut stieg in ihm auf. Diese Beichtväter nahmen sich zu viel heraus! Er fasste den Vorsatz, mit seinem Bruder Günther über Johannes Müller zu sprechen.

Als Martin und Katarina vor ihr Haus traten, hatten gerade die Glocken aufgehört zu läuten. Sie eilten mit ein paar anderen die Straße hinauf. Die Kirche lag an einer Straßengabelung von der Breiten Straße und der Allerheiligenstraße. Deshalb war ihr Eingang schmal. Innen jedoch weitete sich der Raum und bot Platz für mehrere Altäre und viele Besucher. Der Turm der Allerheiligenkirche war einer der vier höchsten der Stadt, auf denen Türmer Wache hielten. Die anderen drei waren die Türme von St. Georg, St. Nikolai und St. Wigbert. Hinter der Kirche befand sich der Kirchhof, auf dem die Färbers ihr Familiengrab hatten.

Nach dem Gottesdienst trennten sich Katarina und ihr Mann. »Ich kümmere mich um die Sache mit deiner Lehrerin«, sagte Martin und gab Katarina einen Kuss. Sie lief über die Krämerbrücke, durch die Eimergasse an der Kaufmannskirche vorbei und über den Anger zum Kloster. Martin lief die Breite Straße hinauf und eine Gasse zwischen Severisiedlung und Petersberg entlang, den Weg zwischen den Weinbergen hinauf zum Kloster. Auch dort hatten die Mönche gerade die Kirche verlassen, um sich an ihre Arbeit zu machen. Als Martin am Grünen Hagen vorbeilief, hörte er von innen bereits das Gelächter trinkseliger Gesellen. Wie konnte dies die Herberge eines Abtes sein? Martin schüttelte den Kopf. Er erreichte das schwere Holztor und betätigte den Löwenklopfer. Der Pförtner öffnete.

»Ich will zu meinem Bruder, Pater Günther von Nordhausen, Kustos.«

»Ich grüße Euch, Herr von Nordhausen. Ja, ich weiß, aber es gibt eine neue Regel, die da lautet, dass kein Besuch aus der Stadt mehr eingelassen werden darf, es sei denn, der Abt hat es ausdrücklich erlaubt. Und da er sicher gleich kommt … sonst würde ich bei Euch eine Ausnahme machen, aber so …«

Martin fühlte, wie sein Gesicht vor Zorn heiß wurde, aber er ermahnte sich zur Gelassenheit. »Das freut mich zu hören. Die Reform wird umgesetzt, sehr schön. Dann seid so gut und meldet mich. Vielleicht kann mein Bruder zu mir hinauskommen.«

»Da muss ich Euch ebenfalls enttäuschen. Ich darf auch niemanden hinauslassen, es sei denn, der Abt hat es ausdrücklich genehmigt.«

Jetzt platzte Martin der Kragen. »Wo ist Abt Hartung? Ihr holt mir jetzt entweder Euren Abt oder meinen Bruder, sonst wird es Euch leidtun!«

Gerade als der Pförtner stammelnd etwas entgegnen wollte, kam der Abt den Weg zum Ausgang entlang.

»Herr von Nordhausen! Ihr wollt zu Eurem Bruder oder zu mir?«, erkannte er die Situation.

»Zu meinem Bruder, aber nun vielleicht doch zu Euch.«

»Die Reform besagt, dass weltliche Besucher im Kloster nichts zu suchen haben, noch ein Vorteil meiner Wohnung außerhalb. Sonst könnten wir uns nun gar nicht unterhalten. Bitte kommt mit und seid mein Gast!« Martin entging nicht der zynische Tonfall.

Hartung lief den ganzen Weg bis zu seiner Unterkunft voraus und lud ihn schließlich durch einen Seiteneingang in den Grünen Hagen ein. Sie stiegen die Treppe in das erste Obergeschoss empor, wo der Abt seine Zimmertür aufschloss. Martin staunte nicht schlecht über die wohnliche Einrichtung, der es an Annehmlichkeiten nicht zu fehlen schien. Ein Krug Wasser mit Minzblättern stand auf dem Tisch, die Waschschüssel war mit Wasser befüllt. Es gab einen Spiegel, die Vorhänge hielten das Zimmer kühl, das Bett schien außerordentlich komfortabel.

»Möchtet Ihr einen Wein oder etwas Bier? Die Schlunze ist hier hervorragend. Aber auch Einbecker wird ausgeschenkt.«

»Ja, ein Einbecker würde ich nehmen. Der Weg hier hinauf hat mich doch ins Schwitzen gebracht.«

»Gut, ich bin gleich wieder da.« Hartung verließ das Zimmer.

Martin ging zum Bett und befühlte ungläubig die dicke Daunendecke und das große Daunenkissen. Dann wollte er wissen, woraus die Matratze bestand. Er hob sie an, prüfte ihre Dicke und Festigkeit und roch daran. Fest gepresstes Stroh und Heu mit duftenden Kornblumen, mehrfach mit Leinen umwickelt, damit es nicht stach. Als er die Matratze wieder richtig in den Holzrahmen hineindrückte, fiel etwas auf den Boden. Er schaute unter das Bett. Es war ein gefaltetes Stück Pergament. Martin hob es auf und hörte in diesem Moment die Schritte des Abts auf dem Flur. Schnell steckte er das Pergament in seine Weste, wischte den Bettvorhang glatt und stellte sich zum Fenster, als hätte er in der Zwischenzeit hinausgesehen.

»Ah, das sieht gut aus! Draußen flimmert die Sommersglut und hier sind wir angenehm im Kühlen. Vielen Dank!« Er nahm Hartung den Krug ab und setzte sich unaufgefordert an den Tisch.

»Was kann ich für Euch tun?«, fragte der Abt.

»Es geht um Priester Johannes. Er war unverhältnismäßig streng zu einer Nonne, bei der meine Frau Unterricht nimmt. Ich möchte Euch ersuchen, ihn zur Milde aufzufordern.« Martin nahm einen großen Schluck Bier und fuhr fort. »Diese, Eure, Wohnung hier ... sehr schön ... Aber findet Ihr nicht, dass sie für eine geistliche Lebensführung zu weltlich ist? Die Reform will, dass Ihr innerhalb der Klausur lebt.«

»Ich als Abt muss viele Gäste begrüßen, Gespräche führen, bin für verschiedenste Belange verantwortlich. Das funktioniert nicht, wenn ich ständig erreichbar bin und die Klosterregeln mit allen Abläufen beachten muss. Ich habe das Amt so übernommen, und seit ich hier bin, ist es so und wird es auch so bleiben! Es spielt keine Rolle, ob ich hier wohne. Es sind keine hundert Schritte bis zur Klausur!« Hartung Herling fühlte sich gegenüber dem jungen Martin, Stadtrat hin oder her, nicht zur Demut verpflichtet. »Pater Johannes setzt im Übrigen die Reform um, wenn er hart straft. Entschuldigt mich jetzt. Ich erwarte den Domprobst!« Damit verabschiedete er Martin und hielt ihm die Tür auf.

Martin stieg diesmal die Treppe in die Gaststube hinab. Emmi schaute kurz auf und grüßte ihn. An einigen Tischen saßen ein paar Männer mit ihren Krügen. An einem anderen saßen zwei und spielten Schachtzabel, mit Bauern, König und Königin, Pferden, Läufern und Türmen. In einer etwas dunkleren Ecke saß ein Pärchen in inniger Umarmung. Martin atmete durch, um seine Empörung über diese Stätte des Abtes zu verarbeiten.

Auf halbem Weg fiel ihm das Pergament in seiner Weste ein. Er verspürte eine große Neugier, und da es so wunderbar warm war, die Vögel zwitscherten und das Gras so einladend aussah, er darüber hinaus noch Zeit hatte, setzte er sich auf ein kleines Rasenstück zwischen den Weinbergen, wo ihn niemand stören würde. Er zog das Pergament heraus, entfaltete es und brauchte eine Weile, um zu verstehen, dass es sich um eine Liste von Gegenständen immensen Wertes handelte. Teilweise um Messwerkzeuge. Dort stand unter anderem: vier mit Edelsteinen verzierte Messbecher, zwei Zepter mit Reliquien der Heiligen Elisabeth, ein goldenes Kreuz mit einem Holzsplitter des Jesuskreuzes, Reliquienkiste des Heiligen Bonifatius, Silberdose mit Pfauenaugenverzierung und Reliquie der Kutte des Heiligen Gunthers von Thüringen. Die Liste war lang. Aber was hatte sie zusammengefaltet unter der Matratze des Abtes zu suchen? Martin steckte sie wieder ein. »Ich werde Günther fragen. Vielleicht kann er sich einen Reim darauf machen.«

Wie versprochen, war Martin pünktlich zurück zu Hause, um seinem Schwiegervater beim Befeuchten der Waidhaufen auf den Speicherböden zu helfen. Sie hatten zwar einen Waidknecht, aber die Ernte war sehr gut dieses Jahr, sodass Frodo Färber mehr Waidballen als sonst gekauft und verarbeitet hatte.

Als Katarina vom Kloster zurückkam, erzählte sie, dass Lioba ihr wieder berichtet hatte, wie sie erneut von Priester Johannes gegen ihren Willen bedrängt wurde. »Konntest du etwas erreichen?«

»Liebes, ich habe den Abt darauf angesprochen. Wir werden sehen. Ich will noch mit Günther sprechen. Ich hoffe, ich treffe ihn bei Vater an.«

Am frühen Nachmittag fanden sich die Brüder oft im Haus bei der Georgskirche ein. Martin hatte Glück, Günther und Hermann waren beide gekommen. Sie saßen bereits draußen im Hof am Tisch. Die Mutter hatte ihnen frische Schlunze aus dem kühlen Keller geholt. »Gut, dass ich euch treffe. Ich muss euch etwas zeigen. Aber ihr müsst mir euer Stillschweigen versichern!«, sagte Martin und schaute verschwörerisch. Er legte das Stück Pergament auf den Tisch und glättete es mit der Hand. Beide Mönche beugten sich darüber und lasen. Hermann wusste sofort, worum es sich handelte.

»Das ist die Inventarliste des Klosterschatzes. Die, die nicht mehr auffindbar war. Die, die ich neu erstellen sollte. Die, deretwegen man mich zum Subcellerarius gemacht hat, weil Bruder Jonas Eisenkraut dafür keine Zeit hatte.« Hermann war sehr aufgeregt. »Lass mal sehen … Einige Dinge habe ich nicht in der Kammer gesehen … Ich werde die Liste mit meiner neuen vergleichen und uns eine Aufstellung der Sachen machen, die verschwunden sind. Ganz sicher habe ich nur einen goldenen Messbecher gehabt, auch eine Würdenkette ist mir nicht aufgefallen.«

Die Brüder schauten sich an, und Martin sprach aus, was die anderen dachten: »Der Abt – ein Dieb? Und wo sind die Gegenstände?« Dann überlegte er kurz. »Soll ich es der Stadtwache melden? Oder eine Depesche nach Mainz zum Erzbischof schicken? Oder abwarten? Ich denke, abwarten ist gut. Bring mir das Pergament wieder, damit man es nicht bei dir findet und ich es als Beweismittel aufbewahren kann, Hermann! Vielleicht hat er die Sachen den Juden verpfändet. Sollte mich nicht wundern. Seine Lebensführung kostet sicher ein bisschen mehr.« Dann fügte er an Günther gewandt hinzu: »Was ist eigentlich dieser Pater Johannes für einer?«

»Ist gegen die Reform. Streng zu anderen. Milde sich selbst gegenüber. Hat auch immer ein Säcklein eigenen Besitzes am Fußende liegen.«

»Tut mir den Gefallen, setzt euch für die Reform ein. Der Erzbischof legt großen Wert darauf. Er wird viel daran setzen, dass die Reform erfolgreich ist, und er wird genau darauf achten, wer ihn unterstützt und wer nicht. Erfurt muss sich mit ihm arrangieren. Und ihr wisst, er hat den Juden das Recht zur Wiederansiedlung gegeben und uns verpflichtet, den Judenschutz zu sichern. Die Stimmung ist schlecht. Schlechte Gesundheit, Armut, selbst schlechtes Wetter schreiben die Leute den Juden zu. Es ist schwierig, den Stadtfrieden sicherzustellen. Wir werden verhandeln müssen. Jedenfalls seid ihr auf der richtigen Seite!«

Hermann machte am nächsten Tag eine Liste der fehlenden Gegenstände und übergab diese und die alte seinem Bruder Martin. Sie wollten ihr Wissen vorerst geheim halten. Hermann und Günther gewannen viele Konventualen für die Reform, die von nun an bemüht waren, ihr Leben an der Regel Benedikts und an den Basler Statuten auszurichten. Jeden Freitag wurden Kapitel aus der Regula Benedicti im Kapitelsaal gelesen und besprochen. Herling und andere setzten jedoch ihr gewohntes und ungebundenes Leben unbekümmert fort. Der Winter mit all seinen Feiertagen stellte die

Mönche auf eine harte Probe. Das Dormitorium war kalt. Die Matratzen lagen auf den kalten Böden nebeneinander, der Wind pfiff durch die Ritzen des Daches über ihnen. Nur das Refektorium war beheizt, die Kirche nicht, die Schreibstube nicht. Allein ständige Bewegung und Beschäftigung retteten sie vor dem Erfrieren oder Krankwerden. Nach der Komplet durften sich die Brüder noch einmal im Refektorium aufwärmen, bevor sie sich an ihre Ruhestätten begaben. Einige andere stellten sich mit dem Abt gut und verbrachten die meiste Zeit in dessen Wohnung oder schmuggelten zusätzliche Decken auf ihr Lager.

Im März stand Katarinas Geburt bevor. Die erste Blüte kam, die Tage wurden länger und ihr Bauch war groß und rund wie ein riesiger Kürbis. Ihre ältere Freundin Lioba bestätigte, als ihr das Atmen immer schwerer fiel, dass es jetzt nicht mehr lange dauern könne, da sich der Kürbis schon ganz schön weit nach unten neigte. Lioba begleitete seit einem Jahr eine Schwester aus ihrem Kloster, die Hebamme war. Auch sie wollte als Hebamme arbeiten. »Ich werde Schwester Anne bitten, dich morgen einmal anzuschauen!« Und so war es auch. Am Nachmittag des folgenden Tages liefen die beiden Nonnen mit ihren weiß wehenden langen Kutten und Kopfbedeckungen die Breite Gasse bis zum Güldenen Rad hinauf. Katarina verspürte seit dem Morgen ein sich regelmäßig wiederholendes Ziehen, das mittlerweile in kürzeren Abständen auftrat und stärker wurde. Als die beiden Schwestern den Hof der Färbers betraten, hörten sie ein leises Jammern aus der Küche.

Lioba klopfte und trat ein. Katarina saß am Küchentisch, den Kopf auf die verschränkten Arme gelegt. Lioba streichelte ihr beruhigend über den Rücken. »Ist niemand da?«

»Sind auf dem Markt. Martin wollte gleich zurückkommen. Oh, das zieht!« Sie machte ein schmerzverzerrtes Gesicht und jammerte.

»Gut, atme durch die Nase ein und durch den Mund aus. Konzentriere dich auf deine Atmung. Wir gehen nach oben. Du musst dich hinlegen. Stimmt's, Anna? Das ist Anna, unsere Hebamme.«

»Grüß dich, Katarina. Ja, das stimmt, Lioba. Sehr richtig. Ich will dich untersuchen. Leg dich auf dein Bett und lass mich deinen Bauch abhorchen.«

Oben angekommen, legte sich Katarina auf ihr Ehebett, zog ihr Kleid nach oben und ließ die Schwester mit ihrem Horchrohr arbeiten. »Das Kleine bewegt sich und ich kann sein Herzchen hören. Sehr gut. Sag mir nun immer, wenn es zieht, und tu, was ich dir sage. Lioba, besorge bitte warmes Wasser, Tücher und meine Duftfläschchen!«

Lioba gab Anna die Fläschchen aus ihrem Lederkoffer, dann ging sie hinunter in die Küche. Dort erschraken sich Katarinas Mutter und die Nonne gegenseitig.

»Ist es so weit?«, fragte die Mutter aufgeregt.

»Ja, bitte kocht Wasser. Ich nehme kühle feuchte Tücher mit nach oben. Ihr könnt dann helfen kommen, aber bitte keine Verunsicherung!«

»Ist in Ordnung.«

Die Geburt war schwer, verlief aber gut. Mittlerweile waren auch Martin und Katarinas Vater nach Hause gekommen. Die Männer mussten in der Küche bleiben und beruhigten sich mit einer Kanne Schlunze. Sie zuckten jedes Mal zusammen, wenn Katarina in einer Wehe schrie, als würde sie auf der Schlachtbank liegen.

»Atmen, Luft anhalten und pressen!«, wechselten sich die Kommandos ab. Und endlich war das befreiende zarte Stimmchen des schreienden Säuglings zu hören. Die Männer sprangen vom Tisch auf, stolperten fast übereinander und hasteten die Stufen empor, um eine glücklich strahlende Katarina, zwei stolze Nonnen und eine überglückliche Großmutter mit ihrer Enkeltochter in Windeln gewickelt auf dem Arm vorzufinden. »Ein Mädchen! Glückwunsch!«

Martin begutachtete sein Töchterchen, küsste seine Frau und wandte sich dann an die beiden Schwestern. »Vielen Dank. Ich weiß gar nicht, wie ich meine Verbundenheit zum Ausdruck bringen soll. Man hat Euch Unrecht getan, Lioba. Wendet Euch an mich, wenn ich Euch helfen kann! Mutter: Können wir den beiden Schwestern vielleicht eine gute Wurst, etwas Käse und Brot geben? Ein paar Taler habe ich auch noch für euch hier, und dann geht mit Gott.« Martin war überglücklich und dankte auch dem Herrn für seine gesunde Familie.

Sie sprachen ein gemeinsames Gebet. Die Schwestern gingen zurück zum Kloster, und die Kleine von Nordhausen durfte das erste Mal an der Brust ihrer Mutter saugen, wobei beide erschöpft einschliefen. Sie gaben ihr den Namen Judith.

Martin gab im Ratskeller viele Runden auf seine Vaterschaft aus. Auch seine Brüder kamen vorbei, erinnerten sich aber ihrer strengen Reform und gingen nach nur kurzem Verweilen zum Elternhaus, wo sie auf den Familienzuwachs anstießen. Mit dem neuen Leben im Haus fühlten sich dieser Frühling und der Sommer an wie keiner zuvor. Die Zukunft war plötzlich verheißungsvoll und rosig. Die Geschäfte liefen gut. Erst als die ersten Blätter von den Bäumen fielen und der Regen kam, kehrte der Ernst des Lebens zurück, denn es galt, sich für den Winter vorzubereiten, sich warm zu halten, Vorräte anzulegen.

Kapitel 7

Herbst 1446

ABT HARTUNG SPÜRTE den kalten Wind des Herbstes in diesem Jahr besonders. Er war symbolisch für den eisigen Wind, der von den reformbegeisterten Stadträten durch die Kirchen und Klöster wehte. In seiner Stube war es warm. In der Feuerstelle knisterte das brennende Holz. Hartung ließ seine junge Bedienstete kommen. Ein letztes Mal. Das hatte er sich vorgenommen.

»Ach, da bist du ja«, sagte er, als sie zur Tür hereinkam. »Komm, setz dich auf meinen Schoß!« Er klopfte mit den Händen auf seine Oberschenkel.

Das Mädchen setzte sich verlegen und ein wenig ängstlich, in Erwartung, dass der Abt wieder mit seinen alten Fingern ihr Gesicht umfassen würde, um mit seinem faltigen Gesicht, dem schmalen Mund, den braunen Zähnen und dem Hauch, wie ihn alte Leute ausatmeten, sich ihrem zu nähern, er seine kalte Zunge zwischen ihre Lippen zwängen und erwarten würde, dass sie Gefallen daran fände. Aber er befühlte nur ihre Brüste, streichelte ihr über die Wange und bewegte sie wieder zum Aufstehen, indem er ihr seitlich auf den Po klapste. »Du wirst nicht mehr zu mir kommen können.

Es steht dir frei, ob du weiter im Gasthaus arbeitest. Ich muss dich aus meinen Diensten entlassen. Du wirst ein hervorragendes Zeugnis von mir bekommen. Ich muss meine Kräfte für wichtige Dinge aufsparen.«

Er sah aus dem Fenster. Das Fallen der Blätter erinnerte ihn mehr denn je an seine Endlichkeit. Einige Herbste hatte er schon erlebt.

»Geh nur, mein Kind! Emmi wird dir neue Aufgaben geben. Es ist besser, wir laufen uns nicht mehr über den Weg.«

Die junge Frau machte einen Knicks, traute ihren Ohren kaum und verließ erleichtert die gefürchtete Stätte.

Hartung war wieder alleine. Er hatte Erfahrung. Schon immer galt es, viel Wirbel um nichts zu machen. Schon immer ging es nur darum, sich hervorzutun und gemeinsam ins selbe Horn zu blasen, um Macht zu gewinnen. Selten ging es um intelligente und sachliche Verfahren. Heute hatte er Infirmarius Johannes Müller, Christian von Eisenach, Hermann Dorente, Heinrich Holt und Cellerarius Jonas Eisenkraut zu sich eingeladen. Emmi hatte seinen Tisch sehr schön eingedeckt. Auf einer waidblauen Tischdecke standen sechs Holzteller, darauf sechs Schüsseln, Holzlöffel für die Suppe, Holzgabeln für den Hühnerbraten, den er bei ihr bestellt hatte. Sechs silberne Kelche und eine silberne Kanne mit Wein. In der Mitte lagen auf einem großen Brett einige Trauben des Benediktinerweinbergs, getrocknete Feigen, Datteln und Pflaumen. Emmi kaufte oft bei einem Marokkaner, der zweimal im Jahr den Erfurter Markt besuchte. Neben der Obstplatte stand ein Brett mit Schafs- und Ziegenkäse, Schinken und Salami. In einer großen Holzschüssel hatte sie Brotscheiben und kleine Mehlfladen arrangiert.

Hartung hörte die Schritte und die Stimmen seiner Gäste. Es klopfte. »Kommt herein! Hat Euch jemand gesehen?«

»Der Pförtner. Er sagte, er wisse Bescheid«, antwortete Heinrich Holt.

»Ja, und sonst?«

»Nein, wir sind einzeln zur Pforte gelaufen. Es ist Samstag. Die Kapitel sind gelesen. Jeder hat sein Gewissen erleichtert und ab geht's ins Wirtshaus.«

Abt Hartung sah Heinrich kopfschüttelnd an.

»Ist doch so. Der eine trägt das Gute im Herzen, der andere im Regelwerk«, schob der nach.

»Setzt Euch. Wir haben viel zu besprechen. Bier? Die Kehlen müssen geölt sein!« Abt Hartung ging ein paar Stufen der Treppe vor seiner Tür hinunter und rief Emmi. Sie schaute die Treppe hinauf. »Sechs Kannen!«

»Koooooommt!«, trällerte sie.

Der Abt setzte sich zu seinen Mönchen an den Tisch. »Fassen wir zusammen: Die Magistratsherren wollen am Erneuerungswerk mitwirken. Warum? Es ist ihre opferwillige Förderung des geistlichen Lebens. Sie haben die Pflegamtschaft in Kirchen und Klöstern inne. In den Pfarrkirchen sind Männer aus vornehmen Bürgerfamilien Vormünder, Älteste und Prokuratoren. Sie verwalten Kirchenvermögen, entscheiden über Bauvorhaben, genehmigen Stiftungen und präsentieren hin und wieder Anwärter zu Vikarien. Der Erzbischof hat ihre pfarrerlichen Aufsichtsrechte bekräftigt. Sie herrschen mittlerweile über mehr als zwei Drittel aller Benefizien. Jetzt sehen sie sogar das Klosterwesen als ihre Angelegenheit. Die Prokuratoren, die vom Rat den Ordenshäusern verordnet wurden, mischen sich so in die Verwaltung ein, um auf die Klosterwirtschaft Einfluss zu nehmen. Die große Frage ist: Lassen wir das mit uns machen? Leben ein Leben ohne Entbehrungen und wollen uns vorschreiben, wie man sich christlich verhält!« Er schlug mit der Faust auf den Tisch.

Emmi brachte zusammen mit der Küchenhilfe die sechs Kannen und Krüge herein.

»Erst einmal ›Prost‹ – auf den Widerstand!«

Krüge stießen gegeneinander und die Mönche echoten: »Auf den Widerstand!«

»Jonas, wir müssen unser aller Vermögen, das wir hier mit eingebracht haben, vor dem Zugriff des Stadtsäckels retten«, sagte der Infirmarius Johannes. Abt Hartung dachte bei sich: Gut, dass ich meine Dinge zu meiner Schwester geschafft habe.

Jonas Eisenkraut antwortete: »Das ist nicht so einfach. Lieber Abt, Ihr habt mir Pater Hermann von Nordhausen vor die Nase gesetzt. Er ist ein Fuchs. Ein Rechenfuchs. Einer von den ganz Genauen. Die Alimente sind ihm besonders aufgestoßen!«

Dabei schaute Jonas zu Heinrich. Der zuckte mit den Schultern. »Nur ein Balg geht auf mich. Ich kann's nicht ungeschehen machen!«

Die Mönche machten besorgte Gesichter. Der Abt versuchte zu beruhigen: »Nur in Zusammenarbeit mit den Reformbrüdern können wir unbehelligt unsere Interessen schützen. Ein Amt eines treuen Dieners des Rats wird nicht so schnell geprüft wie ein Amt eines Widersachers. Habe ich recht? Und Ihr zügelt Euch künftig«, schaute er zu Heinrich.

»So ist es! Auf Abt Hartung!«

Wieder und wieder stießen sie an, erfanden neue Parolen und beglückwünschten sich. Den Kannen Erfurter Schlunze folgte ein trockener Roter vom letzten Jahr. Irgendwann weit nach der Geisterstunde taumelten die Mönche zurück. Es war ein ungeordneter Rückzug. Jonas Eisenkraut wollte sich im Refektorium einen Becher Wasser holen. Heinrich Holt war es übel. Er eilte zum Abtritt. Hermann Dorente und Christian von Eisenach baten den Infirmarius um seinen Schlüssel, weil sie warm schlafen wollten. Der händigte ihn ihnen aus. »Aber leise. Wir haben zwei Kranke. Ihr seid nicht alleine. Ich muss noch mal Wasser lassen. Ein bisschen die Reben wässern ... Lasst die Tür angelehnt, ich komme nach!«, lallte er.

Infirmarius Johannes Müller lief zum Weinberg. Am oberen Rand öffnete er seine Kutte, wurschtelte sein Glied heraus und beobachtete belustigt den Bogen, den sein Urinstrahl zeichnete und wie er schließlich auf die Blätter der obersten Rebstöcke prasselte. Er hörte nicht rechtzeitig die Schritte hinter sich und hatte nicht die Kraft, den Strick zu lockern, der sich von hinten um seinen Hals immer enger zog.

Emmi war die Erste, die Pater Johannes am nächsten Morgen fand. Sie war in aller Frühe von ihrem Elternhaus in der Severigemeinde unterhalb des Berges durch den Weinberg hinaufgekommen. Etwas großes Schwarzes hatte am Boden gelegen. Beim Näherkommen erkannte sie die schwarze Mönchskutte und befürchtete, es sei ihr Hartung. Sie rannte hin und dachte nun aus der Nähe, einer der Mönche der gestrigen Runde würde seinen Rausch ausschlafen. Aber als sie ihn vorsichtig anstieß, dann mit aller Kraft herumdrehte, sah sie, dass er nicht mehr lebte. Sie rannte zum Grünen Hagen, die Treppen hinauf und pochte an die Tür des Abts.

»Herling! Priester Johannes! Er ist tot! Sie müssen sofort kommen!«

Hartung kam mit weit aufgerissenen Augen erschrocken zur Tür, war dabei, sich seine Kutte mit dem Band zuzubinden, und folgte ihr. Inzwischen war auch der Schreiber an der Stelle, wo Pater Johannes lag. Er wollte sich früh Pergament für seine heutige Schreibarbeit holen und kam nun zeitgleich mit Emmi und dem Abt zum toten Mönch. Während Hartung sich ängstlich und hilflos umschaute, sagte der Schreiber Ziegler: »Ich werde den Hauptmann holen, kümmert Euch um Euer Kloster, Abt!«

Als der Hauptmann mit seinem eigenen Schreiber kam, untersuchte er den Toten. »Schreibt: Leichte Verfärbungen am Hals.« Aufgeregt wollte er anschließend dem Rat berichten, was er gesehen hatte, und legte sein Schriftstück vor. Er traf im Rathaus auf Martin von Nordhausen.

»Sehr interessant. Außerhalb der Klausur nahe dem Grünen Hagen.« Martin überlegte kurz. »Ändert Euren Bericht. Es muss heißen: Keine Anzeichen von Gewalteinwirkung erkennbar. Keine Spuren, keine Hinweise auf ein Verbrechen.«

»Aber …«

Der Hauptmann wollte etwas entgegnen, doch Martin kam ihm zuvor: »Es muss Schicksal gewesen sein, versteht Ihr? Die Bürger müssen wissen, dass Sünden bestraft werden. So habt Ihr weniger unangenehme Arbeit. Man muss das Volk Gottesfurcht lehren. Nehmen wir dies zum Anlass. Als Hüter der Ordnung tragt Ihr eine hohe Verantwortung. Nutzen wir das Ereignis!«

»Aber der Mörder?«, fragte der Hauptmann unsicher nach.

»Was hat der Mönch außerhalb seines Klosters zu suchen? Wer sagt, dass es Mord war?« Martin schaute sein Gegenüber eindringlich und bestimmt an, sodass dieser nur gehorsam nickte und sich zurückzog.

Die Nachricht verbreitete sich schnell in der ganzen Stadt. Martin erzählte gerade seiner Frau beim Mittagessen davon. »Das ist der Kerl, der Lioba so schlecht behandelt hat! Sie hat mir heute schon davon berichtet. Der Kartäuser Jakob von Jüterbog war bei den Nonnen im Kloster und hat ihnen alle unerfreulichen Einzelheiten erzählt. Strangulationsspuren wären zu erkennen gewesen.«

»Kein Verbrechen, gesund war er laut des Abts, wohl ein Gottesurteil. Man soll ihm die Bestattung in geweihter Erde verweigern. Ich spreche mit Günther!« Martin sah den Vorfall als günstige Gelegenheit, auf Moral und Reform zu bestehen und sein hartes Durchgreifen als Erfolg anzupreisen.

»Der Teufel selbst hat das Gottesurteil vollzogen. Pater Johannes konnte Besessene heilen. Er hatte eine ungute Beziehung zum Bösen«, erklärte der Priester zu Sankt Martin. Abt Hartung wies diese Ansicht von sich. Er lief Gefahr, seine Unterstützer zu verlieren, wenn er sich nicht für seinen Mönch einsetzte und darauf bestand, ihm ein ehrliches Begräbnis zu gewähren. So lag Pater Johannes Müller vorerst steif und kalt in einem Steinsarg in den Katakomben des Klosters.

Der Teufel holte zwei Wochen später Jonas Eisenkraut, dann Heinrich Holt, Hermann Dorente und schließlich

Pater Christian von Eisenach. Pater Jonas Eisenkraut lag eines Morgens tot vor der Klostermauer. Pater Heinrich stand zur Matutin nicht mehr auf. Pater Hermann starb nach dem Besuch des Mumenhauses und wurde mit einem Holzkarren auf den Petersberg geschafft, und Christian von Eisenach brach inmitten einer Prozession durch den Kreuzgang zusammen. In keinem Fall bescheinigte der Stadthauptmann äußere Gewalteinwirkung. Der Stadtrat wollte ein Exempel statuieren. Kein Hahn sollte nach abtrünnigen Mönchen krähen. Abt Hartung war nun sehr nervös. Er betete mehr als sonst und hielt sich an die Benediktinerregel. Auch fiel ihm ein, dass er unbedingt die Inventarliste unter seiner Matratze verschwinden lassen musste. Als er sie suchte, fand er sie nicht.

Er rief Emmi. »Hast du hier sauber gemacht?«, fragte er sie.

»Ja, wie immer.«

»Hast du ein Pergament gefunden? Ein Schriftstück des Klosters? Ich vermisse es.«

»Nein, nichts!«, beteuerte sie.

Hartung war gewarnt. Er verließ seine Wohnung nur noch, wenn es draußen hell war. Jetzt, im Winter, waren die Tage kurz. Der Heilige Abend nahte. Hartung übertrug die Weihnachtsvorbereitungen seinem Prior. Er wollte zu seiner Schwester gehen. »Sie ist eine einsame Frau, und die plötzlichen Todesfälle zusammen mit den Reformauseinandersetzungen betrüben mich derart, dass ich beim Bischof um freie Tage ersucht habe. Ich muss nachdenken und private Angelegenheiten regeln«, begründete er seine Entscheidung den Konventualen gegenüber.

Als er an der Tür seiner Schwester klopfte, öffnete sie ihm nicht. Es rührte sich gar nichts. Hartung wusste allerdings, wo sich ein weiterer Schlüssel für die Hintertür befand. Er ging hinter das Haus und dort durch eine kleine Gartenpforte zum Hühnerstall. Im Hühnerstall unter dem Gelege befand sich ein Holzkästchen und da hinein hatte sie vor einiger Zeit in seinem Beisein den Eisenschlüssel gelegt. Er langte in den Stall, ertastete die Holzkiste, hob mit dem Zeigefinger den Deckel an und fühlte das kalte Eisen. Die Hühner gackerten aufgeregt. Doch bevor die Nachbarn alarmiert nachsehen würden, steckte er schon den Schlüssel ins Schloss und huschte ins Haus.

Der hintere Eingang führte direkt über drei Stufen in die Küche. Hier war sie nicht. Der Ofen war kalt, obwohl Jutta normalerweise heizen würde. Er lief durch die Zimmer und fand seine Schwester tot in ihrem Bett. Erst dachte er, sie würde nur fest schlafen, vielleicht krank sein. Er tätschelte ihre Wangen, klapste dann stärker. Sie war aber schon kalt und steif. Hartung rannte auf die Straße und rief nach dem Hauptmann. Seine Schwester war bei seinem letzten Besuch kränklich gewesen. Er hatte für sie gebetet und war davon ausgegangen, dass sie sich wieder erholen würde, wie immer. Er rührte nichts an. Ein paar Nachbarn kamen aus ihren Häusern zu ihm hinüber. Natürlich kannten sie den Abt und sprachen ihm ihr Beileid aus. Der Hauptmann rief den Arzt. Der stellte den Totenschein aus. Tränen liefen Hartung Herling übers Gesicht, als seine Schwester im Haus aufgebahrt wurde. Er musste ihr Totenhemd finden und für ihre Seele beten. Die nächsten drei Tage hielt er Totenwache und dachte sich, dass es gut war, dass er sich für einige Tage vom Kloster abgemeldet hatte. Als er als einziger Familienangehöriger ihren Haushalt auflöste und man erwartete, dass er ihren Nachlass dem Kloster übergab, fand er seine Gegenstände aus der Klosterschatzkammer und sträubte sich, überhaupt etwas dem Kloster zu überlassen, sodass Günther und Hermann als Verwalter des Klostervermögens einen Antrag auf Suspendierung dem Rat der Stadt vorlegten. Bei Nacht und Nebel vergrub Hartung in einer Holzkiste alle Wertgegenstände an einer Mauer des Hauses. Er würde sie holen, wenn er Käufer für das Haus seiner Schwester gefunden hatte.

Als er zum Grünen Hagen zurückkehrte, erwartete ihn Emmi. »Abt Hartung!«, kam sie ihm aufgeregt entgegen. »Es waren ein paar Herren vom Stadtrat hier. Sie sollen sich morgen dort vorstellen.«

Als Herling gleich nach dem Morgengebet zum Rathaus kam und sich anmeldete, war Stadtrat Tilmann

Ziegler da, um ihm mitzuteilen, dass er als Abt nicht mehr tragbar sei.

»Setzt Euch, Abt Hartung. Die Tode Eurer Brüder des Konvents ... bedauerlich. Sicher sehr traurig für Euch, seid Ihr doch wie ein Vater für Eure Mönche. Mein Beileid auch für den Tod Eurer Schwester. Eine angesehene Frau. Sittsame Witwe!«

»Ja, alles sehr traurig. Das stimmt.« Herling nickte niedergeschlagen.

»Man munkelt, der Teufel selbst habe das Gottesurteil bei den Ordensbrüdern vollzogen. Wie viele Söhne gibt es denn bei Euch, die sich nicht gottesfürchtig verhalten?«

Herling wollte etwas erwidern, aber Ziegler fuhr fort: »Ihr wisst, dass der Erzbischof uns befugt hat, auch in geistlicher Hinsicht auf Ordnung zu drängen. Wir kommen um eine Suspendierung Eurer Person nicht herum.«

Jetzt riss Hartung der Geduldsfaden. »Heuchelei, Pharisäer! Schwelgt im Überfluss und beraubt die, die für Eure Seelen beten, Ihres Eigentums, das gerade für ein Auskommen im Alter reicht.«

»Schweigt, sonst lasse ich Euch hinauswerfen.«

Jetzt betrat Martin von Nordhausen das Dienstzimmer. Er hatte die laute Stimme Tilmanns vernommen. »Gott zum Gruße, Abt.« Nickend wandte er sich an Ziegler. »Du hast es ihm gesagt?«

Der bestätigte es wortlos.

»Ich lasse mich nicht suspendieren. Vorher werde ich mit dem Bischof sprechen. Vorher werde ich auf dem Domberg eine Rede halten, die das Volk aufrüttelt, vorher …«

Von Nordhausen hob die Hand. »Gut, gut … Tilmann, hast du ihm gesagt, was wir besprochen haben?«

Da er keine Antwort erhielt, wandte er sich an den Abt: »Bei Güterverkäufen bedarf es künftig der Zustimmung des Rates – weltliche Prokuratoren werden darüber wachen! Ein Teil der Einkünfte aus Eurem Abtsgut wird Euch auf Lebenszeit zugesichert. Ihr behaltet Eure geistlichen Würden, vorausgesetzt, Ihr macht davon im Kloster und bei den Konventualen keinen Gebrauch. Ihr entbindet Eure Mönche bis auf Weiteres von dem Euch geleisteten Gehorsamseid und erlaubt ihnen, einem reformierten Abt Obödienz zu leisten.«

Hartung hörte kaum noch zu. Wie durch eine Wand vernahm er nur gedämpft die Worte, die der junge Mann ihm entgegenschmetterte. Seine Miene war wie versteinert. Als er gewahr wurde, dass der Redeschwall ein Ende hatte, stand er auf, sagte »Gott segne Euch, Amen« und verließ ohne ein Wort des Grußes die Amtsstube. Beim Rausgehen hörte er Martin noch sagen: »Mein Beileid für den Verlust Eurer Schwester.«

Auf dem Weg zurück zum Grünen Hagen dachte er bei sich: Genau so mache ich es. Ich habe viel für unseren Orden getan. Ich bleibe in Amt und Würden und ich bleibe im Grünen Hagen!

Der Rat kümmerte sich nun zusammen mit der erzbischöflichen Kommission um einen neuen Benediktinerabt für Erfurt.

Kapitel 8

1447
Bursfelde

AN DER EINMÜNDUNG der Nieme in die Weser lag das Kloster Bursfelde. Die von Otto von Northeim errichtete, unweit gelegene Bramburg diente seinem Schutz. Im Kloster selbst arbeiteten die Mönche zwar auch in Werkstätten und in der Landwirtschaft, vor allem aber hatten sie sich der Wissenschaft und dem Unterricht verschrieben. Die gegenwärtige Klostergemeinschaft war relativ jung, denn erst seit dem Konzil von Basel fand der Orden zu einer neuen Frömmigkeit und bildete mit Melk an der Donau und Kastl in der Oberpfalz den Mittelpunkt der benediktinischen Reformbewegung. Abt Johannes von Hagen leitete seit 1443 die Bursfelder Kongregation. Er leitete sämtliche ReformKapitel und wurde nun vom Mainzer Erzbischof aufgefordert, dem Peterskloster in Erfurt eine Mönchskolonie zu entsenden, die den Reformgedanken in dem großen Kloster der Handelsstadt umsetzen sollte.

Es war Sonntag. Die Mönche zogen sich nach dem Gottesdienst, an dem die Bürger des Dörfchens Bursfelde nahe der Burg regelmäßig teilnahmen, ein jeder in seine Zelle zurück. Es war ein schöner Wintermorgen. Der Himmel war blau, die Sonne schien auf den neu gefallenen Schnee und ließ die Eiskristalle in allen möglichen Farben glitzern. Ab und zu rieselten Schneeflocken von den Zweigen der Bäume und Büsche und man hörte das Zwitschern der Vögel, die von Ast zu Ast sprangen und erste Hoffnung auf einen baldigen Frühlingsbeginn weckten.

Die Bürger verließen die Klosterkirche. Der Schnee knirschte unter ihren Schuhen. Leise unterhielten sich die Gottesdienstbesucher, hakten sich ein, hielten sich lachend, wenn sie ausrutschten, und banden sich den Kragen höher und die Kapuzen, Mützen und Hauben enger zum Schutz vor der klirrenden Kälte.

»Geh nur schon vor, Mutter!«, sagte Martha. Sie und ihre Mutter lebten alleine im Dorf. Ihr Vater war vor fünf Jahren an einer Lungenkrankheit gestorben. Hatten ihre Eltern vorher eine Färbe- und Schneiderwerkstatt, so musste ihre Mutter ihr Handwerk nun auf das Schneidern reduzieren. Die Leute brachten ihr ihre Stoffe und ihre Wünsche und sie verkaufte ihre Ideen und zauberte aus allem die schönsten Kleider. Martha hatte schon viel von ihr gelernt und war mit ihren achtzehn Jahren nun eine volle Arbeitskraft in ihrer Schneiderei. Die beiden Frauen hatten den Ruf, ihre Kundschaft mithilfe ihres Geschicks in jedem Fall zu einer vorteilhafteren und schöneren Erscheinung zu verhelfen. Oft konnten sie aus Stoffresten von früheren Auf-

trägen neue Ergänzungen zaubern. Sie kannten sich gut
in der Kleiderordnung aus und waren imstande, unter
Beachtung selbiger insbesondere die Frauen hinsichtlich der zu ihnen passenden Farben zu beraten.

Marthas Mutter guckte nicht begeistert. »Ist gut«,
seufzte sie. »Aber lass dich nicht beobachten und bleib
nicht so lange. Es ist kalt. Wir können es nicht gebrauchen, dass du dir den Tod holst!«, ermahnte sie ihre
Tochter und zog einen kleinen Jungen an der Hand
näher an sich heran. »Peter, komm, Mama hat noch
etwas zu erledigen.« Sie beeilte sich, eine Bekannte ein-
zuholen, um nicht alleine den Weg zurückgehen zu müssen.

»Martha kommt nach, sie betet noch für die Seele
von Peters Vater«, konnte Martha sie noch sagen hören.

Das Kloster bestand aus mehreren Wirtschaftsgebäu-
den, dem eigentlichen Konventsgebäude mit Dormitorium, Refektorium und Kapitelsaal. Das Haus des
Priors war gleich daneben innerhalb der Klausur, die
Kirche auf der anderen Seite. Martha lief zum südlichen Teil, wo sich das Brauhaus und eine Mühle direkt
am Flusslauf befanden. Dort gab es ein kleines Wäld-
chen, das Sichtschutz bot, als sie eine kleine Holztür
vorsichtig öffnete, um das Knarren zu vermeiden, in
einen kleinen Lagerraum eintrat und die Tür leise wieder anlehnte. Dann hörte sie Schritte, die vor ebenjener
Tür für einen Moment innehielten, bevor sie abermals

geöffnet wurde, ein Mönch hineinhuschte und sie vorsichtig ins Schloss fallen ließ.

Werner streifte die Kapuze ab. »Hat dich jemand zurückbleiben sehen?«, fragte er Martha.

»Nein, ich denke nicht. Ich tat, als schaute ich mir die Natur, die Sonne und ihr Lichtspiel auf dem Schnee noch etwas länger an, bis alle außer Sichtweite waren. Und?« Sie strahlte ihn erwartungsvoll an.

»Komm in meine Arme!« Werner breitete seine Arme aus und drückte die junge Frau lange an sich. Roch an ihrem Haar, das ihr lang über die Schulter fiel. Dann hielt er mit beiden Händen ihr Gesicht und betrachtete sie. Ihre glatte, ebenmäßige Haut mit den rosigen Wangen, ihre grün-braunen Augen, ihre kleine, perfekte Nase und ihre schönen Lippen. Sie schauten sich verliebt in die Augen, ihre Lippen näherten sich und sie küssten und liebkosten sich zärtlich und verlangend.

»Wie lange hast du Zeit?«, wollte Martha wissen.

»Ein halbe Stunde, und du?«

»Ja, das ist gut. Mutter bereitet das Essen und bat mich, mich zu beeilen.«

»Wie geht es Peter?«

»Gut. Er redet schon ganz interessante Dinge. Sein Lieblingsspielzeug ist die kleine Kutsche, die du ihm gebaut hast. Mit den zwei Holzpferden. Das Schwarze ist der Hengst, das Weiße die Stute. Sie lieben sich, und ich glaube, bald musst du ihm ein Fohlen dazu machen.« Sie mussten lachen.

»Wann willst du ihm sagen, wer sein Vater ist? Ist es nicht schöner, er weiß, dass er einen Vater hat, auch wenn er ihn nicht oft sieht, als dass er einer Geschichte glauben muss, dass sein Vater gestorben ist, bevor er geboren wurde?«

»Ja, schon. Aber du kennst die Leute. Mutter hat Angst, dass sich das Kind verplappert und sowohl du, als auch ich, als auch das Kind an Ansehen verlieren und Schwierigkeiten bekommen. Nicht zuletzt sie selber natürlich. Die Geschichte, dass der Vater, ein tapferer Ritter auf Kreuzzug, vor der geplanten Hochzeit im Kampfe fiel und ich seinem edlen Blut und seiner Tapferkeit zur Ehre zu ewigem Leben im Diesseits verholfen habe, weil ich seinen Sohn gebar, ist doch in jeder Hinsicht gut zu verkraften.« Sie zwinkerte verschwörerisch.

Werner atmete laut durch. »Ja, aber wo bin dann ich?«

»Kommt Zeit, kommt Rat! Was kann ich dafür, dass du Mönch bist?

»Was kann ich dafür, dass es meine Eltern so für mich bestimmt haben? Immerhin wäre ich sonst aus Hagen kaum nach Bursfelde gekommen, habe eine gute Ausbildung genossen und werde meinem Sohn etwas zu erzählen wissen, wenn ich dann einmal darf!«

Martha streichelte Werner liebevoll über die Wange. »Du bist ein sehr lieber, guter Mann. Ich danke Gott dafür! Sicher hätten wir es auch offiziell machen können. So würde ich Alimente vom Kloster erhalten und du könntest uns vor aller Augen besuchen.«

»Wenn, hätte, würde, könnte … Wir sind *die* Reformabtei! Wir sind das gute Beispiel. Nein, unser Abt würde mich unter Hausarrest setzen. Und das wäre wahrscheinlich noch die mildeste Strafe.«

»Dann hast du deine Antwort: noch nicht! Du besuchst Peterlein weiterhin als unser Beichtvater, Krankenbesuch, Seelsorger. Komm, lass uns die verbleibende Zeit nutzen. Mir wird kalt. Wärm mich!«

Martha zog Werner an sich. Er legte seine Kutte um sie, als sie ihr Kleid öffnete und seine Hand auf ihre Brust legte. Ihnen wurde warm, sie liebten sich und bemühten sich, sich leise zu verhalten. Beim Ankleiden schauten sie gegenseitig darauf, dass alles beim anderen saß. Dann verließen sie zusammen die Kammer.

Werner brachte Martha noch bis zum Rand des Wäldchens, blieb an einem Baum stehen und schaute ihr nach. Seine Klosterbrüder waren in ihren Zellen, machten sich aber gleich auf den Weg ins Refektorium. Er würde den Weg über die Bibliothek nehmen und von dort aus dazustoßen. Werner war Schreiber der großen Klosterbibliothek, für die er Bücher kopierte, schrieb und auf Reisen sammelte. Er hatte unter anderem die Handschrift Stockholm »Skandinavische Reisefrüchte« verfasst und hatte sich durch seine Schreibkunst und seine Reiseerfahrungen Respekt innerhalb der Klostergemeinschaft verdient. Er war eins der Aushängeschilder des Abtes. Nein, ein Kind würde das Konstrukt zum Einstürzen bringen. Er und Martha hatten ihren Rhythmus gefunden. Als er sie vor fast drei Jahren das erste Mal gesehen hatte, war es Sommer gewesen. Sie war jung und unbekümmert, trug ein leichtes, fließendes hellblaues Kleid und offenes langes Haar mit zwei dünnen geflochtenen Zöpfen, die sie als Kranz von vorne hinten zusammengebunden hatte. Sie hatte im Gottesdienst mit ihrer Mutter ganz vorne gestanden und mit ihrer glockenhellen Stimme gesungen. Als der Priester dann ein Gebet für ihren verstorbenen Vater sprach, waren ihr Tränen über ihr hübsches Gesicht gelaufen und Werner wäre am liebsten zu ihr gegangen, um sie zu trösten. Als sie wenig später am Fluss in der Nähe des Klosters entlangging und Kräuter sammelte und er einen kleinen Spaziergang machte, sprach er sie an. Er merkte sofort, dass sie klug war, und überlegte, wie er ihr und ihrer Mutter eine Unterstützung sein könnte. So ergab es sich, dass er zum Gebet kam. Daraus wurden längere Besuche bei den beiden Frauen. Gute Gespräche und dann spürte er, dass er verliebt war. Sie erwiderte seine Liebe und er ließ es geschehen. Die Mutter Anna hatte gemerkt, wie glücklich ihre Tochter war, und wurde zu einer Verbündeten. Er war gottesfürchtig und fleißig, aber er studierte die Bibel bis ins Detail und kam zu dem Schluss, dass Jesus, als Jude, für den Familie und Kinder das höchste Gut war, mit Maria Magdalena verheiratet gewesen sein musste. Und wenn sogar Jesus dem Schöpfungsgedanken der Geschlechtlichkeit und möglicherweise der Fortpflanzung nachkam, wie konnte er dann ein Sünder sein? Er hurte nicht, er hatte diese eine Frau, um die er sich ein Leben lang kümmern würde.

»Pater Werner! Werner!«, rief Mönch Johannes von Vacha ihm von einem kleinen Seitenweg aus zu und ging ihm entgegen. »Abt Hagen sucht dich, er will uns sprechen!«

»Wie? Sucht mich? Will uns sprechen? Wer ist uns?«

»Wo warst du? Pater Bernhard Rechterfeld von Bremen, Prior Christian Kleingarn von Bleicherode und mich fand er im Kreuzgang. Uns und dich will er sehen. Wo warst du?«

»Nun mach doch nicht so ein Geschrei. Ich war beim Abtritt, habe irgendetwas gegessen, was wieder rausmusste. Jetzt bin ich ja da. Gehen wir?«

»Ja, komm, in sein Amtszimmer.« Johannes von Vacha lief mit eiligen Schritten voraus. »Er kommt. Ihm ging's nicht gut«, schickte er voraus, als er die Amtsstube von Johannes Hagen betrat, obgleich ihm Werner direkt auf den Fersen war.

Der Abt beachtete die Erklärung nicht weiter, schaute etwas ungeduldig und deutete auf die noch zwei freien Holzstühle. »Setzt Euch! Fassen wir's kurz. Der Magistrat der Stadt Erfurt und der Erzbischof von Mainz haben mich mit der Administration des Petersklosters beauftragt. Der zuständige Abt lebt dort nur noch der Form halber und wurde seiner Aufgaben aufgrund einiger unschöner Vorfälle entbunden. Von seinem Kloster kann meine Observanz auf Thüringen und Sachsen ausgreifen. Wie Ihr wisst, bin ich voll ausgelastet mit dieser Abtei, mit der Aufsicht über die Benediktiner auf dem Jakobsberg in Mainz und dem Aufbau der Kongregation, der ich als Präsident vorstehe. Deshalb entsende ich Euch, Prior Pater Christian, der Ihr Euch hier in Eurem Amt bewährt habt; Euch, Pater Bernhard; Euch, Pater Werner aus meiner Heimat als Schreiber, der dort einiges zu tun bekommen wird, und nicht zuletzt unseren Beichtvater, Pater Johannes, dem es an Beichtabnahmen in der etwas ungeordneten Abtei, um es vorsichtig auszudrücken, nicht mangeln wird. Anfang Januar zieht Ihr um. Das gibt Euch noch eine Woche, alles vorzubereiten. Ich selbst werde etwas später nachkommen, um den Gehorsamseid abzunehmen und die Klosterämter neu zu besetzen.«

Werner saß wie versteinert. Gerade noch hatte sein Herz vor Glück gehüpft, nun pochte es vor wütender, unterdrückter Erregung und Ungläubigkeit. Sollte er protestieren? Er konnte unmöglich Bursfelde verlassen. Was würde aus Martha und Peter?

Pater Johannes spürte, dass mit ihm etwas nicht stimmte, und legte beruhigend seine Hand auf seinen Unterarm. Um in der Stille nicht Raum für eine unangemessene Reaktion seines Klosterbruders zu geben, durchbrach er sie. »Was sollen wir mitnehmen? Was wird von uns erwartet und wie wird man uns aufnehmen? Sind wir willkommen?«

»Alles, was Ihr benötigt, gibt es im Peterskloster. Es ist ein großes Kloster mit Strahlkraft. Ihr seid jung und könnt Euch dort einen Namen machen! Pater Werner, Ihr könnt Eure Schreibutensilien mitnehmen. Farben, Pergament, Federn. Es gibt dort eine große Bibliothek und Buchbinderei! Wie man Euch aufnehmen wird? Anständig natürlich! Der abtrünnige Abt lebt außerhalb der Klausur. Wie ich hörte, sind ein paar Aufwiegler zu Tode gekommen, über deren Bestattung noch keine Einigkeit besteht. Prior Christian, Ihr werdet für sie einen ungeweihten Ort in der Nähe der Klosterkirche finden. Als besonders reformtreue Mönche wurden mir die Brüder von Nordhausen genannt in ihren Ämtern als Subcellerarius und Kustos. Günther und Hermann. Ihr Bruder sitzt im Rat der Stadt. Da werdet Ihr's leicht haben. Noch Fragen?«

Werner brannte es unter den Nägeln: »Wie weit ist es von hier?«

»Drei Tagesreisen.«

»Wie steht es mit Urlaub? Ich habe meine alten Herren regelmäßig besucht. Meinem Vater geht es gesundheitlich nicht gut.«

»Nun, Ihr werdet, wenn es nötig ist, auch reisen dürfen. Pater Christian ist Euer Ansprechpartner, wie gehabt.«

Werner nickte Christian versöhnlich zu, der nickte wohlwollend zurück. Dann wurden sie vom Abt entlassen und stießen mit etwas Verspätung zum Essen im Refektorium dazu.

Gerade war die Bibellesung beendet, nun begannen alle schweigend zu essen. Schweigen, gut so. Werner wendete seine Gedanken im Kopf hin und her und überlegte, wie er die regelmäßigen Treffen und das Erleben des Heranwachsens seines Sohnes irgendwie beibehalten konnte. Er musste sich Christian anvertrauen! Er hatte nur eine Woche. Er musste Martha vorher noch einmal sehen!

Am 17. Januar entband Hartung Herling seine Mönche in Erfurt von ihrer Gehorsamkeitspflicht ihm gegenüber. Er nutzte das Ende des Gottesdienstes. Hier waren die meisten anwesend. »Liebe Brüder, ich spreche heute das letzte Mal als Euer Abt zu Euch. Die Situation ist etwas seltsam. Ich bleibe Abt und ich bleibe in Eurer Nähe im Grünen Hagen. Wenn Euch etwas auf dem Herzen liegt, zögert nicht. Ich will mir Eure Sorgen anhören und Euch mit Rat zur Seite stehen. Ihr wisst, dass ich mit einigen Veränderungen nicht einverstanden bin. Sei's drum. Es kommt ein neuer Abt, der nicht viel Zeit haben wird. Er bringt ein paar Mönche aus Bursfelde mit, die Euch ihre Reform überstülpen sollen.«

Hier machte sich Günther mit einem lauten Räuspern bemerkbar: »Die uns bei unserer Reform unterstützen!«

»Ja, Pater Günther, nun berichtigen wir schon unseren Abt … Ämter werden neu besetzt werden. Stellt Euch darauf ein und verzagt nicht. Ich entbinde Euch hiermit Eures Gehorsams mir gegenüber. Johannes von Hagen ist Euer neuer Abt. Ich danke Euch für Eure Unterstützung!« Damit verließ er in demütiger Haltung seinen Platz vorm Altar und bekreuzigte sich. Die Mönche folgten ihm geordnet in Zweierreihen aus der Kirche.

Hermann und Günther entfernten sich in Richtung Pforte. Sie wollten die Neuigkeit ihrem Bruder und ihrem Vater überbringen. Hermann stieß Günther in die Seite: »Vielleicht wirst du der neue Prior. Du bist der einzige Studierte, bereits Kustos und absolut reformtreu!« Daran hatte Günther auch schon gedacht und freute sich über diese doch sehr wahrscheinliche Aussicht.

Martin erzählten sie nichts Neues. Der Erzbischof hatte dem Rat längst eine Depesche gesandt und ihn informiert, dass eine Reformdelegation aus Bursfelde nach Erfurt kommen würde, der Präsident der Kongregation Johannes von Hagen der neue Abt werden und die Reform auch endlich in Erfurt Früchte tragen würde. Martin freute sich. Die Stadt gewann durch so bekannte Persönlichkeiten. Er war derselben Meinung wie Hermann: »Dann steht es gut um dich. Einen guten Prior würdest du abgeben!« Er stieß Günther in die Seite und lachte. Der schmunzelte siegessicher.

Leider kam es anders. Bereits am nächsten Tag reiste der Erste der Reformdelegation an. Christian Kleingarn von Bleicherode versammelte die Konventualen im Kapitelsaal. »Ich habe gehört, dass unser Kommen bereits angekündigt wurde. Abt Hagen kann leider noch nicht vor Ort sein. Die Observanz hält ihn davon ab. Er wird später kommen. Dennoch verlese ich seine Grußworte: ›Liebe Brüder des Petersklosters, mein Prior Christian von Bleicherode, der hervorragende Arbeit als Prior im Bursfelder Konvent geleistet hat, wird weiter als Prior das Kloster Sankt Peter und Paul in Erfurt leiten. Ihm müsst Ihr Gehorsam leisten, da es mir meine Aufgaben unmöglich machen, angemessen in Erfurt am Klosterleben teilzuhaben. Dennoch …‹«

Hermann blickte entsetzt zu Günther, der ab da nicht mehr zuhörte, sondern innerlich mit seiner Enttäuschung über die soeben entglittene Möglichkeit rang und nach Gedanken der Besänftigung seines Geistes suchte. Herr, Du stellst mich auf die Probe und mahnst mich zu Geduld. Meine Zeit wird kommen. Danke! Ihm war, als wären dies von Gott eingegebene Worte gewesen, und so zwang er sich, sofort umzuschalten und sich klug als rechte Hand des Priors in Szene zu setzen. Immerhin war er Kustos. Wollte er es bleiben, musste er Loyalität demonstrieren. »Es wird schon, Hermann!«, flüsterte er seinem Bruder gespielt gelassen zu. Er schenkte den letzten Worten des neuen Priors wieder Aufmerksamkeit.

»Um Euer, oder besser ›unser‹, Kloster in seiner Erneuerung zu unterstützen, hat unser Abt mit mir vier Brüder abgesandt, von denen die drei anderen in einigen Tagen eintreffen werden. Bis dahin und bis zu einer möglichen Änderung der Aufgabenverteilung obliegt mir die Leitung der Spiritualien wie auch der Temporalien und ebenso übernehme ich vorerst das Amt des Cellerarius, für das ich Erfahrungen aus Bursfelde mitbringe. Die Offizialen Pater Hermann und Günther von Nordhausen bitte ich nach dem Gebet zu einer kurzen Besprechung und Einführung in die Örtlichkeiten des Klosters und die Klostergepflogenheiten. Wo sind sie?« Er schaute sich suchend um.

Gut, dass ich geistig anwesend geblieben bin, dachte sich Günther, stieß Hermann seinen Ellenbogen in die Seite und stand zusammen mit ihm auf. »Hier, Prior! Wir danken für Euer Vertrauen und stehen Euch zur Verfügung!«

»Ich danke Euch allen. Danken wir nun dem Herrn und bitten um seine Führung.«

Alle Anwesenden senkten die Köpfe und falteten die Hände zum Gebet. »Herr, jede gute Gabe kommt von Dir, auch der heutige Tag ist ein Geschenk, ist ein großes Geschenk, da er mir Gelegenheit gibt, meine Verdienste für den Himmel zu vermehren. Daher danke ich Dir für die bis zur Stunde fortgesetzte Erhaltung meines Lebens und für den Schutz an Leib und Seele, den Du mir bisher und noch in dieser Nacht gewährt hast.

Ich will diesen Tag zu dem Zwecke verwenden, wozu Du mir ihn gegeben hast. Ich will Dir dienen, ich will meine Pflichten treu erfüllen und nichts unterlassen, was ich als Deinen Willen erkennen werde. Ich will nicht sündigen, das ist mein entschiedener Vorsatz, ich will arbeiten und beten und mir heut meine Verdienste vermehren. Amen!«

Während Pater Christian von Bleicherode die Räume des Klosters und die Konventualen vorgestellt bekam, trafen die drei Bursfelder Mönche letzte Vorbereitungen. Jeder hatte den einen oder anderen, von dem er sich verabschieden wollte. Werner konnte sein Unglück noch immer nicht fassen, obgleich er es als Ehrbezeugung verstehen sollte. Ihn hatte man ausgewählt, die Mönche in Erfurt auf den rechten Weg zu führen. Ausgerechnet ihn! Er hatte noch keine Lösung. Er durfte Martha nicht aus den Augen verlieren. Sie nicht und auch nicht seinen Sohn!

Bei Einbruch der Dunkelheit schlich er sich unbeobachtet aus dem Kloster und ging am Fluss entlang in Richtung Dorf. Das matte Mondlicht spiegelte sich im bewegten Wasser des Flusses. Das leise Plätschern begleitete ihn. Sonst war es mucksmäuschenstill. Als er sich dem Heim von Martha und ihrer Mutter näherte, schlug er seine Kapuze über den Kopf, sah sich auf dem Weg um und huschte hinter die Büsche vor ihrem Haus, von wo er ungesehen zum hinteren Eingang gelangte.

Der Hund schlug an und kläffte. Marthas Mutter Anna schaute zur Tür hinaus. Werner machte sich bemerkbar. »Ich bin's, Anna«, flüsterte er. »Ich muss Martha sprechen.«

»Komm rein! Du hast mich erschreckt. Warum so spät und überraschend? Martha ist oben.«

»Schlechte Neuigkeiten. Ich schleiche mich mal hoch.« Werner stieg die schmale Stiege in den zweiten Stock empor. Er hörte Marthas glockenhelle Stimme ein Gute-Nacht-Lied singen. Am liebsten hätte er sich mit an Peterchens Bett gestellt und seine Hand gehalten. Er war glücklich über seinen Sohn und wollte, dass er es wusste. »Ksch…«, zischte Werner.

Martha drehte ihren Kopf und riss überrascht die Augen auf. »Du hier? Moment, ich glaube, er schläft. Warte, ich komme!«

Werner trat unaufgefordert näher und warf einen kurzen betrachtenden Blick auf den Jungen. Dann folgte er Martha, die ihn in ihr Zimmer zog. »Was machst du hier? Wir waren doch gar nicht verabredet?« Sie schaute etwas besorgt.

»Ich muss weg. Nach Erfurt. Wer weiß, wie lange.« Hilflos sah er ihr ins Gesicht.

»Oh, nein. Was heißt das? Warum? Wie weit ist das?« Martha ergriff beide Hände Werners. Als sie sah, wie ratlos er war, wollte sie ihn wieder aufmuntern. »Erfurt ist, glaube ich, eine tolle Handelsstadt. Ich werde Mutter überreden, dort Stoffe zu kaufen. Ich komme zu dir.

Und sicher darfst du auch mal zurückkommen. Vielleicht sehen wir uns einmal im Monat. Das wäre doch vorübergehend auszuhalten.« Sie lächelte aufheiternd.

»Es ist eine Anerkennung meiner Person, meines Wissens und meiner Zuverlässigkeit. Vielleicht hätte ich vor vier Jahren doch die Alimente für dich fordern sollen. Der Abt hätte ein schlechtes Bild von mir gehabt und ein anderer müsste heute an meiner Stelle ins Peterskloster. Ja, wir werden jede Gelegenheit nutzen, uns zu treffen!« Sie umarmten sich lange. »Ich will meinen Sohn regelmäßig sehen! Und dich zuallererst! Komm in den Gottesdienst des Klosters, wenn du in Erfurt bist. Außerdem werde ich jeden Freitag um elf Uhr am Brunnen vor dem Rathaus stehen und auf dich warten.«

»Woher kennst du die Stadt?«

Werner musste lachen: »Ich kenne sie nicht, aber natürlich hat sie ein Rathaus mit einem Platz davor, auf dem ein Brunnen steht.«

Nun lachte auch Martha und stupste ihm mit dem Finger auf die Nase.

Von unten rief die Mutter. »Kinder, kommt herunter. Ich habe Werner eine warme Suppe gekocht!«

Sie setzten sich gemeinsam an den Tisch, und Werner wiederholte seine Nachricht für Anna, die ein betroffenes Gesicht machte. Sie begannen schweigend zu essen. Jeder hing seinen Gedanken nach und vor allem der Frage, wie nun alles weitergehen würde. Die Erste, die das Schweigen unterbrach, war Anna: »Werner, ich bedaure, dass du dich dem Kloster verpflichtet hast. Wie oft habe ich meine Tochter gewarnt, dass sie unglücklich wird. Aber sie wollte nicht auf mich hören.« Anna sah Martha streng an. Dann lächelte sie: »Aber was soll's. Wo die Liebe hinfällt ... Ich werde Martha hin und wieder begleiten oder auf euren Peter aufpassen, wenn sie sich ohne mich in anderer Gesellschaft auf den Weg zu dir macht. Mach dir einen Namen als Schreiber an diesem großen Kloster. Vielleicht kannst du damit einmal etwas anderes anfangen. Wer weiß! Gott, vergib uns, behüte den kleinen Peter und lass die beiden nicht auffliegen!« Bei den letzten Worten schaute Anna flehentlich gen Himmel.

Martha stand auf und küsste ihrer Mutter die Hände. »Du bist die beste Mutter der Welt!«

Dann begleitete sie Werner vor die Tür. Sie verabschiedeten sich. Beiden lief eine Träne die Wange hinunter. Als er ein paar Schritte gegangen war, drehte Werner sich noch einmal um und winkte. Dann schloss Martha die Tür.

Auf dem Weg zurück ins Kloster weinte der Mönch noch leise vor sich hin. Mit jeder vergossenen Träne kehrte die Energie in seinen Körper zurück, und er war entschlossen, seine Mission gut zu erfüllen, rasch etwas zu bewegen, damit er umso schneller auf seine Rücksendung drängen konnte. Sein Ziel war es, sich Pfründe zu verdienen, um einmal seinem Kind etwas hinterlassen zu können. Er atmete durch. »Diese verdammte Reform!« Aber Zucht und Ordnung kam letztendlich allen zugute. Martha sollte sicher sein, wenn sie sich alleine auf den Straßen bewegte!

Am nächsten Tag fuhren die Mönche mit einer Kutsche von Bursfelde über die Bergzüge des Hainich auf der Via Regia nach Erfurt. Von Weitem konnten sie die Stadt schon riechen. Der Geruch von gärenden Waidballen und Hopfen lag in der Luft. Die Stadtmauer war lang und protzte mit etlichen Wachtürmen, kleineren und größeren Stadttoren. Aus dem Häusermeer stachen wie Nadeln die vielen Türme der Kirchen und Klöster heraus. Die Kutsche befand sich auf einer Anhöhe. Jetzt ging es bergab und die Mauern wuchsen, je näher sie herankamen. Das Peterskloster lag vor ihnen auf dem höchsten Berg innerhalb der Befestigung. Sie entschieden sich, die Stadtmauer außen entlangzufahren und das entgegengesetzte Stadttor zu nehmen, damit sie quer durch die Stadt schon mal einen Eindruck gewinnen konnten. Sie waren neugierig. Zunächst sahen sie den Waidanger, wo die Waidhändler ihre Farben verkauften, fuhren dann an der Kaufmannskirche vorbei, durch die Johannesstraße, wo große Waidspeicher vom Reichtum der Händler kündeten, weiter durch die Futterstraße mit ihren großen Ausspannen über den Wenigemarkt, durch die Furt hinter der Krämerbrücke und in der Gasse Unter den Juden rechts, am Rathaus auf dem

Fischmarkt vorbei – tatsächlich, da war der Brunnen, an dem er immer freitags um elf Uhr sein würde – in die Breite Straße, die zum Markt vor den Graden führte. Dann passierten sie die Severisiedlung und einen steilen Weg durch die Weinberge bis vor die Mauern von Sankt Peter und Paul. Ein Mönch kam ihnen entgegen, ließ sie einfahren und bat die Brüder, einen Moment zu warten, bis er den Kustos geholt hätte.

Werner sah sich um. »Sieh nur, Johannes, das soll das Paradies sein?« Er deutete mit den Augen verächtlich auf den Vorgarten vor der Klosterkirche.

»Das ist doch deine Spezialität. Schätze, du wirst hier mit der Reform beginnen. Schnapp dir den Gärtner!« Johannes schnalzte vielsagend. Sie mussten lachen.

Pater Günther kam den Weg entlang, ihnen entgegen. Er begrüßte sie, zeigte ihnen ihre Lager im Dormitorium, ihre Zelle sowie das Refektorium, wo sie sich zum Essen einfinden sollten, bevor er ihnen alles Weitere erklären wollte.

Günther und Hermann waren seit der Ankunft des neuen Priors nicht mehr in ihrem Elternhaus gewesen. Diesen Sonntag konnten sie mit einem Besuch nicht länger auf sich warten lassen. Wie schon so oft zuvor kamen sie rechtzeitig zum Mittagessen dort an und trafen auf ihren Bruder Martin, der ebenfalls gehofft hatte, seine Brüder zu sehen. »Und?«, fragte er erwartungsvoll. »Kriegst du das Amt des Priors?«

Günther schaute geknickt. »Der Abt hat einen zuverlässigen Mann seiner eigenen Schule eingesetzt. Christian Kleingarn von Bleicherode. Klein, etwas rundlich. Sehr freundlich und zugewandt. Das muss man ihm lassen. Immerhin schätzt er unsere Erfahrung und belässt uns in unseren Ämtern. Ich denke, die Zusammenarbeit wird gut. Er führte sich als vorläufiger Cellerarius ein, will aber Hermann vom Subcellerarius zum Cellerarius befördern.«

Martin überspielte seine Enttäuschung und klopfte Hermann auf die Schulter. »Na, also. Das ist doch eine Verbesserung. Und du, Günther, machst dich unentbehrlich, zu seiner rechten Hand. Keiner kennt die Erfurter, die Universität und Geistlichkeit in ihrem Zusammenspiel so gut wie du! Vielleicht habe ich mehr Glück. Im April ist Wahl. Ein Vierherr zu sein, ist mein Ziel! Aber jetzt gehe ich zu meiner lieben Frau. Nicht böse sein, Mutter. Sie hat für uns gekocht. Wann kommt ihr eure Nichte besuchen?«

»Bald, Bruder, bald!« Hermann und Günther winkten ihm hinterher.

»Euer Bruder arbeitet wie ein Ackergaul!«, wandte sich der Vater an die beiden. »Am Morgen besucht er alle, die ihm hilfreich sein können. Ab Mittag geht er in die Schenken, um sich sehen zu lassen, und nachmittags bringt er sich in die Debatten ein, besucht Professoren an der Universität, verschafft sich ein Bild der Märkte und Straßen. Gerade hat der Rat beschlossen, die Juden besser zu kontrollieren. Stiefel, spitze Hüte und ein Zeichen sollen sie tragen. Zu ihrem und unserem Schutz. Schließlich will keiner Missverständnisse, wenn sie Geld wechseln, wenn sie sonntags arbeiten, wenn sie nicht zum Gottesdienst kommen, sondern in die Synagoge gehen. Sie sträuben sich nicht. Aber trotzdem, setz das erst einmal durch!«

»Was macht die Kleine? Judith?«, wollte Günther wissen.

»Ein süßes Ding. Eure Mutter liebt sie. Jetzt kann sie wieder jemanden umsorgen.« Der Vater klapste seiner Frau auf das Hinterteil. Sie lachte und schüttelte gleichzeitig missbilligend den Kopf.

So kehrte der Frühling ein. Im Kloster entstaubte Werner die Bücher der Bibliothek und verschaffte sich einen Überblick über den Bestand. Es gab Regale über Regale voll von in Leder gebundenen Büchern. Leiter und Schemel standen davor. Das Scriptorium schloss sich rechts an. Es bestand nicht nur aus einem Raum mit Tischen und Schreibpulten, es gab auch eine eigene Werkstatt für alles, was man zum Schreiben und Buchbinden benötigte. Werner war beeindruckt und zuversichtlich, dass ihn seine Arbeit hier von seiner schmerzlichen Sehnsucht ablenken würde. Vielleicht würde er eine Reise anmelden können, um dringend benötigte Schriften aus Bursfelde zu holen.

Auch in Rom gab es Veränderungen: Ein neuer Papst wurde in der Kirche Santa Maria sopra Minerva gewählt.

Papst Eugen war tot. Er war am 23. Februar gestorben und in der Peterskirche bestattet worden. Tommaso Parentucelli, Sohn eines Arztes, wurde sein Nachfolger und nannte sich nun Nikolaus der V., zu Ehren seines Freundes Nikolaus von Kues, mit dem er auf engstem Raum so manches Geheimnis auf der langen Reise nach Konstantinopel geteilt hatte. Er hatte den Deutschen nicht vergessen und plante eine engere Zusammenarbeit mit ihm. Der Benediktinerorden begrüßte die Papstwahl und erhoffte sich die endgültige Überwindung des Schismas. Erneuerung und Aufbruch lagen in der Luft.

In der Stadt wurde es immer lebendiger. Mehr auswärtige Händler fuhren die Erfurter Marktplätze an. Mehr Tiere liefen auf den Straßen herum. Mehr Menschen hielten sich auf den Plätzen und in den Gassen und vor ihren Häusern auf. Die Sonne wärmte die Steine, und nicht nur bei der Jugend erwachten die Frühlingsgefühle.

Kurz nach Ostern, das in diesem Jahr auf das zweite Aprilwochenende fiel, ging der Magistrat daran, das alljährlich gepflegte Herkommen seiner Wahl in Schrift zu setzen. »Sonnabend, am siebzehnten April wird der neue Rat mit den Vierherren gewählt. Alle Patrizier sind zur Wahl aufgerufen …!« Auch Martin von Nordhausen machte sich berechtigte Hoffnungen. Hartung Cammermeister war mittlerweile zu einem der wichtigsten Ratsmänner aufgestiegen und wurde als Vierherr bestätigt. Johannes von Allenblumen durfte sein Amt weiter bekleiden. Neu hinzu kam Tilmann Ziegler, der die Universität gerade erst am ersten April unter seinem Rektorat überzeugen konnte, der Reformkommission ein Darlehen von dreihundert rheinischen Gulden einzuräumen. Von Nordhausen ging leer aus, stattdessen wurde von Denstedt als Vierherr bestätigt. »Der Martin ist noch jung. Er kann noch nicht so viel bewirken«, war die Ansicht der Mehrheit.

Martin fasste sich jedoch, dachte an den Rat, den er seinem Bruder Günther gegeben hatte, und übernahm die Ansprache nach der Wahl. »So gratulieren wir den gewählten Vierherren und geben Ihnen folgende Worte mit auf den Weg: ›Was der Rat ordnet und anordnet, sei dem Allmächtigen zu Ehren und zu Nutzen und Frömmigkeit der Stadt. Den Amtsbestallten sei geboten, keine Geschenke anzunehmen und keine Freunde zu begünstigen. Der Rat verpflichtet sich, die kirchliche Ordnung und Sittlichkeit zu befördern. So gilt ab sofort unser gewohnter Zuchtbrief mit einigen Zusätzen, die manch heidnischem Brauch wehren und die christliche Lebensart heben sollen. Es ist fortan verboten, sich zu Fasching mit zu viel Prunk zu maskieren oder zu Ostern im Fluss zu schwimmen. An Feiertagen darf nicht gehandelt werden, an Vormittagen, wenn die Kirchenglocken rufen, ist es nicht erlaubt, in die Gaststätte zu gehen. Das sonntägliche Barbieren und das Tanzen nicht nur am Freitag und in der Fastenzeit, sondern auch in den Klöstern, wenn die Primiz gefeiert wird, ist untersagt, damit Sünde vermieden wird. Erheben wir unsere Kelche auf eine bessere Zukunft für uns und unsere Kinder!«

Die folgende Prozedur war langwierig und formvoll. Eidschwüre wurden geleistet, Gott angerufen und schließlich gab es einen Tafelschmaus im Rathausfestsaal, der sich im Namen des Herrn vollzog und bis um Mitternacht dauerte.

Als sich die Brüder von Nordhausen am Sonntag wieder im Elternhaus trafen, war es diesmal Günther, der seinem Bruder Mut machte. »Du bist der Nächste an der Reihe! Hermann und ich sind Prokuratoren. Wer kommt schon so weit? Und es ist noch nicht aller Tage Abend!«

»Ich bin sehr stolz auf euch, meine Söhne!« Der Vater ließ seinen Blick zufrieden über die drei Männer schweifen.

Die fünfzig Tage nach Ostern galten als eine Zeit der Freude und des Feierns. In Erfurt wurden Turniere veranstaltet, auf Schützenfesten konnte jeder sein Geschick mit Pfeil und Bogen beweisen und es gab verschiedene Wettkämpfe. An Pfingsten selbst drängte sich das Volk zu den Domstufen von Sankt Marien, denn dort wurde alljährlich als Symbol für die Ausgießung des Heiligen Geistes über die Apostel und Jünger eine weiße Taube freigelassen und zugleich regnete es Blumen herab. Kleine weiße und rote Röschen. Jeder versuchte, eine Blüte zu erhaschen. Diese wurde getrocknet und bekam einen Ehrenplatz in der Stube. Es war Pflicht, sich auf dieser Veranstaltung sehen zu lassen. Martin kam mit Katarina und seiner kleinen Judith. Sie schaute fasziniert der weißen Taube hinterher, die oben von der Außenkanzel losflog und immer höher stieg, dann den Augen der auf dem Platz Stehenden entschwand, eine kurze Pause auf dem Baum am Westportal machte und dann noch einmal für alle sichtbar vor der klatschenden Menge in Richtung Weinberg floh.

»Schau, sie fliegt zum Kloster zu Onkel Günther und Onkel Hermann«, erklärte Martin seiner Tochter.

Dann kam Katarina und schenkte ihrer Kleinen eine weiße Rosenblüte. »Sei recht vorsichtig! Das ist der Heilige Geist, der über uns wacht, wenn wir es schaffen, die Blüte heile nach Hause zu bringen!« Sie zwinkerte Martin verschwörerisch zu.

»Ja, halt sie ganz behutsam in deiner Hand!«, beugte sich Martin zu Judith herunter und gab ihr einen Kuss. Dann begrüßte er den Goldschmied Nase. Auch traf er einige Ratskollegen. Katarina winkte Lioba zu, die sich mit den Magdalenerinnen zusammen auf den Domstufen befand. Mit Familie Allenblumen gingen sie ein Stück des Weges zusammen zurück, als sich die Menge langsam auflöste.

Überall in der Stadt gab es Musiker, Stände, die warme Speisen und süßes Gebäck anboten. Jeder hatte sich herausgeputzt. Werner hätte zu gerne Martha und

Peter hier gehabt. Die Stadt war einfach überwältigend. So viel Volk. Immer war etwas Neues zu entdecken.

Der Sommer war heiß. Im Kloster gab es immer viel Arbeit. Mauern waren auszubessern, Holz zu ersetzen, Fußböden zu erneuern, Grabstätten zu pflegen, Bestattungen durchzuführen, und vor allem pfiff ein rauerer Wind durch den Konvent.

Mit dem Anschluss an die Bursfelder Union wurden die Erfurter Mönche Benediktiner von der Observanz, womit ihnen die Beobachtung der strengen Regel oblag. Sie durften sich zwar mit einem Augustiner-Eremiten ihrer Stadt, nicht aber mit einem Erfurter Schottenmönch oder einem Benediktiner aus Fulda unterhalten. Auf die Einhaltung der drei wesentlichen Klosterregeln wurde besonders geachtet: Armut, Keuschheit und Gehorsam. Der Tagesablauf wurde streng unterteilt. Um Mitternacht, an hohen Festtagen mindestens eine Stunde früher, rief die Glocke die Mönche in die Kirche. Die sieben Stunden Nachtruhe bestanden aus fünf vor den Nokturnen und zwei zwischen der Matutin und der Prim, die gegen fünf Uhr, im Winter etwas später, gebetet wurde. Die Psalmodie wurde wieder in ganzem Umfang gebetet. Wenn die Mönche nicht arbeiteten, sollten sie einer sinnvollen Beschäftigung nachgehen, damit nicht Muße sie dazu verleitete, sich an nichtige Gedanken und Reden zu verlieren oder sich gar die Zeit im Spiel zu vertreiben, wie es vor der Reform auch vorgekommen war. Allgemein positiv wurde es von den Mönchen aufgenommen, dass sie an den Fastentagen Anspruch auf Bier hatten und in Erfurt das Schittchen, ein Stollen mit Butter und allerlei Gewürzen, als Fastenspeise essen durften, damit sie Kraft zum Arbeiten hatten.

Wer ohne zwingenden Grund das Schweigen für die Dauer eines Psalms unterbrach oder während der Rasur sprach, musste auf Wein und auf einen Teil seiner Speise verzichten und am Boden essen. Auf die Kollation, die Lesung, folgte die Komplet. Wer danach das Dormitorium noch einmal verließ, sollte dies damit büßen, dass er bei sämtlichen Horen des folgenden Tages während der Orationen und Lesungen vor den Augen der anderen auf dem kalten Kirchenboden ausgestreckt liegen musste. Abt Hartung Herling beobachtete mal schmunzelnd, mal kopfschüttelnd, stets jedoch erheitert oder amüsiert, wie einige Brüder sich mühten, andere ihren Prior geschickt hintergingen. Günther und Hermann jedoch ergänzten sich in der Verfolgung jeder Abweichung von der Klosterregel. Ohne sie hätte der gutmütige Prior Christian Schwierigkeiten gehabt.

»Was seid Ihr doch für kleine Inquisitoren!«, zischte Hartung Günther zu, als der einen Bruder an ihm vorbei am Ohrläppchen zum Priorat führte. Dabei lachte er verächtlich.

»Will mir der Blinde die Farben erklären?«, entgegnete Günther ihm. Er nahm sich vor, seinen Bruder

Martin auf Abt Hartung anzusprechen. Seinem Spott musste ein Ende gesetzt werden.

Werner fand jeden Freitag eine Ausrede, um in die Stadt zu gehen. Dann stellte er sich ganz in die Nähe des Trinkwasserbrunnens vor dem Rathaus. Jede Frau, die jung und schlank war, hielt er einen Moment lang für Martha. Jedes Mal pochte sein Herz bis zum Hals. Bis sie sich umdrehte und seine Freude in Enttäuschung umschlug. Es waren nun schon fast zwei Monate vergangen. Warum kam sie nicht? Wenn er sich nun auf den Weg machen würde und ausgerechnet dann auch Martha unterwegs war, konnte es sein, dass sie sich verpassten. Er blieb, wartete und hoffte immer wieder. Wenn ein Bote aus dem Kloster Bursfelde kam, blieb er ganz in der Nähe – wer wusste schon, welche Wege seine kluge Frau finden würde, um ihm eine Nachricht zukommen zu lassen. Doch es kam nichts. Als die Sonne schon ein paar Wochen heiß auf die Stadt brannte und die Kunde ging, dass der Sommer im ganzen Land gleichermaßen schön war, stand Werner wieder auf dem Fischmarkt. Man kannte ihn inzwischen schon und glaubte ihm, dass er als Reformmönch immer freitags schaute, dass auch niemand Fleisch im Korb hatte oder auf dem Markt verkaufte und dass er am Freitag den Bürgern für Fragen zum Sinn des Fastentages zur Verfügung stand. Einer der Häringer lud ihn gewöhnlich auf einen Becher Weißwein und einen gesalzenen Hering ein. Dabei diskutierten sie über Gott und die Welt. Werner gefiel sich mittlerweile in seiner Rolle und musste sich auch nicht mehr heimlich aus dem Kloster schleichen. Seine Besuche auf dem Markt galten bereits als seine persönliche Mission im Rahmen seiner Abordnung. Er musste schmunzeln, wenn er darüber nachdachte. Wenn sie wüssten …! Gerade als er den Kelch wieder zum Mund führen wollte und der Fischverkäufer wild gestikulierend über die mangelnde Moral der jungen Leute schimpfte, fiel sein Blick auf eine schmale Frauengestalt, die er nur von hinten sehen konnte, deren Gang und Bewegungen ihm jedoch vertraut schienen. Er blendete alles um sich herum aus und konzentrierte sich auf die dunkelgrün gekleidete junge Frau, die gerade von einer Gruppe älterer Tratschweiber verdeckt wurde. Jetzt sah er sie auf einen älteren Herrn zugehen. Hatte er sich doch getäuscht. Nein, sie schien ihn nur etwas zu fragen, was er bejahte, indem er nickte und auf das Rathaus zeigte, dann auf den Brunnen. Wie in Trance reichte Werner seinen Kelch dem verdutzten Fischhändler, der ihn mit Blicken verfolgte, und lief in Richtung der jungen Dame. Jetzt sah er sie von der Seite. Die langen dunklen Haare lugten unter einer Haube hervor, die die Augen vor der Sonne schützte. Werner ging zum Brunnen. Jetzt drehte sie sich um und steuerte ebenfalls auf den Brunnen zu, ihren Blick auf ein paar spielende Kinder davor gerichtet. Werners

Herz schlug ihm bis zum Hals. Er erkannte sie, seine Martha! Nun galt es, nicht auffällig zu werden. Er ging auf sie zu. »Entschuldigung.«

Als sie aufsah und einen Freudenschrei loslassen wollte, legte er schnell den Zeigefinger auf seine Lippen und sah sie eindringlich an. »Ihr seht aus, als suchtet Ihr etwas. Darf ich Euch den Weg zeigen?«

Sie konnten ihre Wiedersehensfreude kaum im Zaum halten, aber Martha spielte das Schauspiel mit und so führte Werner sie weg von den vielen Menschen zu einem Ort, an dem sie ganz für sich alleine waren, den er schon gleich nach seiner Ankunft eigens für ihr Wiedersehen gesucht und gefunden hatte.

»Dort oben ist unser Kloster. Das ist der Petersberg. Wir gehen außen herum. Dort unten links gibt es einen Zutritt zu unterirdischen Gängen, die, wie ich in Erfahrung bringen konnte, schon lange nicht mehr genutzt werden und lediglich im Fall von Gefahr zugänglich bleiben.«

»Wofür waren sie gedacht?«

»Man erzählt sich, dass die Benediktinerinnen einst ihr Kloster auf dem gegenüberliegenden Domberg hatten, wo sich heute das Severistift befindet. Die Mönche vom Peterskloster haben sich in den unterirdischen Gängen heimlich mit den Nonnen getroffen, woraufhin diese ihre Klosterstätte verlassen mussten. Heute leben die Benediktinerinnen auf dem Cyriaksberg etwas außerhalb.«

»Ja, es war eben schon immer so.« Sie lächelten sich an, als sie vor einer niedrigen Holztür, die eher einer Luke ähnelte, standen. Werner zog einen langen eisernen Schlüssel aus seiner Kutte, steckte ihn in das verrostete Schlüsselloch, ruckelte damit hin und her, bis die Tür aufsprang. Sie traten ein. In einer seitlichen Nische hatte Werner vorsorglich eine kleine Laterne platziert, die er nun anzündete, bevor sie die Tür schlossen und das Tageslicht wich. Jetzt platzten die Gefühle aus ihnen heraus und sie küssten, streichelten und umarmten sich. »Warum hast du mich so lange warten lassen?«, fragte Werner atemlos zwischen den Liebkosungen.

»Wetter, Planung, Peter ... Es gibt vieles, das ich bedenken muss. Komm, lass uns erzählen.«

Werner zog seine Kutte aus, faltete sie zu einer Sitzunterlage und zog Martha mit sich auf den Boden. Sie lehnten sich gegen die kühle Mauer.

»Mutter passt auf Peter auf. Zehn Tage hat sie mir eingeräumt. Ich musste jemanden finden, mit dem ich reisen konnte. Lothar Färber hat mich mitgenommen. Er fährt ein- oder zweimal im Jahr nach Erfurt, um sich mit Waid und Saflor zu versorgen. Er ist unser Färber. Mutter kauft seit mindestens zehn Jahren schon ihre Stoffe bei ihm. Er färbt auf Wunsch. Wir sind geritten bei ebenem Untergrund, und auf der Geleitstraße, wo die Kutsche nicht so rumpelt, setzten wir uns auf das Fuhrwerk. Drei Tage sind wir gefahren. Drei brauchen wir wieder zurück. Bleiben vier für uns zwei.«

»Und wo übernachtest du?«

»Ich wohne im Gästehaus der Magdalenerinnen auf dem Waidanger. Lothar hat es mir empfohlen. Und tatsächlich scheint der Gastbetrieb eine Haupteinnahmequelle der Nonnen zu sein.«

»Hat man dich gefragt, was du so alleine hier machst?«

»Ich habe gesagt, ich begleite meinen Onkel zum Markt, weil ich Schneiderin bin und mir Farben aussuchen will und meine Mutter es schicklicher findet, wenn ich in einem Kloster statt in einer Herberge schlafe. Ist doch klar, oder?« Sie war eine kleine Füchsin. Aber das wusste Werner schon lange. Deshalb liebte er sie.

Dann erzählte Werner von seinem neuen Kloster, den Konventsbrüdern und seinen Aufgaben. Die Zeit verflog und er verpasste das Mittagsgebet samt Essen im Refektorium. »Wir treffen uns morgen zur gleichen Zeit direkt hier. Ich lasse die Tür unverschlossen«, sagte er, als sie sich verabschiedeten.

Martha schlenderte gemächlich zurück. Sie hatte den ganzen restlichen Tag für sich. Werner überlegte sich eine Ausrede. Ich werde sagen, ich habe mir wieder den Magen verdorben und habe Stunden in der Nähe des Abtritts verbracht. Ich habe eben einen empfindlichen Magen …

Der Mönch und die junge Frau trafen und liebten sich noch dreimal, bevor Martha mit Grüßen an die Mutter und Küssen für Peter mit dem älteren Bursfelder Färber die Rückreise antrat. Im August und im Oktober fand sie jeweils eine Mitreisegelegenheit mit Händlern, die in Richtung Erfurt fuhren. Dann wurde es Winter. Werner bat, über Weihnachten im Kloster Bursfelde sein zu dürfen, wofür er etliche Gründe fand: Er wollte Freunde und Bekannte besuchen, er benötigte Bücher aus seiner alten Bibliothek, er brauchte Ruhe zum Schreiben. Sein Prior Christian Kleingarn war der herzlichste Abt, den man sich vorstellen konnte. Er mochte eine Ahnung haben. Aber da Werner ein fleißiger, frommer, kluger und daher unentbehrlicher Mönch war, forschte er nicht weiter nach.

Kapitel 9

1448

DIE REFORMDELEGATION HATTE sich gut eingelebt. Doch die bloße Anwesenheit des alten Abtes und zugleich die Abwesenheit des neuen bewirkten, dass einige Brüder auf Distanz blieben und offensichtlich noch glaubten, die Reform würde nicht so streng eingefordert. Auch beobachteten sie mit Interesse die Forderungen Hartung Herlings gegenüber der Stadt, die Morde aufzuklären. Zu einfach hatte man sie als Tat des Teufels abgetan. Hartung hingegen wusste, dass hier jemand ganz gezielt die Widerspenstigen unter den Konventualen beseitigt hatte. Die Strangulationsspuren des Teufels waren eher Spuren eines Stricks, vielleicht eines Stricks einer Kutte. Hartung Herling beobachtete misstrauisch verschiedene Mönche, prüfte die Schnüren der Kutten, wenn es niemand sah. Christian erwischte ihn dabei und fragte ihn, was er da machte.

»Eine alte Gewohnheit. Ich schaue, ob die Gewänder vollständig und in Ordnung sind. Ist natürlich nicht mehr meine Aufgabe. Verzeiht!«

Als Christian seine Beobachtung mit seinen Prokuratoren besprach, packte Günther die nächste Gelegenheit

beim Schopf, seinen Bruder Martin über die Zermür-
bungsversuche Hartung Herlings zu informieren. Er
war froh, dass dieses Ansinnen vom Abt selbst angesto-
ßen worden war, denn er wusste, dass Hermann einen
neuen Strick für seine Kutte von seiner Mutter geholt
hatte, der etwas dünner war als die des Ordens.

Martin von Nordhausen bestellte Hartung Herling
daraufhin vor den Rat und die Reformkommission,
mit dem Ergebnis, dass der Abt noch im selben Monat
nach Reinhardsbrunn in das Hauskloster der Grafen
von Thüringen zog. Verabschiedet wurde er mit den
Worten: »Wir danken Euch für die langjährige Klos-
terleitung und möchten vermeiden, dass es zu einem
unrühmlichen Streit kommt. Besuche in Erfurt sind
jederzeit gestattet, aber wir benötigen die räumliche
Trennung zur Klärung der Befugnisse.« Als Herling
das Rathaus verlassen hatte, saßen die Mitglieder der
Reformkommission noch länger am großen Bespre-
chungstisch zusammen.

»Vielleicht können wir einen Abgesandten des Papstes gewinnen, auf einer Legationsreise in Erfurt zu wei-
len. Es wäre ein deutliches Zeichen und ein Gewinn
für unsere Stadt und würde der Reform zugutekom-
men«, schlug Matthias von Bursa vor.

Konrad Moer, ebenfalls Chorherr von Sankt Marien,
nickte zustimmend. »Ich könnte mich darum kümmern. Er würde sich vielleicht auch den letzten
Reformgegner unter den Brüdern zur Brust nehmen«,

sagte Jakob Hartmann, Chorherr von Severi. Die Ratsherren Tilmann Ziegler und Martin von Nordhausen waren begeistert. »Ja, wir brauchen Prediger, Redner, Geistliche, die die Bürger mitreißen und aufrütteln. Gottesfurcht ersetzt die Stadtwache!« Sie nickten zufrieden.

»Mein Neffe Otto Ziegler, Junggeselle, reiste just zum Heiligen Grab und ließ sich dort zum Ritter schlagen. Als er zurückkam, ergänzte er sein Wappen mit der Darstellung des Rebstocks, den er aus Jerusalem mitgebracht hatte. Er heiratete im Frühling und baut gerade das Haus zum Rebstock, in dessen Fundament er eine Traube aus dem Heiligen Land gelegt hat und dessen Dach er mit den Wappen der achtzehn Königreiche schmücken will, die er bereist hat. Ein Kind ist unterwegs und er wünscht sich noch viele mehr. Für einen Gefrunden unüblich, hat er seine Bestattung bei den bescheidenen Serviten verfügt. Ein erstaunlicher Mann und ein gutes Vorbild.«

»Ja, davon brauchen wir mehr. Mehr Geschichten, mehr Beispiele!«

Mit Beginn des Frühlings wurden nötige Arbeiten am Kloster festgelegt und die Aufgaben verteilt. Prior Christian Kleingarn rief seine Bursfelder Brüder zu sich ins Priorat. »Johannes, Ihr bleibt Beichtvater der Zisterzienserinnen. Bernhard, Ihr führt die Aufsicht über die Mönche als Subsenior. Werner, Ihr kontrolliert sämtliche Schriftstücke, die das Kloster verlassen, schaut über die Listen des Cellerarius und plant ein angemessenes Paradies für den Gärtner. Ihr seid in der Lage, die Bücher nach Vorlagen zu sichten. Ich habe etliche Klosterzeichnungen in der Bibliothek in verschiedenen Handschriften aus aller Welt entdeckt. Euren Entwurf legt mir vor!«

»Vielen Dank, Prior. Ihr wisst, wie gerne ich unseren Garten in Bursfelde gestaltete. Die Knospen treiben. Ich werde mich gleich an die Planung machen. Einige Setzlinge könnte ich in Bursfelde holen. Dabei gleich den Bestand der Bibliothek überprüfen. Nicht alle Bücher sind an Ketten, und Ihr wisst: Kontrolle ist besser als Vertrauen.«

Christian musste lachen. »Ihr habt meine Erlaubnis, solange es hier vorwärtsgeht, dürft Ihr hin und wieder Eurem Heimweh nachgeben. Wenngleich ich es nicht verstehe. In Erfurt gibt es alles und langweilig ist es hier sicher nicht.«

Werner bedankte sich abermals, wich aber Christians nachdenklichem Blick aus. Jetzt hatte er einen Freibrief. Er konnte in größeren Abständen zu Martha fahren und Martha kam dazwischen nach Erfurt.

Im Magdalenenkloster kannte man Martha mittlerweile. Nun, da man wusste, dass sie eine Schneiderin war, die offensichtlich für hohe Herrschaften arbeitete – weshalb sonst benötigte sie so oft besondere Farben und Stoffe aus Erfurt? –, erhielt sie Bestellungen der

Nonnen und der Besucherinnen aus dem Patriziat, die ihre Wochenenden im Kloster verbrachten oder, wie Katarina Färber, zum Unterricht kamen. Martha selbst nutzte die Nachmittage, an denen sie sich nicht mit Werner treffen konnte, um im Klostergarten, der an das Gästehaus der Nonnen anschloss, Kräuterkunde zu studieren. »Heute übernehme ich die Lektionen«, sprach eine junge, schlanke, gut gelaunte Nonne sie an. Es war Schwester Lioba, die als fast ausgelernte Hebamme mittlerweile jedes Kraut im Klostergarten mit seinen Eigenschaften, Wachstumsbedingungen und seiner Wirkweise erklären konnte.

»Ich bin Martha!«, stellte sich die Bursfelderin vor.

»Wir haben uns noch nicht getroffen, aber ich habe schon von Euch gehört! Ihr seid sehr selbstständig so alleine auf Handelsreise.«

»Ich reise stets mit mir gut bekannten Händlern aus unserer Gegend. So ist der Weg sicher. Und dass ich hier bei Euch sicher bin, steht wohl außer Frage.«

»Und warum Erfurt? Ist nicht Göttingen auch eine große Stadt?«

»Nicht vergleichbar. Hier bekomme ich Farben und Stoffe, für die andere in ferne Länder reisen. Ich werde gut von meiner Kundschaft bezahlt.«

»Na, dann wollen wir mal«, gab sich Lioba vorerst zufrieden und forderte Martha auf, ihr zu den Kräuterbeeten zu folgen. »Und? Seid Ihr schon fündig geworden auf dem Markt?«

»Ja, Waidpulver nehme ich mit, schönen Blaudruck gibt es hier – sieht wirklich aus wie Stickerei oder Spitze. Samt, Seide, Gewandschließen, Fibeln ... besondere Sachen, die ich in Bursfelde nie gesehen habe«, antwortete Martha.

»Und was möchtet Ihr hier im Garten wissen? Was interessiert Euch an Kräutern?«, fragte Lioba noch.

»Der Bader kommt nur selten nach Bursfelde, im Kloster gibt es einen Arzt, den man natürlich nicht so ohne Weiteres ruft. Ich möchte ein paar Heilmittel selber pflanzen und deren Anwendung erlernen. Wenn es mal im Bauch drückt, der Kopf schmerzt, die Nase läuft, der Hals kratzt und das Fieber einen erschöpft.«

»Ja, das verstehe ich. Dann schauen wir mal. Ihr kennt die Trauerweide? Bei Kopfschmerzen nehmt Ihr einen Zweig, zieht die Rinde ab und kaut auf ihm.«

»Darf ich mir etwas abreißen, damit ich es mir merken kann?«

»Sicher, aber bitte nur ein wenig. Bei Wunden und Schmerzen hilft das Bilsenkraut hier. Ihr könnt eine Salbe davon machen, oder die Wurzeln in Wein kochen und bei Zahnschmerzen anwenden. Um Krankheiten vorzubeugen, solltet Ihr Weihrauchharz verräuchern. Aber das müsst Ihr auf dem Markt kaufen. Weihrauchbäume wachsen wild in Arabien, Indien und Afrika. Doch die Händler bringen es zuhauf mit. Die Kirchen zahlen viel und gut dafür.« Weiter zeigte Lioba ihr Thymian, Minze, Lavendel und einige Gewächse, die mit Vorsicht zu verwenden waren. »Hier ist unser Beet mit den Pflanzen, die in keinem Fall gegessen werden dürfen! Bittersüßer Nachtschatten zur Behandlung von Hautkrankheiten. Die Zweige übers Bett gehängt, schützen vor Albträumen und Schlafwandeln! Die Einbeere zur Wundbehandlung, auch bei entzündeten Augen. Und nun zu diesem netten Sträuchlein: Wenn Ihr verhindern wollt, dass Ihr schwanger werdet, müsst Ihr mit dem Öl aus diesen Nadeln eine Spülung machen, dort, wo Ihr empfangen habt.« Sie legte ihren Zeigefinger auf ihre Lippen. Dieser Hinweis schickte sich für eine Nonne nicht.

Martha schmunzelte. Sie hatte sich von den meisten Pflanzen etwas abgepflückt, um es zu pressen, aufzukleben und sich eine Notiz dazu zu machen. Sie hatte von ihrer Mutter lesen und schreiben gelernt. Sie hatte ihre Rolle so verinnerlicht, dass sie sich vornahm, wirklich Außergewöhnliches mitzunehmen, das sie und ihre Mutter für einen guten Preis an die Burgherren der Bramburg und andere Landgrafen und Lehnsherren verkaufen könnten. Schließlich waren ihre Reisen nicht billig. Sie musste sich an der Geleitsgebühr beteiligen, Proviant mitnehmen und das Gästehaus bezahlen. Werner hatte weder Besitz noch Geld. Und ihre Mutter konnte nicht so viel nähen, wenn sie alleine auf Peterchen achten musste.

Als am nächsten Tag Katarina zu Schwester Lioba ins Kloster kam, erzählte diese ihr von der interessanten auswärtigen Schneiderin. Katarina berichtete Martin davon und bat um seine Erlaubnis, sich ein neues Kleid schneidern lassen zu dürfen für die nächste Tanzgelegenheit. Martin war einverstanden. Als Katarina also am nächsten Morgen direkt wieder zu Lioba ins Kloster ging – diese hatte ihr gesagt, dass es der letzte Tag der Schneiderin in Erfurt wäre –, trafen die beiden Martha an, als sie gerade in Richtung Petersberg aufbrach.

»Frau Martha, Moment!«, hielt Lioba sie am Klostertor auf. »Meine Freundin Katarina möchte ein Kleid bei Euch bestellen, bevor Ihr abreist.«

»Das freut mich! Aber leider bin ich in Eile. Vielleicht können wir uns heute Mittag hier noch einmal treffen?«

»Das geht leider nicht«, schaltete sich Katarina ein. »Zur Mittagszeit muss ich wieder zu Hause sein.«

Martha wollte sich ihre Ungeduld nicht anmerken lassen und gab nach. »Gut, gehen wir in den Besucherraum, Ihr sagt mir, was Ihr Euch wünscht, und ich notiere mir die Maße.«

Katarina und Lioba freuten sich und überschlugen sich mit ihren Überlegungen zum neuen Kleid. Die Kirchturmuhren schlugen Elf. Martha wurde nervös. Es war der letzte Tag und Werner hatte immer wenig Zeit. »Ich muss Euch bitten, Euch zu entscheiden. Ich habe noch etwas zu erledigen. Gemessen habe ich, Grün soll es sein mit Spitze, Leinen, Seide und Samt an den Säumen. Ich habe verstanden. Ihr lasst Euch überraschen. Allerdings benötige ich eine Anzahlung, um die

Stoffe zu kaufen und sicher zu sein, dass Ihr das Kleid in zwei Monaten immer noch kauft.« Jetzt musste es schnell gehen. Gerade die Bezahlung nahm stets längere Zeit in Anspruch. Ihre Ungeduld wuchs, während Katarina in ihrem Geldbeutel nachschaute, ob sie genug Münzen dabeihatte.

»Wisst Ihr was?«, unterbrach sie die sich in die Länge ziehende Sucherei. »Schwester Lioba übergibt mir das Geld, bevor ich heute Nachmittag abreise. Ich muss jetzt wirklich gehen. Vielen Dank für Eure Bestellung.« Eiligen Schrittes verließ sie den Raum. Die beiden zurückgebliebenen Frauen hörten das schnelle Klackern ihrer Schuhe auf dem Pflaster des Klosterhofes. Sie schauten sich fragend an.

»Würde zu gerne wissen, warum sie es so eilig hat«, sagte Schwester Lioba.

»Vielleicht eine Verabredung?« Katarina schaute wissend. »Hier ist das Geld. Hat gerade so gereicht. Danke, Lioba. Wir sehen uns nächste Woche!« Sie überreichte der Nonne eine Handvoll Münzen und verabschiedete sich.

Draußen schien die Sonne, die Vögel zwitscherten und sie nahm sich vor, mit ihrem Mann und ihrer kleinen Tochter ein wenig in Richtung Steigerwald zu laufen, um der stinkenden Stadtluft zu entfliehen. Martin war einverstanden und sofort bereit, mit ihrem kleinen Pony und etwas Proviant für eine kleine Mahlzeit samt einer ledernen Flasche mit der leichten Schlunze aufzubrechen. Die Dinge wurden schnell in der Satteltasche verstaut – das Pony war noch aufgezäumt von einer Auslieferung Waidpulver, von der Martin fast zeitgleich mit Katarina zurückgekehrt war. Ihre kleine Tochter setzten sie in den Sattel und los ging's in Richtung Löwentor, welches hinter dem Petersberg aus der Stadt hinaus in die Natur führte.

Als sie auf der anderen Seite gegenüber des Weinbergs auf Höhe der kleinen Holztür waren, hinter der sich Martha und Werner trafen, sah Katarina zufällig zur Seite, weil sie ein Geräusch wahrnahm.

»Das ist doch die Schneiderin von vorhin«, wunderte sie sich laut, stupste ihren Mann an und deutete in ihre Richtung.

Sie blieben stehen. Martha hatte sie nicht gesehen und entfernte sich schnell von ihrem Versteck. Scheint es wieder eilig zu haben. Und fast sieht es so aus, als knöpfte sie ihr Kleid zu und richtete sich ihre Haube, dachte Katarina bei sich.

Martin zog sie weiter. Was interessierte ihn die Schneiderin?

Katarina aber fand die Beobachtung sonderbar und drehte sich noch einmal nach der Frau um. Martha mit ihrem grünen Umhang war fast nicht mehr zu sehen. Als Katarina sich nach einem kurzen Blick zurück auf ihre Tochter abermals umwandte, entdeckte sie plötzlich einen Mönch an derselben Stelle, an der sie einige Momente zuvor die Schneiderin hatte auftauchen sehen.

Er blickte sich mehrmals um und ging ebenfalls mit eiligen Schritten den Weinberg hinauf. Katarina schüttelte den Kopf. Von Mönchen war man ja einiges gewohnt. »Und du bist sicher, Martin, dass die Reform greift?«, bemerkte sie zynisch.

Martin wusste nicht, wovon sie sprach, und hob seine Tochter vom Pony herunter, um ihr einen schönen, grün leuchtenden Käfer zu zeigen.

Kapitel 10

1449

DAS VERGANGENE JAHR war mit viel Arbeit schnell vorübergegangen. Der Winter war kalt. Im Januar erreichte Erfurt die Kunde, dass Nikolaus von Kues bereits am 20. Dezember in der Kirche San Pietro in Vincoli zum Kardinal erhoben worden war. Ein Deutscher als Kardinal! Das war gut für die Reform. Doch noch war die Stadt im Winterschlaf. Hier ließ es sich aber im Vergleich zum kleinen Bursfelde besser leben. Während Bursfelde mit seinem Kloster in eine Art Winterstarre fiel, der Schnee liegen blieb und Dächer und die Landschaft mit dem Bramwald so zudeckte, dass man meinte, es gäbe nichts als Weiß, wurde in Erfurt der Schnee vor den Läden und auf den Straßen und Plätzen zur Seite geschaufelt oder platt gefahren und getrampelt, um einen gewöhnlichen Handel zu ermöglichen. Während die Bursfelder sich mit ihren Wintervorräten frühzeitig bestückten, um bei Eis und Schnee nicht vor die Tür zu müssen, gingen die Erfurter auf die Straßen wie immer, wurde auf dem Domplatz gerichtet wie immer und im Kloster gearbeitet wie immer, nur drinnen.

Werner und Martha konnten sich an Weihnachten sehen. Anna hatte im Kloster offiziell eine Einladung für Bruder Werner abgegeben. Sie bat ihn darin um Gesellschaft und geistlichen Beistand wegen ihrer schweren Situation als Frauenhaushalt mit einem Kind ohne männlichen Schutz. Sie habe so oft an Gott gezweifelt und wünsche sich für sich und ihre Tochter ein paar lehrreiche Gespräche über unseren Herrn. Bruder Werner habe sich oft sehr freundlich ihr, ihrer Tochter und ihrem Enkel gegenüber verhalten. Dafür wolle sie sich bedanken. Der Bursfelder Prior, der Werner für einen der gehorsamsten Reformmönche hielt, ihn überdies aufgrund seines Lebensortes im Kloster in Erfurt gar nicht mit einer Bursfelder Frau in unmoralischen oder sonst näheren Zusammenhang brachte, ordnete ihn sogar regelrecht ab, diese offensichtlich seelsorgerische Aufgabe zu übernehmen. Werner spielte Bedauern darüber, dass er auf diese Weise weniger Zeit für den Besuch seiner Eltern habe. Besser hätte es nicht sein können. So verbrachte er Weihnachten mit seiner Familie: Martha, seiner Frau ohne kirchlichen Segen, Peter, der noch nicht wusste, dass er einen Papa hatte, und Anna, seiner verschwiegenen Schwiegermutter. Es gab eine reichhaltige Hühnersuppe mit kleinen Brötchenknödeln und im Anschluss einen Engelskuchen mit Marillenmarmelade.

Mit dem beginnenden Frühling Ende März 1449 zeigten sich die ersten Knospen der Gräser, Büsche und

Setzlinge, die Werner den Gärtner nach einem genauen Plan im vergangenen Jahr hatte pflanzen lassen. Das frische Grün auf der locker geharkten braunen Erde sah hübsch aus. Werner betrachtete die große Fläche und rief sich seinen Plan in Erinnerung.

Prior Christian kam den Weg hinauf ihm entgegen. »Pater Werner, betrachtet Ihr Eure Arbeit? Und? Zufrieden?«

»Ja, ich denke schon. Der Gärtner hat ordentlich gearbeitet. Nun kommt es auf das richtige Bewässern an.« Werner guckte nachdenklich. »Bisher versorgte die Quelle auf der Anhöhe das Kloster mit Wasser. Doch habt Ihr bemerkt? Der Wasserstrahl aus dem bronzenen Löwenrachen am Eingang zur Klausur ist schwächer geworden. Die Röhrenleitung führt nicht mehr ausreichend Wasser – es könnte für den Garten Eden nicht reichen.«

Das machte den Prior betroffen, denn er wusste um die Bedeutung der Symbolik, der er besonders viel Gewicht für den Eingangsbereich zumaß. »Gehen wir die Wege entlang. Erklärt mir noch mal, was wo und wie weshalb wächst. Natürlich müssen die Pflanzen gepflegt und gegossen werden.«

Werner ging einen halben Schritt vor dem Prior und erläuterte ihm die Umsetzung der biblischen Vision bei dem Propheten Micha, Kapitel 4. »Mein Prior, dieser Garten ist nicht nur für uns alleine geplant, sondern für den erhofften Besuch eines Papstvertreters und für die Gäste, die dann hier zu uns auf den Berg kommen. Wenn wir dadurch die Gelegenheit haben, etwas bei den Menschen zu bewirken, sollten wir sie nutzen und deutlich sein. Und so lautet es bei Micha 4, wie Ihr natürlich wisst: ›Doch es wird geschehen am Ende der Tage, da wird der Berg des Hauses des Herrn festgegründet an der Spitze der Berge stehen und wird über alle Höhen erhaben sein, und Völker werden ihm zuströmen. Und viele Heidenvölker werden hingehen und sagen: ›Kommt, lasst uns hinaufziehen zum Berg des Herrn zum Haus des Gottes Jakobs, damit er uns über seine Wege belehre und wir auf seinen Pfaden wandeln!‹ Denn von Zion wird das Gesetz ausgehen und das Wort des Herrn von Jerusalem.‹ Und dann heißt es weiter: ›Und er wird das Urteil sprechen zwischen großen Völkern und starke Nationen zurechtweisen, die weit weg wohnen, sodass sie ihre Schwerter zu Pflugscharen schmieden und ihre Spieße zu Rebmessern; kein Volk wird gegen das andere ein Schwert erheben, und sie werden den Krieg nicht mehr erlernen; sondern jedermann wird unter seinem Weinstock und unter seinem Feigenbaum sitzen, und niemand wird ihn aufschrecken; denn der Mund des Herrn der Heerscharen hat es geredet! Denn alle Völker mögen wandeln, jedes im Namen seines Gottes; wir aber wollen wandeln im Namen des Herrn, unseres Gottes, immer und ewiglich!‹«

»Welch starkes Bild! Und wie passend!«, freute sich Christian.

»Ja, und nun seht hier: Dies wird ein Weg mit kleinen grauen Kieseln. Alle einundzwanzig Ellen wird eine Holzbank stehen, sieben Ellen lang, elf pro Kreis, dreiunddreißig an der Zahl. Der Weg führt um einen runden Platz herum. Über den Bänken wird im Wechsel ein mit Wein bewachsener Holzbogen oder die Krone eines Feigenbaumes Schatten spenden. In der Mitte des Platzes wird ein Olivenbaum stehen. Im Kreis um ihn herum großblättrige Hanfpflanzen, in Form von Wagenradspeichen angeordnet auf kleinen weißen Kieseln, die wie ein Rad außen mit einem weißen Kieselweg verbunden sind. In den Zwischenräumen werden rot blühende Blumen je nach Blütezeit gepflanzt. Um das weiße Rad herum wünsche ich mir wasserspeiende Engel. Dazu bräuchten wir allerdings tatsächlich mehr Wasser.«

Prior Christian stellte sich alles bildlich vor und war begeistert.

Zwei Wochen später begannen die Mönche mit tatkräftiger Unterstützung ihres Priors selbst mit dem Bau eines Brunnens vor der Küche. Sie schufteten Tag für Tag und stießen immer tiefer in den Berg hinunter, um auf die ersehnte und dort vermutete Wasserader zu stoßen. Die Arbeit war mühsam, besonders da es tagsüber immer wärmer wurde. »Prior, wir können nicht mehr!«, hörte man die Mönche immer öfter stöhnen.

»Ich will über dem Brunnen aufgehängt werden, sollte dort wirklich noch Wasser zum Vorschein kommen«, schwor ein anderer und setzte sich schweißgebadet erschöpft neben das tiefe Loch.

»Brüder, habt Mut und Gottvertrauen. Seht, ich verzage nicht. Ich werde weitermachen. Ruht Euch nur erst aus!«, sprach Christian Kleingarn und hob die Hacke wieder und wieder an und arbeitete sich Stück für Stück tiefer in den Berg hinunter. Als die Ordensleute ihren ehrwürdigen Prior so zuversichtlich tätig und ihre schwere und schmutzige Arbeit teilen sahen, fuhren sie getrost mit der Ausschachtung fort und wurden nach Wochen endlich belohnt.

Nun konnten die Beete bewässert werden und langsam nahm der Garten, den sie Paradies nannten, Gestalt und Aussehen an.

Das Kleid für Katarina schickte Martha mit einem Boten nach Erfurt zu Schwester Lioba und erbat sich die Zahlung des Restbetrags an das Kloster, das das Geld mit ihrem nächsten Aufenthalt verrechnen sollte. Katarina war entzückt über die gute Arbeit. Das Kleid passte wie angegossen und stand ihr hervorragend. Verschiedene Grüntöne waren aufeinander abgestimmt, die Borten und Knopfleisten waren mit Samt abgenäht. Seidenstoff hatte Martha teils als Futter, teils abgesetzt im Leinenstoff verwendet. Katarina dachte sich gleich eine Folgebestellung aus und hoffte auf baldige Rückkehr der Schneiderin.

Anfang Juni kam sie wieder. Diesmal hatte Martha auf Anraten ihrer Mutter Bundhauben, Schürzen und

Beutel gefertigt, die sie auf dem Markt verkaufen wollte, um nicht nur Kosten zu haben. Ihre Schürzen waren geeignet, jedes einfache Kleid in ein Gewand des höheren Standes zu verwandeln. Sie hatte mit verschiedenen Farbtönen, Abnähern und Stickereien gearbeitet und farblich dazu abgestimmt die Hauben und Beutel genäht. Die Nonnen im Kloster waren begeistert, als sie ihnen ihre Arbeit zeigte. »Nun brauche ich nur noch einen Stand«, seufzte Martha. Die Äbtissin bot ihr an, sich gleich vor das Kloster zu stellen. Einen Tisch würde man ihr geben. So wäre sie direkt auf dem Waidanger mit all den Waidhändlern, Färbern und Stoffkaufleuten.

Lioba informierte ihre Freundin Katarina sofort über die Ankunft der Bursfelderin. Wie beim letzten Mal ging sie nach ihrer morgendlichen Hausarbeit und dem Frühgottesdienst um zehn Uhr zum Magdalenenkloster. Lioba nahm sie in Empfang und beide gingen sie zum Gästehaus. Martha schloss gerade die Tür hinter sich und hatte sich einen dünnen Umhang zum Weggehen umgelegt.

»Oh, wie schön, Euch hier anzutreffen. Vielen Dank für das wunderbare grüne Kleid! Ich wollte Euch noch einen Auftrag erteilen.«

»Das ehrt mich natürlich, aber leider habe ich jetzt gar keine Zeit.« Martha lächelte freundlich, huschte an den beiden Frauen vorbei und sagte im Weggehen: »Kommt heute Nachmittag, dann stehe ich vor dem Kloster an meinem Stand!«

Lioba zuckte ratlos mit den Schultern. Die Uhr schlug Elf. »Ich muss nun auch weg – in der Küche helfen. Komm einfach später wieder.«

Katarina mochte es nicht, wenn man sie so stehen ließ. Da sie Zeit hatte, ging sie der Schneiderin in der Richtung nach, in der sie sie vermutete. Und tatsächlich: Da sie sich beeilt hatte, sah sie die Bursfelderin nun in einiger Distanz vor sich. Katarina versuchte, immer einige Personen Abstand zu ihr zu lassen. Da die Stadt voll war, war das nicht schwer. Nach der Severisiedlung links am Petersberg entlang war es schon schwieriger. Hier gab es nicht mehr viele Fußgänger.

Katarina blieb gegenüber der Holztür im Berg auf der anderen Seite hinter einem Baum stehen. Von hier konnte sie deutlich erkennen, wie Martha die Holztür öffnete und dahinter verschwand. Dann passierte lange nichts mehr. Es kam Katarina wie eine Ewigkeit vor. Immer wieder liefen Personen vorbei und sie musste so tun, als suche sie etwas auf dem Boden, ehe sie sich wieder auf ihre Beobachterposition hinter dem Stamm begeben konnte. Sie hoffte jedes Mal, nichts verpasst zu haben. Inzwischen knurrte ihr Magen. Die Kirchtürme hatten schon dreimal geschlagen. Es musste ein Viertel vor der Mittagsstunde sein. Martin wartete vielleicht schon auf sein Essen. Nun, sie hatten eine Magd. Doch ohne seine Frau würde er nicht anfangen. Vielleicht weinte Judith auch schon. Sie schaute noch einmal zu der Holztür. Sie bewegte sich. Katarina schnellte hinter den Baum zurück und lugte nur ganz knapp hinter dem Stamm hervor. Die Holztür öffnete sich nur einen kleinen Spalt. Ein Mönch schaute vorsichtig auf den Weg. Dann öffnete er die Tür ganz, drehte sich noch einmal um und gab der Schneiderin, die nun deutlich zu erkennen war, einen Kuss. Er ging mit schnellen Schritten wie beim letzten Mal den Weinberg hinauf. Vor Martha verschloss sich kurz die Tür und zwei Minuten später kam auch sie heraus und lief, als wäre nichts gewesen, in Richtung Stadt.

Katarina wartete, bis die Schneiderin außer Sichtweite war, und überquerte den Weg, ging zu der Tür und drückte die Klinke hinunter. Die Tür war offen. Sie trat ein. Der Kegel Tageslicht, der ins Innere drang, reichte, um das verlassene Liebesnest zu erkennen. So ist das also, dachte sie bei sich und lief nach Hause. Auf dem Weg überlegte sie, woran sie ihre Entdeckung erinnerte. Natürlich! Lioba nannte die Schneiderin »Die Bursfelderin«, und die Brüder von Martin hatten erzählt, dass eine Abordnung von Mönchen aus Bursfelde die Reform im Peterskloster unterstützten. Einer von ihnen war wohl nicht ganz alleine hergekommen. Schöne Unterstützung!

Stolz über ihre Kombinationsgabe und beschwingt durch das spannende Erlebnis lief sie nun zügig zu ihrem Haus.

Martin wartete schon am Tisch auf sie. Neben ihm die Magd mit dem Kind auf dem Schoß. »Wo warst du so lange, Katarina?«

Sollte sie ihm von ihrer Beobachtung erzählen? Sie entschied sich dagegen, denn auf keinen Fall wollte sie ihre Kleiderbestellung gefährden. »Ich habe mich auf dem Marktplatz ein wenig verquatscht. Ihr hättet doch schon essen können.« Sie nahm der Bediensteten ihre Tochter ab und setzte sich. Sogleich erhob sich die Magd und stellte eine Schüssel mit Semmeln aus fein gemahlenem Mehl und eine warme Suppe mit Geflügel auf den Tisch.

Am Nachmittag ging Katarina abermals zum Kloster. Dort erzählte sie Lioba von ihrer Beobachtung, die die Geschichte rührend fand, aber nicht sonderlich aufregend. Beide trafen jetzt auf eine entspannte und konzentrierte Martha. Sie hatte auf Katarina gewartet und sich im Innenhof auf eine Bank unter einer Linde gesetzt. Zusammen gingen sie in die Besucherstube des Klosters, wo sich die Bursfelderin mit Fleiß an ihren neuen Auftrag machte, während sie gleichzeitig ihrer neugierigen Kundin Fragen beantwortete, sie beriet und ihr ihre Ware verkaufte. In Bursfelde machten sie inzwischen auch gute Geschäfte. Ihre Käufer kamen teilweise von weit her, um sich von Martha und ihrer Mutter beraten und kleiden zu lassen. Martha und Werner hatten jeder für sich an Anerkennung gewonnen. Dennoch fehlten sie einander.

Kapitel 11

1450

DER FROMME HARTUNG Cammermeister aus Erfurt war nicht nur Vierherr, sondern auch Prokurator im Peterskloster. Günther und Hermann hatten in ihm einen weiteren Verfechter der strikten Einhaltung der Klosterregeln. Er überbrachte den Benediktinern die Nachricht des Erzbischofs, dass Nikolaus von Kues am 11. Januar in Rom den Kardinalshut in Empfang genommen hatte. »Ein Deutscher in Rom! Mit ihm haben wir jemanden, der unsere Sprache spricht, die Verhältnisse kennt. Zumal der Kardinal im nächsten Jahr vom Papst ausgesandt werden sollte, allerorten die große Gnade des Ablasses zu verkünden und zum Kreuzzug gegen die Türken aufzurufen.« Seine Aussendung sollte Trost für diejenigen sein, die in diesem goldenen Jahr nicht nach Rom pilgern konnten, zum Erlass von zeitlicher Strafe und Sündenschuld. Die Reformkommission hatte bereits die Bestätigung erhalten, dass der Kardinal in Erfurt Station machen würde.

Diese Gelegenheit war eine besondere. Der Ablass konnte diesmal in großer Zahl gedruckt werden. Der Drucker des Hauses zum Güldenen Stern in der Allerheiligenstraße war der Erste in der Stadt, der sich eine Gutenberg'sche Druckmaschine gekauft hatte. Die Buchstaben wurden gesetzt, immer erneut mit der Druckerschwärze bestrichen und mit Manneskraft hundertfach auf Pergament gepresst.

So war es vielen möglich, Ablass zu kaufen, um dem Fegefeuer zu entgehen, durch das jede Seele gemeinhin musste, bevor sie gereinigt in den Himmel aufstieg. Diesmal konnten auch die Seelen bereits verstorbener Angehöriger aus dem Fegefeuer erlöst werden und man konnte bis zu seinem Lebensende Gnade erstehen. Die Nachricht verbreitete sich schnell in den Kirchen und bei den Bürgern. Die Stadt sprach nur noch vom bevorstehenden Jahr 1451 mit dem Jubelablass und dem Besuch der rechten Hand des Papstes, der ihnen das Wort Gottes verkünden würde.

Auch die Verschönerung der Stadt und die Bauarbeiten am Peterskloster, wo der Kardinal nächtigen und sprechen würde, waren das ganze Jahr über Gesprächsthema.

Werner dachte viel an seine kleine Geschäftsfrau. Ihre Treffen verliefen problemlos und unbeobachtet. Wenn er sie in Bursfelde wusste, konzentrierte er sich ganz auf das Gebet, die Arbeit und das Bibelstudium. Er kopierte Bücher mit frommen Texten. Fand er einen besonderen Vers, schrieb er ihn ab und brachte ihn freitags mit zu den Kapiteln, wo er ihn zur Inspiration seiner Brüder vorlas. Der Garten vor der Kirche gedieh unter seiner

Aufsicht. In der Zimmermannswerkstatt wurden gerade die Bänke hergestellt. Feste, starke Bänke wollte er. Die Engel wurden in der Töpferei gebrannt. Anstelle des Wasserspiels hatte er sich dafür entschieden, die Engel große Wassertränken für Vögel halten zu lassen. Das würde ein schöner Anblick sein, wenn sich die Vögel in der Sommerhitze dort ihr Gefieder reinigten und sich erfrischten. Die Stallburschen bat er, Dung und Pferdeäpfel auf den Beeten zu verteilen. Einige Pflanzen wurden aus fremden Ländern gebracht, damit sie schon eine gewisse Größe hatten. Wenn alles Volk im nächsten Jahr dem Kardinal hier oben lauschen würde, dann würde er auch Martha hier wissen wollen und ihr seinen Garten zeigen!

In diesem Jahr sahen sie sich noch einmal im November. Ihr Treffen wurde abermals beobachtet, denn Katarina machte sich eine Freude daraus, der Bursfelderin erneut zu folgen, als sie in Erfurt war. An jenem kühlen Sonnabend im November feierten die von Nordhausens den siebzigsten Geburtstag des Vaters der erfolgreichen drei Söhne. Die Mönche Günther und Hermann hatten sich für die Feier am Abend von Prior Christian die Erlaubnis geholt, mit dem Vater bei ihrem Bruder im Haus zum Güldenen Rade zu feiern und anschließend im Haus ihrer Eltern zu übernachten, um den beschwerlichen Weg bei der unwirtlichen Witterung nicht mehr antreten zu müssen. Die beiden schenkten ihrem Vater eine Flasche eines ganz besonderen Jahrgangs des Klosterweins Benedictus. »Dieser Rote schmeckt vorzüglich!«, schwärmte der Vater. »Und zum Glück ist erst morgen der 25.! Dann heißt es fasten, meine lieben Söhne: Fastenbier, Lebkuchen, Pfeffer- und Honigkuchen, Spekulatius und Gebildbrot. Mutter hat reichlich davon gebacken!«

Vater und Mutter hatten ein biblisches Alter erreicht und erfreuten sich noch immer guter Gesundheit. Mithilfe ihrer Magd hatte Martin ein Fest für zwanzig Gäste ausgerichtet. Dazu lud er den jüngeren Bruder des Vaters mit seinem Sohn, dessen Frau und Kind, Günther, Hermann, Hartung Cammermeister mit Frau, zwei Freunde des Vaters aus der Waidhandelszunft, und um das Gespräch über die Reformfortschritte zu bereichern, hatte er die Idee Katarinas aufgegriffen, einen oder zwei Bursfelder Mönche mit dazuzubitten. Prior Christian bot Pater Werner und Pater Johannes an, bis zum Neun-Uhr-Läuten an der Feier teilzunehmen. Vater und Mutter von Nordhausen hielten sich bereits ab drei Uhr nachmittags im Haus ihres Sohnes auf, denn die Mutter hatte einen Honigkuchen gebacken und Met abgefüllt, außerdem ihre Spezialität mitgebracht und ihrer Schwiegertochter das Rezept erklärt: »Pflücke grüne Walnüsse am Johannistag und wasche sie gründlich. Durchsteche sie mit einer Ahle und lege sie acht Tage in Salzwasser, um die Bitterkeit herauszuziehen. Dann siede sie mit Wein und Honig gut durch. Bestreue sie mit Gewürzen und würze auch die Brühe. Bewahre die Nüsse in dieser Brühe so auf, dass die Brühe die Nüsse ganz bedeckt. Sonst schimmeln sie. Verwende Muskat, Stangenzimt oder Zimtrinde und Nelken. Das Ganze muss ein gutes halbes Jahr reifen und schmeckt am besten zu würzigem Käse. Ich habe uns ein Stück unseres guten Ziegenkäses mitgebracht.«

Günther und Hermann brachen kurz vor Einbruch der Dunkelheit auf, Pater Werner und Pater Johannes gingen nach der Abendandacht in die Stadt hinunter. Sie wollten als gutes Beispiel ihre Mäßigung sowohl hinsichtlich der Dauer der Zerstreuung als auch des Genusses von Speis und Trank demonstrieren. Sie hatten bereits Schwarzbrot mit Schmalz zu Abend gegessen. Der Weg durch den Weinberg war nicht beleuchtet. Johannes trug eine Talglaterne voran. Es ging ein kühler Wind, der ihre Kutten durchdrang. Werner schnürte seine Kordel enger und zog sich die Kapuze tiefer ins Gesicht. In der dicht bebauten Siedlung unterhalb des Petersberges war es besser. Hier war es windgeschützt. Aus den kleinen Fensternischen drang Licht und die Schornsteine rauchten. Johannes und Werner waren oft kurz davor, auf Schweinekot auszurutschen. »So halt doch die Laterne tiefer! Ich möchte meine Kutte nicht schon wieder waschen müssen«, sagte Werner.

Sie wichen allem Unrat aus, so gut sie konnten. Bevor sie in die Breite Straße gingen, sahen sie links in der Straße zur Andreaskirche auf der rechten Seite einen betrunkenen Mönch, ein Lied lallend-grölend, das Gasthaus zur Großen Roten Flasche verlassen. Sie sahen sich kopfschüttelnd an. Sie konnten bei der Dunkelheit nicht die Farbe seines Habits erkennen. Der Habit der Benediktiner war eine gegürtete schwarze Tunika mit Kukulle, der Mönchskapuze, und ein breiter schwarzer Schulterstreifen, ähnlich dem der Augustiner. Die Kartäuser trugen das Gleiche in Weiß, während die Zisterzienser Weiß mit einem schwarzen Übergewand trugen, fast wie die Dominikaner. Die Franziskaner trugen Braun. Wäre es einer ihrer Ordensbrüder, müssten sie ihn anrufen, aber auf die Entfernung waren die Feinheiten nicht auszumachen.

»Komm, lass Gott urteilen. Wir kommen sonst zu spät.« Das Hoftor stand offen. Sie gingen hinein und klopften an der Haustür. Von drinnen hörten sie schon Gelächter und ein Gewirr von Stimmen.

»Kommt herein!«, bat sie die Magd und führte sie in die gute Stube eine Treppe hinauf. Der Raum war groß. Die Wände mit Holzbohlen verkleidet. Die aufsteigende heiße Luft des Ofens in der Küche im Erdgeschoss wärmte das Holz, sodass es hier behaglich warm war. Die Magd hatte den Mönchen unten die Laterne und ihre Umhänge abgenommen. Der Vater, Martin und der Onkel waren schon beschwipst, als Werner und Johannes gratulierten.

»Welch eine Ehre! Kommt, setzt Euch neben mich. Frau, rutsch ein wenig zur Seite«, sagte der alte Herr.

Günther stand auf und brachte zwei Schemel, die er rechts und links vom Vater aufstellte. Katarina schenkte den Mönchen etwas von ihrer Schlunze ein und bot ihnen ein Stück Käse an, das sie gerne annahmen. »Ihr seid spät. Ihr habt den Braten verpasst. Aber Obst und grüne Walnüsse gibt es noch.«

»Vielen Dank, das wird genügen. Wir sind nicht hungrig gekommen.«

Hartung Cammermeister stieß Werner vorsichtig in die Seite. Werner wusste, was er wollte, und hob an: »Und? Was sagen die Bursfelder? Wie steht es um das Peterskloster?«

»Nun, seit Abt Hartung nicht mehr in der Nähe ist und unser Prior durch sein gütiges Wesen das Vertrauen der Brüder gewonnen hat und viel Wert auf die Befolgung der Regeln legt, sehe ich wenig, was Grund zur Sorge machen würde. Aber Eure Brüder, die das Kloster länger kennen als wir, könnten viel besser berichten, ob ein Wandel stattgefunden hat«, wendete sich Werner zu Günther.

»Ja, an den FreitagsKapiteln gibt es weniger kardinale Schuldgeständnisse und auch so scheint die Moral gestiegen.«

Bruder Hermann ergänzte: »Weniger Alimente und sonstige Forderungen wegen ungehorsamer Mönche. Das kann ich bestätigen.«

»Darauf trinken wir!« Von Nordhausen senior erhob seinen Kelch und alle taten es ihm nach.

Katarina war der Funke Verlegenheit von Werner nicht entgangen, als er zur Einschätzung der Tugendhaftigkeit aufgefordert wurde. Nun wollte sie es genau wissen. Sie hatte sich zur Feier des Tages das grüne Kleid angezogen, das ihr die Schneiderin gemacht hatte. »Seht einmal! Wie gefällt Euch mein Kleid? Eine junge Schneiderin hat es mir gefertigt. Und nun ratet mal, woher sie stammt?«

Johannes schaute sie wenig interessiert an. Werner erschrak innerlich.

»Aus Bursfelde! Wie Ihr! Ist das nicht ein Zufall? Ganz alleine kommt sie nach Erfurt, wohnt bei den Magdalenerinnen, um hier zu handeln. Mutig! Oder? Kennt Ihr sie vielleicht gar? Ich nehme an, die Größe von Bursfelde lässt sich nicht mit Erfurt messen.« Sie schaute herausfordernd. Der Met, der Wein und das Bier über den langen Tag hatten ihre Zunge etwas gelockert.

Johannes war nun interessierter: »In der Tat, wir könnten sie kennen, denn die Bursfelder kommen zu uns zum Gottesdienst. Aber ihr Aufenthalt hier ist uns nicht bekannt. Doch so ungewöhnlich ist er auch nicht. Bursfelde gibt nicht viel her. Wer also größere Geschäfte machen will, muss wohl eine Reise auf sich nehmen. Und wenn sie bei den Magdalenerinnen wohnt … Ich bin dort bald wieder zur Abnahme der Beichte. Vielleicht frage ich einmal nach ihr.«

Werner wurde es innerlich ganz heiß. Er zwang sich, gelassen zu wirken. »Ja, eine lustige Geschichte. Das

Kleid ist wunderschön. Die Trägerin natürlich auch.«
Angriff ist die beste Verteidigung, dachte er sich. Und
tatsächlich, Katarina wusste darauf nichts zu entgegnen
und bemerkte, wie sich Martins Miene darüber verfins-
terte, dass sie sich derart in den Mittelpunkt gespielt
hatte.

Die Männer nahmen das Gespräch wieder auf und
diskutierten den anstehenden Besuch des Papstlega-
ten. Als die Uhr neun schlug, verabschiedeten sich die
Bursfelder Mönche und bedankten sich bei den Gastge-
bern. Katarina geleitete sie hinunter zur Tür. Johannes
ging als Erstes hinaus. Als sich Werner noch mal zum
Abschiedsgruß umdrehte, schaute Katarina ihm keck
ins Gesicht und sagte leise in verschwörerischem Ton:
»Und wisst Ihr was? Ich habe sie einmal gesehen, wie
sie mit einem Mönch ein Versteck verließ!« Ihre Neugierde war zu groß, als dass sie sich diese Bemerkung
hätte verkneifen können. Sie hielt sich für eine gute
Menschenkennerin und wollte aus der Reaktion des
Mönches ablesen, ob er sich ertappt fühlte.

»Lasst uns ein anderes Mal weiter über diese Frau
sprechen. Wir sind hier, weil so etwas leider noch zu
oft vorkommt. Aber nun müssen wir zurück zum Kloster. Gott segne Euch, gute Frau!« Werners Ärger über
Katarinas mangelnden Respekt gab ihm diese kühle
Antwort ein.

Katarina war nicht klüger geworden. Er war gewarnt.

Am nächsten Morgen traf Werner seine Martha wie gewohnt um elf Uhr vor der Holztür im Berg. Sie hatten nur eine Stunde Zeit, dann fuhr sie zusammen mit dem Stoffhändler Färber zurück gen Bursfelde. Sie mussten vor Einbruch der Dunkelheit ihre erste Herberge entlang der Geleitstraße erreichen.

»Werner, ich bin so traurig, dass ich wieder fahren muss. Es gefällt mir gut in Erfurt. Fast ist diese Schwester Lioba wie eine Freundin zu mir. Natürlich habe ich ihr nichts verraten. Und in deiner Nähe zu sein, ist so schön. Nur Peter vermisse ich jedes Mal. Vielleicht bringe ich ihn bei meiner nächsten Reise einfach mit!« Martha kuschelte sich an Werners Schulter und schaute betrübt. Er strich ihr übers Haar und drückte einen Kuss darauf.

»Wer weiß, was dann für ein Gerede beginnt. Und ich finde, er sieht mir ziemlich ähnlich. Denkst du nicht auch? Weißt du, gestern, als wir auf von Nordhausens Geburtstag waren – er ist der Vater von unserem Kustos –, da wollte mir die Frau seines Bruders, des Stadtrats, beim Abschied an der Tür zu verstehen geben, dass sie die Schneiderin, die ihr das schöne grüne Kleid gemacht hatte – übrigens eine wirklich gut gelungene Arbeit, mein Schatz –, mit einem Mönch ein Versteck hat verlassen sehen. Ich glaube nicht, dass sie mich erkannt hat, aber ich hatte das Gefühl, dass sie mich zumindest in Verdacht hat.« Werner wartete auf Marthas Reaktion, die sich aufrichtete und ihn nachdenklich ansah.

»Gut, dann müssen wir uns heute mehr vorsehen. Ich gehe zuerst, und du nimmst anschließend einen der anderen Ausgänge, die direkt hoch auf den Berg führen.« Martha hatte für alles eine Lösung.

»So machen wir das.« Er zog sie an sich und sie küssten und liebten sich. Kürzer und intensiver als die letzten Male, denn vorerst würden sie sich wieder länger entbehren müssen.

Am nächsten Tag war Werner wieder ganz bei der Sache. So war es immer, wenn Martha nicht in der Stadt war. Er meditierte, hielt Zwiesprache mit Gott, bat um Vergebung und arbeitete, bis ihn die Müdigkeit übermannte. In der Schreibstube, dem Scriptorium, dem er vorstand, arbeiteten an manchen Tagen an die einhundertzwanzig Mönche. Sie besserten Bücher aus, gestalteten Bucheinbände, kopierten Handschriften, sortierten und führten Listen, stellten Farben und Tinte her. Im Hinterzimmer standen Behälter, Töpfe, Tiegel, Mörser, eine Waage und eine Herdstelle. Die Tinte fertigten sie aus der Rinde der Schlehe, aus Ruß oder Eisengallus. Die Herstellung der Gallustinte war ein aufwendiger Prozess, da die Mönche zunächst die Galläpfel finden mussten. Jedes Jahr im Herbst machten sie sich auf die Suche und wurden zumeist an der Unterseite von Eichenblättern fündig, wo die Gallwespen ihre befruchteten Eier ablegten. Durch eine Abwehrreaktion der Eiche entstand um die Legestelle eine krankhafte Wucherung, die man aufgrund ihrer Kugelform als Gallapfel erkannte. Die getrockneten Galläpfel wurden zerstampft und zerkocht. Man fügte der Lösung Eisensulfat und Gummiarabikum hinzu.

Nach vierzehn Tagen prüfte Werner das Ergebnis. »Die Tinte darf weder Blätterbildung noch Wandbeschlag noch Bodensatz im Gefäß zeigen. Ja, das sieht gut aus. Habt Ihr einen Schriftzug zur Probe gemacht?«

»Ja, wie Ihr sagtet. Er ist acht Tage alt. Hier ist Wasser und Alkohol.«

»Gut, dann träufle etwas auf ein Stück Leinen.«

Werner nahm den getränkten Stoff und wischte über die Schrift. Sie blieb tiefdunkel. »Sieht sehr gut aus. Nun gebt mir eine Gänsefeder.« Er machte nun selbst die Schreibprobe. »Fließt leicht aus der Feder und ist nicht klebrig. Sehr schön. So habe ich mir das vorgestellt! Ich brauche auch bald goldene Tinte.«

»Habt Ihr ein Rezept für mich?«

»Nehmt Quecksilber und Auripigment. Füllt die Stoffe in eine Eierschale, die Ihr ausgeblasen habt. Verschließt danach die Einfüllöffnung. Legt das Ei sodann einer brütenden Henne unter ihr Gelege. Wenn die Henne ihr Nest verlässt, nehmt das Ei, öffnet es und zerreibt seinen Inhalt zusammen mit ein bisschen Wasser und Ihr erhaltet goldene Tinte. Und nun zum Pergament.«

Er ging zu einem anderen Bruder, der für die Bearbeitung der Tierhäute zuständig war. Gerade weichte er eine Tierhaut ein, die er dann auf einen Holzrahmen aufspannte. »Ich schabe sie mit dieser hervorragenden scharfen Klinge ab. So wird sie besonders dünn«, erklärte der Mönch und hob das Messer in die Luft. Von draußen schien das Tageslicht durch eine kleine Luke herein. In dem Lichtstrahl tanzten Staubpartikel und die dünne Klinge hob sich deutlich vom hellen Hintergrund ab.

»Sehr gut. Ist dies die Haarseite?« Werner zeigte auf die ihm zugewandte Fläche der Haut.

»Ja, genau. Seht, hier ist es rauer als auf der anderen, der Fleischseite. Hier hält die Tinte besser.«

»Genau so ist es. Ich bin sehr zufrieden.«

Die Erfurter Petersmönche waren Meister auf dem Gebiet der Bücher und allem, was dazugehörte. Sie hatten seine Kommentare nicht nötig, zeigten sich aber sehr höflich und freuten sich über sein Lob. Schließlich war Werner ein erfahrener Schreiber und wusste ihre Arbeit zu schätzen.

Werner hatte nicht mehr allzu viel Zeit, um die Verse aus Micha 4 auf große Pergamentbahnen in bestimmte Abschnitte aufzuteilen und aufzuschreiben. Er gab seinem Ordensbruder seine Maße an, damit dieser entsprechend die Pergamentstücke mit Sehnen zusammennähte. Mit großen, aufwendig gestalteten Anfangsbuchstaben in etwa der Größe einer halben Elle sollte jeder Abschnitt beginnen. Der restliche Text sollte etwa handgroß mit schwarzer Tinte in geschwungener Schrift geschrieben werden. Werner überprüfte den Bestand an Spateln, Messern, Zirkeln, Linealen und Federkielen und war zufrieden. Am Ende sollte eine Art durchsichtiges Harz aufgetragen werden, um die Arbeit vor Regen zu schützen. Schließlich mussten die Häute in Holzrahmen gespannt werden. Hier stellte er sich schwere breite Rahmen vor mit einem kleinen Dachüberstand. Sobald die Gartengestaltung abgeschlossen war und die Pflanzen zu seiner Zufriedenheit wuchsen sowie die Bänke standen, wollte er diese gestalteten Texte wie Schilder an passenden Orten aufstellen.

Als das Wetter richtig ungemütlich wurde, der Regen niederprasselte und dank Wind und Sturm gegen die Mauern schlug, verwarf er diesen Plan und besprach mit dem Steinmetz des Klosters, den Text in Granit einzumeißeln. Er unterbreitete seine Vorstellungen Prior Christian, der ihn immer freudig empfing.

»Pater Werner, ich bin überwältigt von Euren Ideen. Sowohl die bunte Gestaltung der Buchstaben auf Pergament als auch das unumstößliche Meißeln in Stein gefallen mir äußerst gut. Wie wäre es, wenn wir beides machten? Und setzten noch etwas hinzu?« Hier schaute Christian vielsagend.

»Das wäre?« Werner freute sich, dass sich sein Prior von seiner Euphorie hatte anstecken lassen. »Genauso, wie geplant ist, den Ablass vielfach zu drucken, drucken wir die Verse aus Micha 4 vielfach in der Druckerei zum Güldenen Stern, um sie den vielen Besuchern mitzugeben. Ihr wisst, wie sehr sich Hass gegen die Juden in der Stadt hält, wie sehr Fremde argwöhnisch beäugt werden und wie sehr ein neuer Kreuzzug propagiert wird. Krieg und Schlachten bedeuten Leid. Hass erzeugt Gegenhass. Jesus sagte nicht ›Auge für Auge und Zahn um Zahn‹, sondern ›halte deinem Feind auch deine rechte Wange hin, wenn er dich auf die linke geschlagen hat‹. Schwerter zu Pflugscharen! Großartig! Das nenne ich eine gute Mission! Gestaltet also auch einen kleinen Text für ein Flugblatt – vielleicht könnte direkt etwas mehr dort drauf: eine Vorstellung des Nikolaus von Kues, die Bedeutung der Segnung, die sieben Todsünden, die tunlichst zu vermeiden sind. Besprecht Euch ob des Inhalts mit Pater Günther. Schließlich hat er studiert und weiß, was dem lesekundigen Volk von Nutzen wäre. Vielleicht auch Bilder.«

Werner war überglücklich über die Unterstützung, dankte für die Inspiration und wollte sich gleich an die Arbeit machen. Er ging in die Schreibstube und fertigte an seinem ihm angestammten Stehpult Notizen über den möglichen Inhalt des Flugblattes an. Damit wollte er Günther aufsuchen, um mit ihm über die Idee des Priors zu sprechen.

In der Stube des Kustos fand er ihn nicht. Er ging in die Peterskirche, die zu dieser Uhrzeit meist leer oder vereinzelt von betenden Mönchen besucht wurde. Hinter einer Säule vor dem Hauptaltar hörte er ein Wispern. Er schlich sich näher heran, stellte sich hinter eine

Säule in der Mitte des Kirchenschiffes, von wo aus selbst Geflüster gut zu verstehen war – eine Besonderheit des Baus. Er wusste um diesen akustischen Effekt, den er aus Bursfelde kannte und von dem ihm erst kürzlich ein Chorherr von Sankt Marien Entsprechendes über das Langhaus des Domes erzählt hatte. So hörte er deutlich die Worte: »Solange Abt Hartung noch offiziell diesem Kloster vorsteht, bleibt Christian Prior, es ist schon verzwickt. Er sagte, ich würde sein Nachfolger werden. Vor dem großen Ereignis wäre das natürlich viel besser.« Es war Günther, der da sprach.

»Sicher, du könntest dir einen Namen machen. Man würde dich vielleicht sogar bis Rom kennen. Wenn der Kelch an dir vorbeizieht, ist es eine vertane Gelegenheit. Aber was können wir unternehmen? Gar nichts. Es liegt in Gottes Hand.«

»Lass das mal meine Sorge sein, Hermann.«

Werner traute seinen Ohren nicht und schlich sich umgehend genauso hinaus, wie er hineingekommen war.

Er betrachtete vor der Kirche eingehend seine Gartenanlage, als Günther und Hermann wenig später das Gotteshaus verließen.

»Pater Günther!«, rief Werner ihm zu. »Ich möchte gerne etwas mit Euch besprechen.«

Günther kam ihm entgegen. Von der Idee des Abtes mit dem Flugblatt war er sehr angetan und wollte unbedingt Anteil an der Gestaltung und der Auswahl der Texte haben.

Nach diesem Gespräch machte Werner sich an die Schreibarbeit. Mit einem Silberstift und einem Lineal zog er Linien. Er schnitt ein paar Federkiele zurecht, damit er gleich zum Nächsten greifen konnte, wenn einer aufgeweicht war. Für die Initialen oder Miniaturen ließ er zunächst Platz, schrieb alles andere und besprach dann mit dem Illuminator das Vergolden einiger Anfangsbuchstaben. Schreiben war seine Art von Meditation und verkürzte ihm die Zeit bis zum nächsten Wiedersehen mit Martha.

Kapitel 12

WERNER UND MARTHA hatten sich zu Weihnachten diesmal nur sehr kurz sehen können. Werner hatte wieder Kleingarns Erlaubnis, für wenige Tage zu vereisen,
sodass dabei nur einige Stunden für Martha, Peter und
die Mutter zu einem gemeinsamen Feiertagsessen zur
Verfügung standen und sie sich auf das neue Jahr ver-
trösteten. Hatte er am 23. und 24. nur die erlaubte Brot-
suppe und getrocknetes Brot verzehrt, so verwöhnten
ihn Anna und Martha am 25. nun mit einem ausgiebi-
gen Festmahl. Sie hatten eine Gans geschlachtet und
knusprig braun gebraten. Es gab Bohnen, Kürbis und
Spinat. Einen Milchhirsebrei mit Zucker und Zimt zum
Nachtisch und guten Wein. Das Haus war mit immer-
grünen Zweigen bestückt. Kinderlachen erhellte die nur
schwach beleuchteten Stuben. Hier wollte er immer
sein, wenn es denn ginge. Anna ließ Werner und Martha ein wenig allein und ging mit Peter hinaus in den
Garten, um einen Schneemann zu bauen. Der Mönch
umarmte die Frau seines Lebens. »Ich liebe dich, unser
Kind, dieses Haus und deine Mutter. Eine gütige Frau.
Gott, hab Erbarmen mit uns!«

Martha ergänzte: »Herr, weise uns den rechten Weg. Was kann an aufrichtiger Liebe Sünde sein?« Sie drückten sich fest die Hände und schauten sich in die Augen. Dann standen sie auf, zogen sich ihre Umhänge an und leisteten Anna und dem kleinen Peter Gesellschaft. Werner suchte Äste für die Arme, Martha Steine für Mund und Nase. Ihr Sohn strahlte über die rosigen kalten Bäckchen. »Es ist schon spät. Werner muss bald aufbrechen. Kommt, gehen wir wieder rein. Es gibt noch einen warmen Honigwein!«

In den Klöstern verbreitete sich die Neuigkeit, dass Nikolaus von Kues am Heiligen Abend zum päpstlichen Legaten ernannt und mit außerordentlichen Vollmachten zur Kirchen- und Klosterreform in Deutschland, Österreich und den Niederlanden ausgestattet wurde.

Als Werner seinen endgültigen Flugblattentwurf Mitte Februar Pater Günther vorstellen wollte, hieß es, der sei zum Hauskloster der Grafen gefahren, um über deren Altar und die dazu getroffenen Vereinbarungen zu sprechen. Am siebzehnten Februar war er wieder zurück. Am zwanzigsten Februar gab Prior Christian von Bleicherode im Gottesdienst bekannt, dass ihn gerade die Nachricht erreicht hatte, dass Abt Hartung Herling, Gott habe ihn selig, am sechzehnten Februar verstorben sei. Werner erschrak und erinnerte sich an das Gespräch der Brüder von Nordhausen, das er mitgehört hatte. Doch wenn das Datum stimmte, so konnte

Pater Günther nicht selbst Hand angelegt haben, denn die Reise erforderte eine Übernachtung auf dem Weg, sodass er schon am fünfzehnten abgereist sein musste. Sein Herz pochte, seine Gedanken überschlugen sich. Um ihn herum schien aber niemand aufgeregt zu sein. Alle sahen es als den natürlichen Lauf der Dinge an, wenngleich die Mönche, die seinen Widerstand gegen die Reform teilten, an diesem Tag missmutig und betroffen waren.

Sie, die in Hartung noch ihren Abt gesehen hatten, ließen sich, wie die Regel es vorsah, innerhalb der ersten beiden Wochen nach seinem Tod dreimal geißeln. Da dieser Akt nicht unbemerkt vonstattenging, sortierten Günther, Hermann und die Reformmönche zusammen mit Prior Christian diejenigen aus, die kein Stimmrecht bei der kommenden Abtwahl haben sollten. Günther verhielt sich wie immer. Werner konnte die Ungeheuerlichkeit dieses offensichtlichen Zusammenfalls der Ereignisse nicht glauben. Noch weniger konnte er glauben, dass es niemandem außer ihm auffiel.

Am fünften März konnten sich vierzehn Konventualen, denen man aufgrund von Widerstand gegen die Reform nicht das Wahlrecht entzogen hatte, an der Wahl Christian Kleingarns zum Abt beteiligen. Unter ihnen befanden sich die drei Bursfelder Professen und mindestens ein Mönch, der unter der Administration des Abtes von Bursfelde eingetreten war. Der Konvent hatte an die 22 Konventualen und etwa 200 Mönche, schätzte Werner. Abt Johannes von Hagen sah die sofortige Neubesetzung des Amtes des Abts als unabdingbar in Anbetracht des hohen Besuches, der für Mai angekündigt war. Der Wahl Christian Kleingarns schloss sich ebenfalls noch im März die Wahl Günthers von Nordhausen zum Prior an. Neunzehn Professen gaben ihm ihre Stimme. Als das Ergebnis verkündet wurde, atmete Werner tief durch. Er meinte, einen kurzen vielsagenden Blickwechsel zwischen Günther und Hermann ausgemacht zu haben. Welch ein Zufall, dieser rechtzeitige Tod des alten Hartungs im fernen Reinhardsbrunn, kurz nachdem der Kustos dort zu tun gehabt hatte! Es ließ Werner keine Ruhe, aber er fand auch keine Antwort.

Im Hause von Nordhausen, sowohl im Georgsviertel bei den Eltern als auch im Haus zum Güldenen Rade und im Stadtrat, gratulierte man dem erfolgreichen Geistlichen überschwänglich und klopfte sich gegenseitig auf die Schulter vor Stolz darüber, den Ruhm der Familie vermehrt zu haben. Natürlich sollte dies dem Wohle aller und dem Fortschritt der Reform und der Rückkehr von Moral und Ordnung in Stadt und Kirche dienen.

Werner hielt sich zurück. Was konnte er machen? Schließlich musste er selbst vorsichtig sein, hatte Katarina von Nordhausen doch ihm gegenüber schon gewisse Andeutungen gemacht. Die Zeit drängte im Übrigen. Der Frühling hielt Einzug und mit ihm die finale Gestaltung des Gartens von Jerusalem, der dem erwarteten Ansturm auf den Berg gerecht werden und einen Nikolaus von Kues mit Gefolge beeindrucken sollte. Werner warf sich in die Arbeit. Kontrollierte die Schriftzüge des Steinmetzes, denn der war des Schreibens nicht mächtig und meißelte leicht Fehler in den wertvollen Granit; probierte an den Farbmischungen, denn leuchtend und kräftig sollten die Farben der Initialen sein, und besprach mit dem Drucker in der Allerheiligenstraße das Aussehen und die Anzahl der Flugblätter. Zwischendurch ging er immer wieder durch die Buchreihen, wo ihm eine Abschrift aus dem Llibre Vermell de Montserrat in die Hände fiel. Er hatte sich schon lange vorgestellt, dass nicht nur der Garten, nicht nur seine Bibelverse, sondern vielleicht auch ein neues passendes Lied den Besuch des Legaten krönen könnten. Und hier schlug er prompt ein Musikstück auf, das auf Latein mit den Worten »Stella splendens in monte« begann. Er fing an zu lesen, kopierte die Noten und übersetzte den Text:

Glanzvoller Stern auf dem Berg, wie ein Sonnenstrahl,
wunderbar erstrahlend, erhöre das Volk.

Alle fröhlichen Menschen versammeln sich:
Arme und Reiche, Junge und Alte besteigen den Berg,
um mit ihren Augen zu schauen,
und kehren von ihm der Gnade voll zurück.

Herrscher und Magnaten von königlichem Stamm,
die Mächtigen der Welt, der Gnade teilhaftig,
bekennen ihre Sünden, sich die Brust schlagend,
und rufen mit gebeugten Knien: Ave Maria.

Prälaten und Barone mit edlem Gefolge,
alle Mönche und auch Priester,
Soldaten, Händler, Bürger, Seeleute,
Städter und Fischer lobpreisen hier.

Bauern, Pflüger und auch Schreiber,
Advokaten, Steinmetze und alle Schreiner,
Schneider und Schuster und auch Weber,
alle Handwerker danken hier.

Königinnen, Gräfinnen, mächtige und angesehene
Damen
und Mägde, junge Mädchen,
Jungfrauen und alte Frauen und Witwen
steigen auf den Berg, und Nonnen.

Die Gemeinde versammelt sich hier, um ein Gelübde
zu sprechen,
zu danken und das Gelübde zu erfüllen,
diesem Ort zu Ehren, damit alle sehen
und sie freudig zurückkehren, des Heiles teilhaftig.

Wir wollen alle beten, jedwelchen Geschlechts,
und voll Demut unsere Sünden bekennen
der ruhmvollen Jungfrau, Mutter der Barmherzigkeit,
um im Himmel der Gnadenreichen nahe zu sein. *

Werner war begeistert und brachte den Text zu Abt Christian, der ihn mit dem Kantor besprach und tägliches Einstudieren anwies.

»Werner, dank Euch kann dieses Ereignis nur erfolgreich werden. Danke!«

Abt Christian war ein großartiger Mensch, wie Werner fand. Er lobte viel und oft, nie musste man befürchten, dass er ärgerlich würde, wenn nicht er, sondern ein anderer gute Einfälle hatte. Er hatte ihn immer unterstützt.

Immer wieder schaute er im Garten vor der Kirche vorbei. Der Klostergärtner war zufrieden mit dem Gedeihen der Bäume, Büsche und Blumen. »Eins allerdings muss ich Euch zeigen, Bruder Werner. Ich habe schon den Infirmarius gefragt, ob er eine große Menge Abführmittel benötigte. Er wusste gar nicht, wie ich darauf käme. Hier!« Er führte den Mönch zu einem kreisrunden Blumenbeet, das bei Blüte ein Bild von Weiß, als Zeichen der Unschuld, umgeben vom unendlichen nachtblauen Himmel mit güldener Umrandung darstellen sollte. »Hier habe ich als Himmel den Blauen Eisen-

---

* Quelle der Übersetzung: Miroque Nr. 4–I/2011, VK-Histomedia
  GmbH, Seite 65

hut gepflanzt. Ihr wisst, er hilft als verdünnter Auszug bei Verstopfung. Doch hier ist eine richtige Lücke. Zwei Gramm der Wurzel sind tödlich. Es kommt zu Übelkeit, Krämpfen und Atemlähmung. Ich hoffe doch sehr, dass sich hier niemand eigenmächtig behandeln wollte. So eine Verstopfung ist schon nicht angenehm, aber … Nun ja, man sollte es dem Infirmarius überlassen.«

»Wann habt Ihr die Lücke entdeckt?«

»Mitte Februar muss es gewesen sein. Die Pflanze habe ich schon letztes Jahr gepflanzt, um zu sehen, wie sie blüht. Nun ging ich zunächst von einer Täuschung aus, weil Wind und Regen so manches platt gedrückt hatten, aber dann habe ich nachgesehen. Die ganze Pflanze samt Wurzelwerk fehlt!«

»Ja, vielleicht sollten wir beim Gottesdienst eine Warnung vor Selbstheilung aussprechen. Es muss überhaupt klar sein, dass sich niemand in unserem Schaugarten bedient. Ich werde den Abt informieren!«

Werner dämmerte es. Er hätte nun den Abt über seinen Verdacht informieren und eine Befragung über die genauen Todesumstände von Hartung Herling auslösen können. Dann erinnerte er sich an die Worte Jesu: »Wer von Euch ohne Sünde, der werfe den ersten Stein.« Er verwarf den Gedanken und überließ es Gott, zu urteilen und zu richten.

Er dachte an den morgigen Tag. Endlich würde er Martha wiedersehen! Sie waren wieder bei ihrem Versteck verabredet.

Als es so weit war, beeilte Werner sich, den Weinberg hinabzulaufen. Die Kirchturmuhr hatte gerade dreimal geschlagen. Vor der Holztür sah er sich kurz um, ob ihn niemand beobachtete, dann verschwand er im Inneren des Berges. Als er Schritte und gleich darauf das leise Knarren der Holztür hörte, schlug sein Herz bis zum Hals. Er war voller Erwartung und gleichzeitig voll Unsicherheit, denn sie war länger nicht erschienen und ihn hatte stark die Sehnsucht gequält. Martha huschte hinein und verschloss leise die Tür. Ihr Anblick von hinten, die dunklen langen Haare, die an den Seiten ihrer Kapuze herausguckten, die schlanke Gestalt und ihre anmutigen Bewegungen ließen ihn nach ihrer Nähe verlangen. Jetzt drehte sie sich um. Sie strahlte über das ganze Gesicht. Werner fiel ein Stein vom Herzen. Er öffnete seine Arme, sie fiel hinein und lange hielten sie sich ganz fest und sogen den Duft des anderen ein.

»Oh, Martha, ich dachte schon, du hättest es dir mit mir anders überlegt. Aber dein Lachen macht mich froh«, sagte Werner.

Nun schaute ihn Martha an. »Ich mag zwar lachen, denn ich liebe dich und freue mich, dich endlich wieder in meiner Nähe zu spüren, doch gibt es etwas, das ich dir sagen muss. Tatsächlich überlege ich die ganze Zeit schon, was mit uns werden soll.«

Der Mönch erschrak und hielt den Atem an.

»Schau nicht so ängstlich. Ich bin wieder guter Hoffnung.«

Werner blickte sie sprachlos an.

»Hier habe ich dir eine Hose und einen kurzen Umhang genäht. Das ziehst du künftig zu unseren Treffen an, damit ein möglicher Beobachter nicht gleich den Geistlichen in dir erkennt.«

Werner hörte ihre Worte wie durch einen Schleier. Sie wollte sich künftig weiter mit ihm treffen. Und sie erwartete noch ein Kind von ihm. Als er das begriff, fasste er sich wieder. »Du trägst wieder ein Leben unter deinem Herzen? Von mir?«

Jetzt gab sie ihm eine leichte Ohrfeige. »Für die Frechheit der Andeutung und damit du wieder klar denkst. Was ist mit dir? *Ich* müsste verwirrt sein. Für *mich* ist es eine Katastrophe. Und nicht nur für mich, auch für meine Mutter. Bisher hat die Geschichte vom Ritter funktioniert, aber wie soll ich das zweite Balg erklären? Wir haben uns einen guten Ruf erarbeitet, der wichtig für unsere Einnahmen ist, den wir aber so verlieren werden. Ich will nicht länger ohne Familie sein! Sonst nehme ich eben ein Kraut. Sadebaum und das Kind ist weg!« Marthas Augen füllten sich mit Tränen und sie sank in sich zusammen.

Werner schaute erschrocken: »Psst, das ist Sünde!« Er war aufgelöst, gerade jetzt, wo der Vertreter des Papstes höchstpersönlich in Reformmission kam und er doch eine wichtige Rolle in der Umsetzung spielte. »Ich bin mit vierzehn als Oblate ins Kloster eingetreten. Meine Eltern haben mich der Kirche überantwortet. Du bekommst das Kind, aber es gibt kein Herauskommen für mich, außer als Abtrünniger.«

»Nein, das will ich auch nicht von dir verlangen. Das würde meinen Ruf nicht aufbessern.«

Werner überlegte. »Martha, ich bitte dich, sei spätestens im Mai beim Besuch des Kardinals in Erfurt. Bis dahin fällt mir etwas ein.« Dann weihte er sie in seinen Verdacht ein.

»Du meinst, Bruder Günther hat den alten Abt vergiftet, damit der Platz des Priors frei wird? Und das Gift wirkt zeitverzögert und lässt zunächst eine normale Magenverstimmung vermuten? Wahrlich geschickt!« Sie nickte nachdenklich. Dann fügte sie nach einiger Überlegung hinzu: »Du musst etwas unternehmen. So einer kann nicht Prior sein!«

»Wenn du wüsstest, wer hier mit wem befreundet, verschwägert oder verwandt ist, dann wüsstest du, dass ich mir umsonst das Maul verbrennen würde.«

Sie sagten eine Weile nichts und beließen es dabei. Martha hatte ihn verstanden. Sie verstand ihn immer. Er zog sie zu sich, küsste sie auf ihre Nasenspitze, und dann liebten sie sich, bis es Zeit war, das Versteck zu verlassen.

»Du kommst im Mai! Viel Volk wird da sein. Wir werden uns sehen können und es wird sicher eine besondere Zeit!«, beschwor Werner Martha, während er sich umzog, um nicht als Mönch das Versteck zu verlassen. Sie gaben sich einen letzten Kuss und diesmal verließ

Werner zuerst ihren geheimen Ort. Als er fast auf dem Berg angekommen war, zog er sich seine Mönchskutte über und beeilte sich, sich der kleinen Prozession im Kreuzgang anzuschließen.

Das Schweigen tat gut. Martha fuhr heute ab und es würde dauern, bis er sie wiedersehen würde. Ein Lächeln huschte über sein Gesicht. Ein zweites Kind. Sie trug sein zweites Kind in sich!

Kapitel 13

Mai 1451

KARDINAL NIKOLAUS VON KUES führte seine Legation nach Aufenthalten in Wien, Salzburg, Regensburg, Nürnberg, Bamberg und Würzburg, wo er Christian Kleingarn als einen der Präsidenten kennengelernt hatte, der ihn nun auch von dort begleitete, nach Erfurt. Sie hatten gemeinsam im ProvinzialKapitel in Anwesenheit von dreiundvierzig Benediktineräbten unter dem Vorsitz des von Kues getagt. Alle waren wie verzaubert von seiner Erscheinung und seiner Redekunst. Er war älter und erfahrener geworden. Seine geschliffene Sprache und präzise Wortwahl waren über die Jahre durch Lebenserfahrung, Lektüre, Erkenntnis und Wissen ergänzt worden. Es gab keine Frage, die er nicht beantworten konnte, und keinen Kommentar, auf den er keine Erwiderung wusste. Sein Gegenüber schaute er stets interessiert und aufmerksam an. Er hörte zu und jeder hörte ihm zu. Wenn er sprach, hätte man ein Haferkorn fallen hören können.

Am 28. Mai erreichten sie Erfurt. Die Flugblätter, die Werner entworfen hatte, hatten die Erfurter über den hohen Besuch und seine Verdienste informiert. Ehrfurcht war in allen Gassen zu spüren. Die Bürger putzten sich und ihre Häuser heraus. Sogar die kleinsten Wege wurden von Unrat befreit. Tiere blieben in ihren Ställen. Die Fensternischen und Hauseingänge waren mit Blumen geschmückt.

Dem Legaten wurde ein feierlicher Empfang bereitet: Der Stadthauptmann, die Bürgerschaft, die Geistlichkeit und die Universität gingen allesamt dem Kardinal entgegen und geleiteten ihn zum Platz vor den beiden Stiftskirchen, wo er vom Kapitelklerus erwartet wurde. Ihm zu Ehren wurde ein Willkommensgottesdienst im Dom Sankt Marien gefeiert. Anschließend lud man ihn und seine Bediensteten zu einer Stärkung in den Ratskeller. Der aufgeregte Wirt servierte reichlich gewürzten Süßwasserfisch, dazu frisches Gemüse, Obst, helles Brot, Ei und Einbecker Bier, bevor der neue Benediktinerabt, die Mitglieder der Reformkommission und die Stadträte im Sitzungssaal des gegenüberliegenden Rathauses über die Belange der Stadt, die Reform, den Judenschutz und den Ablass sprachen. Hier berief Nikolaus Abt Christian Kleingarn von Bleicherode in eine Kommission, der er nach Absprache mit dem Rat der Stadt Erfurt die Reform sämtlicher Ordenshäuser übertrug. Er beauftragte damit die ausgewählten Erfurter Äbte mit der Reform und Visitation aller thüringischen Klöster. Den Augustiner Chorherrn, Propst Johannes Busch, machte er zum päpstlichen Visitator für die regulierten Chorherrenstifte in Thüringen und

Sachsen sowie in den Provinzen Magdeburg und Mainz. Weiter ordnete er an, dass vier Herren des Rates in der Visitationskommission vertreten sein mussten.

Nikolaus von Kues nahm bei den Benediktinern auf dem Petersberg Quartier. Bei Betreten der Klausur zeigte er sich von der Gartengestaltung äußerst beeindruckt. Es war schon dunkel, aber Werner hatte für helle Beleuchtung seiner Schrifttafeln, der Engel und der Bänke gesorgt. Überall standen Laternen mit großen Kerzen darinnen. Nikolaus von Kues las die Inschriften der Steine und Schilder. »Ja, das Haus des Herrn, Euer Kloster, auf dem höchsten Berge der Stadt. Und ich befürchte oder erhoffe es, dass die Völker herzulaufen werden, wenn ich morgen hier predige.« Er ging zum nächsten Schild. »Natürlich, auch Heiden werden kommen, damit ich sie lehre.« Er nickte zustimmend und lief weiter zum nächsten Satz. »Ja, ich werde nicht umhinkommen zurechtzuweisen. Und Schwerter zu Pflugscharen zu machen, ist sicher geraten in der eigenen Gemeinde. Dennoch werde ich den Kreuzzug rechtfertigen!« Beim Nächsten musste er lachen. »Gut, von mir aus sitzen wir alle, ein jeder unter seinem Feigenbaum oder Weinstock – das ist wirklich sehr gelungen hier mit diesen Bänken.« Er schaute sich anerkennend um. »Doch können wir die Jesuslästerung der Juden nicht ungestraft lassen. Natürlich haben die Bibelverse ihre Berechtigung. Wir müssen aber unterscheiden zwischen Altem und Neuem Testament. Wie der Rat schon andeutete, die Kennzeichnung und Abgrenzung ist für ein friedliches Zusammenleben unumgänglich.«

Abt Christian war nicht ganz seiner Meinung, nickte aber freundlich.

»Ein Lob dem Gärtner! Ein hervorragendes Willkommen für unsere Zuhörer morgen. Besonders die Sitzgelegenheiten für die Alten und Gebrechlichen. Danke!«

»Unser Schreiber Pater Werner hat den Garten geplant und die Verse gestaltet.«

»Sehr schön.« Nikolaus lief weiter. Der Tag war anstrengend gewesen. Viele solcher Besuche hatte er schon absolviert und jedes Mal sollte er loben und anerkennen. Immer gab es eifrige Mönche, die sich stolz mit ihren Vorbereitungen hervortaten. Natürlich verdienten sie seinen Respekt. Und schließlich erwartete er auch nichts Geringeres. Seine Bühne musste stimmen – ja, die Gartengestaltung war ansprechend! Es war schön, mal wieder in Erfurt zu sein. Diese vielen Kirchen und der Geist des Meister Eckhardt, den er hier spüren konnte. Seine Lehren waren verboten, aber er stimmte ihm zu. Der Gottesfunke ist nicht im Außen zu suchen, man findet ihn im eigenen Inneren, wenn man nur lange genug in der Stille verweilt. Nikolaus freute sich auf eine erholsame Nacht. »Bitte entschuldigt mich nun, Abt Christian. Ich muss mich ausruhen. Ich freue mich schon auf das bunte Treiben morgen und benötige meine Kräfte!«

Der Abt nickte verständig und begleitete den Kardinal zu seiner Unterkunft.

Am nächsten Tag, einem Sonntag, predigte der Nikolaus von Kues unter freiem Himmel auf dem Rasen vor der Peterskirche, und von nah und fern kamen die Menschen, um ihn zu hören. »Ich verkündige den Jubiläumsablass von Nicolaus V.!«, begann er mit weit geöffneten Armen.

Die Leute jubelten. »Ich habe sehnsüchtig auf einen Ablass gewartet.« – »Ja, Sterben ohne die Sakramente, ohne Vergebung macht Angst. So sind wir vorbereitet!« – »Endlich kann ich das Fegefeuer meiner geliebten Tochter verkürzen«, vernahm man die Menschen, die sogleich wieder ehrfürchtig verstummten, um den Abgesandten des Papstes nicht von seiner Rede abzuhalten. Viele waren erleichtert über diese Gelegenheit, da sich der Schrecken plötzlichen und unbußfertigen Sterbens eingebrannt hatte, nachdem die Pest im Land gewütet hatte. Viele konnten sich noch gut erinnern, wie der Schwarze Tod unvorbereitet in die Häuser kam, wie viele von ihnen dort eingesperrt waren, manche ihren Häusern entflohen, weil sie glaubten, gesund zu sein, und dann irgendwo verendeten, denn niemand traute sich an sie heran, wenn die schwarzen Beulen aufgeplatzt waren und die eitrige, stinkende Masse herausquoll.

Der Kardinal verkündete weiter: »Die Hälfte des Geldes, das Ihr für eine Romreise gebraucht hättet, opfert in diese große Kiste dort, die in Sankt Marien aufgestellt wird. Außerdem sprecht an vierundzwanzig Tagen in sieben Kirchen der Stadt vierzig Vaterunser. Wer nichts besitzt und aufrichtige Reue ob seiner Sünden empfindet, soll beichten, fasten und die Paternoster sprechen. Leichter kann man nicht von Strafe und Schuld befreit werden!« Nikolaus von Kues sprach in ruhigem Ton und nicht so marktschreierisch, wie es viele von früheren Ablässen kannten. Die Menschen strömten herbei und kauften die in großer Menge gedruckten Ablassbriefe. Zwölf vortreffliche Beichtväter, allesamt ehrenwerte Prälaten und Doktoren der Theologie, hörten die Sündenbekenntnisse und erteilten Absolution. Sechs von ihnen hatten sogar die Macht, grobe Verschulden zu vergeben, was gewöhnlich Sache des Papstes alleine war. Die Gnade währte ein ganzes Jahr und erleichterte den Menschen ihr Gewissen und ihren Geldbeutel.

Johannes von Hagen, der bei dieser Gelegenheit ebenfalls in Erfurt weilte, versicherte den Menschen: »Dieser Ablass lässt der Seele eine solche Reinheit zuteilwerden, als wenn sie aus der Taufe kommt, und falls sie sich vor dem Tod nicht erneut mit Sünde befleckt, wird sie ohne Pein im Purgatorium sofort zum Himmel emporsteigen.«

Das Volk verlieh seiner Freude mit lautem Beifall Ausdruck. Die Stimmung war gut.

Dann folgte das Musikstück, das Werner in der Bibliothek gefunden hatte. Nikolaus von Kues, Abt Johannes von Hagen, der Stadtrat, alle lauschten sie den Worten des Gesangs und nickten zustimmend.

Den nüchtern denkenden Magistratsherren ging es vor allem um das Reformwerk und die städtische Kasse, in die ein Drittel der Einnahmen gelangten. »Diesen Mann haben uns die Engel geschickt«, sagte Martin zu seiner Katarina über Kues, als sie am Abend erschöpft von den Veranstaltungen des Tages, vom Menschenauflauf und den vielen Gesprächen in der Küche zusammensaßen. Die Magd hatte ihre kleine Tochter schon zu Bett gebracht.

»Ein voller Erfolg für deine Brüder! Hast du bemerkt, wie nah sie bei dem Kardinal standen? Alle haben es gesehen! Und als er euch als Teil der Reformkommission vorstellte und auf dich, Ziegler und Allenblumen zeigte, bin ich fast übergelaufen vor Stolz. Schwester Lioba hat mir anerkennend zugenickt und ein paar andere Frauen haben mich neidvoll angesehen.«

»Ja, es läuft im Moment ganz gut.« Martin küsste seine Frau auf die Wange. »Komm, gehen wir schlafen.«

Am Himmelfahrtstag zelebrierte von Kues ein Kardinalsamt in der Kirche des Marienstifts, hielt eine Predigt unter freiem Himmel und erstieg dann unermüdlich, gefolgt von seinen sich zu einem Zug formierenden Zuhörern, den Petersberg, um erneut vor dem Kloster zu predigen. Im Anschluss wurde wieder das Lied vom strahlenden Stern auf dem Berg gespielt, dann hatten die begeisterten Besucher Gelegenheit, im Garten Jerusalems zu spazieren, die Sonne zu genießen, auf den Bänken auszuruhen und sich zu unterhalten. Sie erfreuten sich an den blühenden Gewächsen, an den badenden Vögeln und die, die des Lesens mächtig waren, an den Zeilen aus der Bibel. Auch ließen es sich die Leute nicht nehmen, den Ausblick vom Berg hinunter über die Dächer der Stadt zu genießen. Von hier oben sah man die langen Kirchenschiffe der Predigerkirche und der Barfüßerkirche, die vielen Kirchtürme und natürlich auf dem Berg gleich nebenan die beiden Stiftskirchen. Man erblickte die imposante Stadtmauer mit ihren Toren und Türmen und dahinter den Wald, die Wiesen und die Felder. Es war angenehm warm, die Vögel zwitscherten und überall roch es nach Gegrilltem. Die Stadt war vorbereitet und hatte Enten, Gänse und Hühner in großer Zahl herbeigeschafft, die nun an jeder Ecke feilgeboten wurden. Mit dem traditionellen Geflügelfleisch gedachte man der Aufwärts-Fahrt. Spielleute spielten die unterschiedlichsten Weisen auf dem Dudelsack, der Drehleier, auf Flöten und Trommeln. Die Predigten, der hohe Besuch und der Ablass wurden gebührend gefeiert. Das Volksfest währte bis spät nach Mitternacht, und noch bis in die frühen Morgenstunden hörte man vereinzelte Männer lallend und singend ihren Weg nach Hause gehen.

In Gegenwart der vornehmsten Erfurter Bürger weihte der Kardinal am folgenden Sonntag, dem 6. Juni, Christian Kleingarn von Bleicherode in der überfüllten Kirche vor dem Hochaltar zum Abt. Am Nachmittag desselben Tages predigte er noch einmal vor der Peterskirche zum Volk, das sich – erschienen waren auch viele Kranke und Besessene –, auf die heilende Kraft der Segnung hoffend, in so großer Zahl zu ihm drängte, dass eine Frau erstickte und andere ohnmächtig wurden.

»Tragt die, die umfallen, sofort in die Kühle der Kirche. Dort kümmern sich Schwestern um sie«, hatte Martin zusammen mit seinen Ratskollegen die Stadtwachen angewiesen. »Und treibt die Leute auseinander!«

Am 7. Juni sprach Nikolaus die päpstliche Anerkennung der Bursfelder Union aus und verlieh ihr die Privilegien, welche wesentlich zum Erfolg dieser Reformbewegung beitragen sollten.

Zum Abschluss seines Besuchs fand ein großes Prozessionsschauspiel statt. Sämtliche hohe geistliche Würdenträger waren auf dem Domberg versammelt. Auf den siebzig Treppen verteilte sich das Volk. Ein Gemurmel und Geraune erhob sich, als Nikolaus von Kues in Begleitung der Mitglieder der Reformkommission, einschließlich des Abtes Christian von Bleicherode und seines Priors Günther von Nordhausen und Vertretern des Rates, einschließlich Martin von Nordhausen, an die Seite des Eingangs zur Krypta auf der Domplattform links des hohen Chores trat. Es stiegen weiß gekleidete

Kirchendiener mit spitzen Kapuzen aus dem Inneren der Unterkirche herauf und trugen zu sechst einen Schrein. Es wurde mucksmäuschenstill. Der heilige Adolarius, der erste Erfurter Bischof, und der Heilige Eobanus, der als dessen Begleiter geschätzt wurde, hatten beide in Friesland den Märtyrertod gefunden und waren in der Marienkirche bestattet worden. Sie waren Weggefährten des Heiligen Bonifatius gewesen, der im Jahre 742 Erfurt zum Bistum erhoben hatte.

»Der Brief, in dem Bonifatius den Papst Zacharie in Rom um Erlaubnis bittet, hier ein Bistum gründen zu dürfen, ist im Original in unserem Besitz«, flüsterte Günther dem Legaten zu. »Wenn Ihr ihn sehen möchtet, kann ich mich darum kümmern. Darin heißt es, Erfurt sei ein volkreicher Ort heidnischer Bauern.« Günther lachte. »Da sind wir doch schon ein ganzes Stück weitergekommen.«

»Gerne!«, erwiderte von Kues höflich, ohne seinen Blick vom Schrein zu wenden.

Die Gebeine wurden nun der Prozession vorangetragen, wobei ein Priester ein Weihrauchgefäß an einer langen silbernen Kette schwenkte und hinter ihm zwei Kirchendiener Olivenzweige in Form einer liegenden Acht wedelten und alle Träger leise lateinische Verse murmelten. »Benedic, quaesumus, Domine, hos olivarum ramos; et praeta; ut, quod populus tuus in tui venerationem hodierna die corporaliter agit, hoc spiritualiter summa devotione perficiat, de host victoriam reportando et opus misericordiae summopere diligendo. Per Dominum. Amen.«

Nikolaus von Kues wiederholte die Segnung laut auf Deutsch: »Segne, so bitten wir, Herr, diese Zweige und gib, dass Dein Volk, was es zu Deiner Ehre heute äußerlich tut, auch geistig mit höchster Hingabe vollziehe, damit es den Sieg erstreite über den Feind und das Werk der Barmherzigkeit über alles liebe, durch unseren Herrn. Amen.«

Nun besprengte der Priester die Zweige dreimal mit Weihwasser, das ihm gereicht wurde, und beweihräucherte sie dreimal. Dann begann die Prozession auf dem Balkon des Domes, dass alle Zuschauer es sehen konnten. Alle Gläubigen von nah und fern wurden angezogen und zu milden Gaben gestimmt. Man brauchte diese Gaben, um die Baukosten bestreiten zu können, derer eine würdige Bischofskirche bedurfte. In Vorbereitung auf den Besuch des Kardinals hatte man Gold für einen überaus prächtigen Silbersarg gespendet. Konrad Koningenrod hatte ihn geschaffen. Dieser Sarg wurde heute so lange herumgetragen, bis alle bereit waren, ihre Pfennige zu spenden. Den vornehmen Leuten wurde die Tumba mit den Gebeinen gezeigt. Wer wollte, konnte die Bischöfe gar als gebackene Heilige kaufen. Jede Spende wurde sorgsam notiert. An diesem letzten Tag war der gesamte Rat früh um sieben im Rathaus gewesen. Um acht war er von seinem Stadthauptmann und dem Oberschreiber geführt und von

Gewappneten, Pfeifern und Posaunisten begleitet worden. Sie waren zu St. Marien geschritten, wo vor dem Chor die Ehrbaren auf die Kanoniker mit den Gebeinen warteten. Als sie erschienen, nahmen zwei Kapitelherren und die vier Vierherren einen vergoldeten Kasten, der mit vier gekrönten Häuptern verziert war, und vier andere Kapitelsherren und die vier Ratsmeister übernahmen den Schrein mit den heiligen zwei Bischöfen und folgten nun der Prozession. Hinter ihnen schritten der Ratsmeister Martin von Nordhausen und der Vierherr Hartung Cammermeister an der Seite des Prälaten, der das Sakrament unter einem Baldachin trug. Ihnen schlossen sich die übrigen Ratsmeister und Vierherren an. Hundert Zielschützen im geschmückten Harnisch waren eingeteilt, die Menschenmassen abzuhalten. Die Tore waren mit Wachen gut bestellt, um Aufläufe und Überfälle zu vermeiden. Auf dem Markt hatte man den Unflat beseitigt und die Fleischbänke zur Seite gestellt. Nichts sollte die Würdigkeit des Umgangs kränken.

Die Prozession endete dort, wo sie begonnen hatte – in St. Marien, wo Geistlichkeit, Magistrat und Bürgerschaft gemeinsam eine Messe feierten. Immer wieder suchten Martin und Günther Blickkontakt, um sich gegenseitig zu bestätigen. Die Mönche standen vor dem Volk. Werner drehte sich in regelmäßigen Abständen um, um sicherzugehen, dass er Martha nicht übersah. Aber er konnte sie in der Menschenmenge nicht ausmachen. Und offensichtlich bemühte sie sich auch nicht, von ihm entdeckt zu werden. Werner war enttäuscht.

Bevor der Kardinal abreiste, versammelte er noch mal die höchsten Geistlichen des Erfurter Benediktinerordens um sich. »Ich befürworte die strenge Observanz der Fleischlosigkeit! Fleischgenuss sollte die Ausnahme für Mönche sein, die sich nach dem Aderlass in der Infirmerie stärken wollen. Des Weiteren halte ich überaus viel von Meditation. So sollte jeder beim ersten Zeichen aufstehen, denn die Zeit bis zum zweiten Zeichen soll der recollectio und meditatio bestimmt sein. Sowohl frühmorgens nach der Matutin wie abends nach der Komplet sollte etwa eine halbe Stunde meditiert werden. So sollen die Frömmigkeitsübungen von lectio, meditatio, oratio und operatio im Wechsel stattfinden.«

Abt Christian stimmte ihm zu.

Der Kardinal fuhr fort: »Dann möchte ich noch auf den Zusammenfall der Gegensätze zu einer Einheit sprechen. Diese Einheit ist Gott. Alles, was ist, ist Gott. Gut und Böse, Hell und Dunkel sind die beiden Enden desselben Stabes. Ohne das eine existiert das andere nicht. So, wie das Pendel zur einen Seite ausschwingt, so schwingt es zur anderen. Man muss das eine kennen, um das andere zu schätzen oder wahrzunehmen. Leben kann nur durch den ständigen Ausgleich zwischen zwei Gegensätzen stattfinden. Sucht, wie Euer Meister Eckhard, Gott in Euch selbst. Auch ihr habt mal gute, mal weniger gute Gedanken. Strebt zumindest nach der Mitte. Seid gnädig. Urteilt nicht voreilig, denn ihr wisst nicht, was Gott mit dem Menschen plant.«

Als die Ansprache beendet war, bat Kues den Abt: »Ach, wenn Ihr mir noch einmal den Grabstein des zweibeweibten Grafen zeigen würdet. Ich finde diese Geschichte äußerst interessant und würde sie gerne noch einmal hören.«

Kleingarn hatte sich damit seit seiner Ankunft in Erfurt noch nicht beschäftigt, aber sein Prior Günther war mit der Erfurter Geschichte natürlich bestens vertraut und übernahm es, den Kardinal zum Grabstein zu führen. »In der Mitte auf der Grabplatte, das ist der Graf von Gleichen. Rechts neben ihm seine Frau, die ihm einige Kinder geschenkt hat. Hier links, das ist Melechsala – ein etwas merkwürdiger Name –, die Sarazenin, die er von einem Kreuzzug mit nach Thüringen nahm, weil sie sich in ihn verliebt hatte und ihren Vater überreden konnte, ihn zu begnadigen. Seine gütige Frau nahm die Konkurrentin großherzig auf, da diese ihren Mann vor dem sicheren Tod mit dem Schwert bewahrt hatte. Sie sollen zum Papst nach Rom gepilgert sein, um ihn um eine Ausnahme zu bitten, damit auch Melechsala mit dem Grafen den Bund der Ehe eingehen konnte.«

Nikolaus von Kues betrachtete schweigend den Grabstein. Seine Gedanken trugen ihn in die warmen Nächte Konstantinopels. Er hörte die Grillen zirpen, roch den Duft der Pinienbäume und sah die schöne Melechsala vor sich.

»Kardinal? Möchten Sie noch den Brief des Bonifatius sehen?«

Kues wirkte abwesend, fasste sich aber, lachte und sagte kopfschüttelnd: »Was für eine wilde Geschichte. Niemals würde ein Papst solch eine Ausnahme ertcilen. Mochte er auch selbst noch so gesündigt haben. Der Name Melechsala gefällt mir übrigens. Und der Brief ... ein andermal.«

Kapitel 14

WERNER HATTE DIE ganze Zeit vergeblich auf die Ankunft Marthas gehofft. Sie hielt sich in Erfurt auf, wollte aber Werner mit ihrem schon dicken Bauch – sie war im sechsten Monat – nicht in Verlegenheit bringen und hatte sich regelrecht in der Menschenmenge versteckt. Sie kaufte einen Ablass und hielt sich die meiste Zeit im Magdalenenkloster auf.

»Dass Ihr schwanger nach Erfurt reist, ist ein bisschen riskant. Warum tut Ihr das? Wo ist der Vater?«, fragte Lioba sie geradeheraus, als sie sie auf einer Bank im Kräutergarten sitzend antraf.

Martha rutschte etwas zur Seite und Lioba setzte sich neben sie. »Im Vertrauen: Das Kind ist von jemandem, der sich der Kirche verpflichtet hat. Wir lieben uns, aber es wird keine gemeinsame Zukunft für uns geben. Ich bin ratlos.«

»Darf ich fragen, wer es ist? Ein Priester? Ein Ordensbruder?«

»Nein, ich kann es nicht sagen. Schwester Lioba? Würdet Ihr mir bei der Entbindung helfen?« Eine Träne kullerte Martha die Wange hinunter. Sie schaute die Nonne hilflos an.

Lioba legte einen Arm um sie und zog sie zu sich. »Natürlich helfe ich. Ihr werdet hier mit Eurem Kind wohnen können. Und wisst Ihr was? Ich habe diesen Kardinal Nikolaus vor dem Dom gesehen. Wenn er mich zu seiner Frau wollte, würde ich sofort Ja sagen.« Sie lachte. »Ist natürlich nur Spinnerei. So einer, im Gegensatz zu den gewöhnlichen Mönchen, verzeih, ist natürlich unfehlbar. Schade, dass er Erfurt wieder verlässt«, ergänzte sie mit einem schwärmerischen Gesichtsausdruck.

Martha war dankbar, dass Lioba sie verstand und ihr bei der Geburt helfen wollte, wenngleich sie natürlich auch an den kleinen Peter dachte, von dem sie Lioba noch nichts erzählt hatte.

Als der Kardinal abgereist war, ging Martha zu ihrem Versteck, wo sie Werner antraf, der täglich dort um dieselbe Zeit auf sie gewartet hatte. Als er nun die Schritte vor der Tür und das Herunterdrücken der Klinke hörte, schlug sein Herz ihm wieder bis zum Hals. Er war freudig aufgeregt, gleichzeitig war er aber auch wütend auf Martha, deretwegen er so viele Male vergeblich an diesem dunklen Ort gewartet hatte und jedes Mal nur mit Mühe die Enttäuschung über ihr Wegbleiben abschütteln und die nötige Energie für die anstehenden Aufgaben des Tages aufbringen konnte. »Wo warst du?«, war sein erster Satz. »Immer und immer habe ich auf dich gewartet und die Menschenmenge mit meinen Blicken vergeblich durchkämmt!« Er sprach in ärgerlichem Ton, doch er schaute sie voller Liebe an und nahm schließlich ihre Hände.

»Weißt du, wie schwer es war, in Bursfelde meinen dicken Bauch zu verstecken? Ich war jetzt einfach froh, in deiner Nähe zu sein, aber ich wollte unsere Verbindung nicht gefährden, indem ich dich in Verruf bringe. Natürlich war ich auf dem Berg. Dein Garten ist einfach toll! Die Engel, die Bänke unter den Weinreben! Das hast du sehr gut gemacht!« Sie umfasste sein Gesicht, zog es zu sich und küsste ihn auf den Mund.

Werners Schmollen verwandelte sich in ein glückliches Lächeln.

»Ich werde mein, unser, Kind in Erfurt zur Welt bringen. Mutter passt auf Peter auf. Hast du schon eine Lösung?«, wollte Martha wissen.

Werner schüttelte schweigend den Kopf.

»Aber ich! Ich werde ins Kloster gehen. Schwester Lioba wird mir helfen!«

Werner schaute entsetzt auf. »Nein, nicht ins Kloster! Kein Kloster! Nicht für dich, nicht für unsere Kinder! Gib mir Zeit!«

Sie schauten sich tief in die Augen. Werner streichelte über Marthas Bauch, und dann erzählten sie sich von ihren Erlebnissen, waren zärtlich zueinander, bis die

Uhr drei viertel zwölf schlug und Werner gehen musste.
»Wie lange bleibst du noch?«

»Ich bleibe jetzt hier. In Bursfelde kann ich so nicht
mehr sein. Mutter will mit Peter zu Besuch kommen.
Sie kann auch im Gästehaus des Klosters wohnen.«

Werner streichelte ihr über die Wange. »Was werden die Bursfelder sagen, wenn du nicht mehr da bist?«

»Mutter wird erzählen, ich habe einen Mann gefunden. So ist es ja auch.«

»Das ist das Schönste, was ich seit Langem gehört
habe! Also? Jeden zweiten Tag hier?«

Sie nickte.

Kapitel 15

Sommer 1451

DER SOMMER WAR HEISS. Der Besuch des Kardinals zeigte Wirkung. Noch im Eindruck des erworbenen Ablasses und der Worte des beeindruckenden Nikolaus von Kues schien das Leben in der Stadt sittsamer zu sein. Natürlich trug auch die Jahreszeit zu diesem Eindruck bei. Die Straßen waren sauberer, denn es war trocken. Das matschige Braun verregneter Gassen wurde ersetzt durch Gras, Wildkräuter und Blüten. Die Menschen hatten zu tun. Gingen bei Tageslicht bis spät in den Abend hinein ihrer Arbeit nach, schafften in Haus, Hof und Garten, säten und ernteten, kümmerten sich um die Tiere und deren Nachwuchs und hatten Unterhaltung auf den verschiedenen Jahrmärkten mit ihren Gauklern, Badern, Musikanten und Händlern aus fernen Ländern. Die jüdische Gemeinde wurde streng beäugt. Von Kues hatte eine eindringliche Rede vor dem Stadtrat gehalten: »Jede Religion hat ein berechtigtes Anliegen und einen bestimmten Zugang zur Wahrheit und ist insofern besser, als ihre Gegner wahrhaben wollen. Doch nur im Christentum sind alle diese Anliegen verwirklicht und alle Teilerkenntnisse vereint. Das Judentum hat mit Recht Gott als absolut, von allem sinnlich Wahrnehmbaren abgelöst erkannt und verehrt. Die Heiden hingegen haben Gottes Wirken in seinen verschiedenen sichtbaren Werken wahrgenommen und ihm gemäß deren Verschiedenheit je andere Namen gegeben. Im Christentum ist beides zu finden. Einerseits die Transzendenz Gottes, andererseits aber auch ein göttlicher Aspekt des sinnlich Wahrnehmbaren, denn der Mensch und Gott Christus hat beides in sich vereint. Ein Jude verleugnet den wahren Kern seiner Religion, wenn er Christus ablehnt. Deshalb wird die Berechtigung des jüdischen Glaubens hinfällig, wenn die Rabbiner sich weigern, die richtig verstandene Verehrung Christi als die eigentliche Verwirklichung des von ihnen Angestrebten zu erkennen. Es gibt nur eine einzige wahre Universalreligion! Christus hat hier die zentrale Funktion eines Vermittlers zwischen Gott und den Menschen. Dies ist die notwendige Konsequenz aus Gottes Vollkommenheit. Die Juden müssen Christen werden. Sollen sie ihre Gebräuche, auch die Beschneidung, beibehalten. Anderenfalls gibt es keine Beendigung der religiösen Streitigkeiten.«

Die Worte des Nikolaus von Kues im Hinterkopf, fanden Martin und die anderen Stadträte wieder und wieder Missfallen an den Juden, die, wie sie meinten, viele von ihnen durch Geldmittel knebelten. So überwachte der Rat das Kennzeichnungsgebot umso strenger, zu dem von Kues geraten hatte.

Werner beaufsichtigte weiter die Pflege seines Gartens, der noch den ganzen Sommer über für Besucher offen stehen sollte. Er arbeitete gerade an einem ergänzenden Text zu den Versen in Micha, nach denen jede Religion unter ihrem eigenen Feigenbaum saß. Er wollte etwas hinzufügen, was von Kues gepredigt hatte: »Gegensätze fallen zusammen zu einer Einheit, in der sich die Widersprüche zwischen scheinbar Unvereinbarem auflösen. Der Ort dieser Einheit ist Gott.«

Werner dachte an sich und Martha. Ihre Beziehung war voller Widersprüche. Er musste einen Weg finden, das Unvereinbare aufzulösen! Jetzt hatte er seinen Satz: »Alles ist eins!« Mit schwungvollen Lettern in Rot und Blau schrieb er mit einer breiten Feder auf Pergament. Das wollte er in die Mitte des Kreises an den Olivenbaum anbringen.

Katarina wusste von Lioba, dass die Schneiderin wieder in Erfurt war, sogar für länger. Sie wünschte sich ein Kleid für die warmen Tage aus leichtem Stoff in Blau. Blau wie der Himmel, wie das weite Meer, wie ein Aquamarin. Lioba hatte ihr nichts von der Schwangerschaft ihres Gastes erzählt. So schaute Katarina überrascht auf Marthas runden Bauch, als sie sie im Kloster an einem Sonnabendmorgen aufsuchte.

»Oh, in guter Hoffnung? Und trotzdem auf Handelsreise? Ist Euer Mann nicht dabei?« Sie dachte kurz nach. »Natürlich nicht, warum solltet Ihr sonst im Kloster nächtigen.« Sie wartete sichtlich auf eine Antwort.

»Wir werden sehen.« Martha schaute Lioba an, die ihr bestätigend zulächelte.

Katarina war diese vertraute Geste nicht entgangen und sie fühlte Eifersucht in sich aufsteigen. Sie ging über die Antwort hinweg und entschied sich für Freundlichkeit. »Jedenfalls schön, dass Ihr hier seid. Länger, wie ich hörte. Wäre es möglich, ein schönes Sommerkleid genäht zu bekommen?«

Martha freute sich über den Auftrag. Die Magdalenerinnen erlaubten Martha, einen Nähplatz in ihrer Schneiderstube zu benutzen. Sie wollte sich nun von hier aus etwas Geld mit Maßanfertigungen neben den Hauben, Schürzen und Beuteln hinzuverdienen.

»Den Stoff färbe ich selbst mit unserem eigenen Waidpulver. Ihr müsst mir nur sagen, wie viel Ihr braucht«, sagte Katarina.

Sie besprachen Katarinas Vorstellungen, Martha nahm erneut Maß und verabschiedete sich eilig, als sie gerade fertig waren.

»Lioba, wo will sie nur immer hin? Weißt du, wer der Vater ist? Ist sie verheiratet?« Katarina setzte auf ihre lange Freundschaft und versuchte es noch mal bei der Nonne.

»Ich bin ihre Hebamme und daher verschwiegen. So, wie du dich auf mich verlassen kannst, kann sie es auch. Aber wenn es dich beruhigt, ich weiß es auch nicht!«

Katarina guckte sie ungläubig an. Da Lioba nicht im Geringsten den Eindruck machte, als würde sie noch etwas von ihrem Wissen preisgeben, Katarina aber an nichts anderes denken konnte, entstand eine unangenehme Stille, die die Färberstochter überspielte, indem sie vorgab, nun auch wieder wegzumüssen, da sie noch einiges erledigen wollte.

»Ja, ist gut. Vielleicht sehen wir uns morgen!« Lioba klang desinteressiert.

Katarina zog enttäuscht von dannen.

Kurz darauf schlenderte sie zurück über den Anger, an der Kaufmannskirche vorbei und in die Eimergasse. Auf dem Wenigemarkt nahm sie ein Brot und ein Stück Ziegenfleisch mit. Über die Krämerbrücke ging sie heute nicht. Die Brückengebühr wollte sie nur zahlen, wenn sie dort auch einkaufte. Sie benutzte den schmalen Steg, der sich Rathausbrücke nannte. In der Mitte blieb sie stehen und lehnte sich auf das Holzgeländer, um ein wenig dem Lauf der Gera zuzusehen. Der Fluss war breit. Gestern hatte es geregnet und so konnte man heute die Forellen nicht sehen, da das Wasser dunkelbraun aufgewühlt war. Erpha nannten sie den Fluss deshalb: dunkles braunes Wasser. Jetzt funkelten die Sonnenstrahlen auf der bewegten Strömung. Das Plätschern besänftigte sie ein wenig. Die Türme der Brückenkopfkirchen St. Benedikt am Westende und St. Ägidius am östlichen Ende schlugen zweimal. Es war halb zwölf. Auf dem Fischmarkt am Brunnen begrüßte sie ein paar

Frauen aus der Nachbarschaft, dann ging sie nach Hause. Die Magd nahm ihr das Fleisch und das Brot ab und fragte, ob sie davon nun eine Mahlzeit bereiten sollte. Ihre Tochter spielte im Hof mit den Küken.

»Komm rein, mein Schatz. Vater kommt auch gleich vom Rathaus!«, rief Katarina die Kleine.

Als die Glocken zwölf schlugen, kam Martin nach Hause und sie aßen gemeinsam zu Mittag. »Und, Katarina, wie war dein Vormittag?«, wollte er von seiner Frau wissen.

»Ich war im Magdalenenkloster. Die Schneiderin aus Bursfelde ist wieder da.«

»Ah ja, wie schön.«

»Sie ist schwanger und wohnt im Kloster. Als hätte sie keinen Mann.«

»Hmh …« Martin ließ sich das zarte Fleisch schmecken und hörte nur halb zu.

»Weißt du, was ich glaube? Einer der Bursfelder Mönche, du weißt schon, die, die mal hier waren, ist der Vater.«

Jetzt schaute Martin auf. »Was sagst du?«

»Es könnte sein, dass diese Schneiderin aus Bursfelde mit einem der Mönche aus Bursfelde zusammen ist.«

»Du meinst, einer von denen, die dem Kloster hier die strenge Einhaltung der Ordensregeln beibringen sollen? Das wäre absurd! Nein, ein Skandal! Oder ein Geschenk des Himmels …«, überdachte Martin seine Worte und freute sich nun.

»Wie meinst du das?«, wunderte sich Katarina.

»Die Bursfelder Mönche sind Zöglinge des Abtes. Die Reformerfolge werden ihnen zugerechnet. Weniger dem unermüdlichen Streben nach Erneuerung und Gehorsam meiner Brüder, denen als Erfurter doch viel mehr Ehre und Förderung gebührt.«

»Du hast recht. Ihre Unantastbarkeit und ihr Weisungsrecht könnten zugunsten einheimischer Brüder aufgehoben werden. Es sollte sowieso nur eine Frage der Zeit sein, dass das Kloster wieder in Erfurter Händen ist«, pflichtete Katarina ihrem Mann bei.

Noch am selben Abend bat Martin seinen Vater, ihn holen zu lassen, wenn Günther und Hermann da wären, weil er etwas Wichtiges mit seinen Brüdern zu besprechen hätte.

Am Sonntag nach dem Gottesdienst kamen sie schließlich im Haus ihrer Eltern zusammen. Die Mutter hatte ein Huhn gebraten. Dazu gab es Gemüse und helles Brot.

»Günther, es gibt womöglich einen Mönch aus Bursfelde, der seine Liebste aus seiner Heimat nach Erfurt gelockt und ihr ein Kind gezeugt hat.«

»Wie kommst du darauf?«

»Katarina hat eine Schneiderin, die des Öfteren aus Bursfelde nach Erfurt kommt – angeblich um hier Stoffe und Farbe zu kaufen. Sie wohnt während ihrer Aufenthalte hier alleine bei den Magdalenerinnen. Jetzt ist sie schwanger und hat sich für länger dort eingemietet, ja sogar eine Nonne gebeten, ihre Hebamme zu sein. Und damit nicht genug. Als Katarina ihr einmal gefolgt ist, hat sie die Frau in ein Versteck im Petersberg, unten am Weinberg, verschwinden sehen. Sie kam erst nach einiger Zeit wieder heraus. Etwas zeitversetzt verließ ein Mönch, in seine Kutte gehüllt und die Kapuze tief ins Gesicht gezogen, den Ort und entfernte sich eilig in Richtung eures Klosters. Was sagst du nun?«

Günther überlegte. »Ich traue es dem Beichtvater der Nonnen zu, Johannes von Vacha, und genauso Werner Flodenburg von Hagen. Hermann und ich werden beide beobachten. Ich danke dir für den Hinweis!«

Günther setzte Hermann auf Johannes an. Er selbst wollte Werner im Auge behalten. Und tatsächlich fiel ihm erstmals auf, dass Werner das Frühgebet zügig verließ, in den Garten ging und sich dann dort beim Pförtner abmeldete. Der Pförtner bestätigte dem Prior, dass dies die Regel war. Günther folgte Werner in großem Abstand und verbarg sich immer wieder hinter den Weinstöcken, die in dichtem Grün schon sehr hochstanden. Dann sah er, wie der Mönch sich die Kapuze aufsetzte, vom Bergabsatz auf den Weg sprang und durch eine Holztür im Berg verschwand. Günther kannte die unterirdischen Gänge, die sie lange nicht mehr nutzten, die aber alljährlich auf ihren Zustand überprüft wurden. Jetzt bemerkte er auch, wie sich eine junge Frau näherte. Schnell duckte er sich hinter einer Rebe. Als er wieder hervorlugte, sah er nur noch ein Stück ihres Kleides hinter der Tür verschwinden.

»Aha, Werner also!«, stellte er leise fest.

Zufrieden ging er zum Kloster zurück und wandte sich dort an den Pförtner: »Wenn Pater Werner zurückkehrt, schick ihn bitte zu mir ins Priorat!«

Als der Pförtner dies dem ankommenden Mönch sofort ausrichtete, fügte er noch hinzu: »Er wollte wissen, ob ihr öfter die Klausur verlasst. Glaube, er will ein Hühnchen mit Euch rupfen.«

»Danke, schon gut!«, gab der etwas beunruhigte Werner zurück und versuchte sich nichts anmerken zu lassen.

Er klopfte an die große Holztür der Stube Günthers von Nordhausen.

»Herein!«, tönte es von drinnen.

»Ihr wolltet mich sprechen, Prior!«

»Ach, Pater Werner. Ja, kommen wir gleich zur Sache: Mir ist zugetragen worden, dass Ihr eine Liebschaft habt. Kein Wort davon von Euch bei den Kapiteln, kein Wort davon in der Beichte, keinerlei Schuldbekenntnis. Was habt Ihr dazu zu sagen?«, kam Günther sogleich zur Sache.

Werner wurde blass vor Schreck, erkannte aber gleich, dass Leugnen nichts nützen würde. »Vergebt mir meine Fehlbarkeit. Ich liebe eine junge Frau. Schon lange. Sie ist, wie ich, aus Bursfelde. Die Reformabordnung hat uns kalt erwischt. Wir können nicht voneinander lassen und haben ein gemeinsames Kind. Einen Sohn. Ein zweites ist unterwegs.«

»So muss ich mit Abt Christian über Eure unehrenhafte Entlassung, über eine Exkommunikation, sprechen.«

Die zufriedene Selbstgefälligkeit und die Schadenfreude, die er im Gesicht des Priors erkannte, machten Werner wütend. Hitze stieg in ihm auf. Er ärgerte sich über seine vorauseilende Unterwürfigkeit und darüber, dass er sich reuevoll geöffnet und diesem ihm doch undurchschaubar scheinenden Prior zu viel anvertraut hatte. Er hatte auf Güte gehofft. Nun, da er diese wohl nicht erwarten konnte, änderte er in seinem neuen Zorn sein Vorgehen. Gleich fiel ihm sein Verdacht ein und er blickte Günther kühl in die Augen. »Ich selbst werde mit meinem Abt sprechen. Er ist ein gütiger und verständiger Mann. Ich beichte ihm meine Gefühle, meine Schuld, und ich werde mit ihm über die Fehlbarkeit des Menschen sprechen. Auch über Eure.«

Günther horchte auf und runzelte die Stirn.

Werner fuhr fort: »Mein Gärtner berichtete mir, dass eine große Menge giftigen Krautes in seinem Garten gerupft wurde. Jemand hat Euch mit diesem Kraut in der Hand gesehen.« Das hatte er sich ausgedacht. Er wollte alles in die Waagschale werfen.

Günther schluckte und atmete tief durch.

»Hartung Herling starb nur einen Tag nach Eurem

Besuch im Kloster Reinhardsbrunn. Eure Rechnung ging auf. Christian wurde Abt und Ihr Prior. Rechtzeitig zum Besuch des Legaten. Meine Beobachtung wird Kleingarn interessieren. Es sei denn …«, endlich witterte er die Chance, eine Lösung für sich und Martha zu finden.

»Es sei denn was?«, fragte ein Gelassenheit spielender Günther.

»Es sei denn, Ihr bietet mir eine Lösung an, die mich in die Lage versetzt, für Frau und Kinder zu sorgen.« Werner beschlich ein schlechtes Gewissen, welches er jedoch in Anbetracht des Mordes durch den Prior sofort beiseitewischte.

Günther dachte nach. Er fürchtete um den Ruf seiner ganzen Familie. »Euer Verdacht ist falsch. Dennoch werde ich Eure Verleumdung nur schwer entkräften können. Der Ruf der von Nordhausens steht auf dem Spiel. Das wisst Ihr.«

Eine Weile war es still. Günther rang sichtlich mit sich. »Die Wohnung von Hartung Herling ist noch frei. Eure Frau könnte mit Euren Kindern im Grünen Hagen wohnen, Ihr könntet sie sehen. Ungestraft. Das könnte ich einrichten.«

Werner zeigte sich einverstanden.

»Um die Reform nicht zu gefährden, ist absolutes Stillschweigen erforderlich!«, setzte der andere eindringlich nach.

Werner nickte.

Martha und Werner trafen sich am nächsten Tag in ihrem Versteck. »Liebes, ich habe Neuigkeiten!« Werner konnte es kaum erwarten, ihr von der Lösung zu berichten, wenngleich er ein flaues Gefühl im Magen hatte, das seine Begeisterung dämpfte. Er versuchte es zu überspielen. »Du ziehst in den Grünen Hagen!« Er machte eine Pause.

Martha verstand nicht.

»Es gibt dort eine schöne kleine Wohnung. Unten ist eine Gaststube. Das Haus liegt genau vor der Klostermauer. Prior Günther gibt mir einen speziellen Auftrag – sei es als Beichtvater, Sittenwächter, Betbruder –, der es von mir verlangt, täglich in den Grünen Hagen zu gehen. Dort werde ich dir ein Mann und den Kindern ein Vater sein. Du kannst von dort aus schneidern und deine Aufträge entgegennehmen. Emmi, die gute Seele und Gastwirtin, wird eingeweiht und dieses dunkle Loch hier wird Vergangenheit sein.« Er schaute seine Liebe erwartungsvoll an und atmete tief durch – es war gesagt.

Martha überlegte laut: »Ich ziehe also um. Und erzähle den Leuten was?«

»Du erzählst, dass dein Mann in Bursfelde wohnt, sowieso immer auf Handelsreise ist und du hier besser leben kannst. Oder so etwas in der Art … Liebes, Erfurt ist eine große Stadt. Hier sind die Leute nicht so kleinlich!«

»Wann kann ich mir die Wohnung anschauen?«

»Morgen! Ich werde heute alles klären und morgen meldest du dich in der Gaststube bei Emmi. Wenn es dir gefällt, ziehst du noch am selben Tag um. Ich werde dir einen Bügeltisch besorgen und aufstellen lassen.«

Martha zweifelte noch, lächelte Werner dann jedoch dankbar an und gab ihm einen Kuss. »Mutter kommt bald mit Peter. Dann kann er gleich hierbleiben«, freute sie sich.

Werner war erleichtert. Er konnte es noch gar nicht richtig fassen, dass er Martha mit ihren gemeinsamen Kindern nun für immer bei sich haben würde. Trotzdem wollte er ihr nicht verschweigen, wie es zu dieser glücklichen Wendung gekommen war. Er gab sich einen Ruck und erzählte ihr davon, wie der Prior ihm sein Verhältnis zu Martha auf den Kopf zugesagt hatte – und wie er selbst dem Prior daraufhin gedroht hatte.

»Du hast ihn erpresst! Nicht nur, dass du mich verschweigst, nun lebst du auf Grundlage einer Erpressung weiter in Sünde. Welch eine Enttäuschung wärst du für deinen Abt, wenn er davon erführe. Du wirst in den Kerker gehen, wenn das herauskommt!« Martha hatte Werner von sich geschoben und sah ihn voll Sorge an. Werner meinte, Tränen in ihren Augen zu erkennen. Ihre Brust hob und senkte sich schnell unter ihrem heftigen Atem. Werner nahm sie in den Arm, was sie geschehen ließ. Er beruhigte sie. Auf keinen Fall sollte sie sich in ihrem Zustand so aufregen. Er nahm ihr Gesicht in seine Hände und schaute ihr direkt in die Augen.

»Vorher würde ganz Erfurt erfahren, dass die von Nordhausens ohne Skrupel sind. Ich will Zeit schinden. Von Anfang an war unsere Verbindung nicht rechtens. Wir waren uns einig, und nun tue ich, was getan werden muss. Du kennst doch den Spruch in der Heiligen Schrift, Hosea acht, Vers sieben: ›Wer Wind sät, wird Sturm ernten‹. Nichts anderes habe ich meinem Prior gegenüber ausdrücken wollen, verstehst du?«

Sie nickte. »Früher oder später wird man für sein Tun zur Rechenschaft gezogen.«

»Ich liebe dich! Hab Vertrauen!«, sagte Werner, nickte und gab ihr einen Kuss.

Martha entspannte sich und lächelte ihn an. »Gut, dann hoffen wir auf Gottes Gnade. Du musst zum Gebet!«

Sie verabschiedeten sich mit einer innigen Umarmung.

Als Martha zurück im Kloster war, suchte sie als Erstes nach Schwester Lioba. Die kniete gerade vor einem Kräuterbeet, hatte einen Korb neben sich gestellt und band kleine Sträuße. Sie sah kurz auf, als Martha neben sie trat. »Morgen ist der fünfzehnte, Mariä Himmelfahrt. Wie es üblich ist, werde ich meine Kräuter beim Festtagsgottesdienst segnen lassen, um ihre Heilkraft zu erhöhen. Na, was habe ich hier?«, testete sie ihre ehemalige Kräuterkundeschülerin.

»Thymian, Beifuß, Kümmel, Schafgarbe, Wermut …«

»Sehr gut!«, lobte sie die Nonne. »Außerdem binde ich noch Gewürzsträuße für den Fischmarkt. Guter Geschmack für den Sud. Und ein paar für die Gesundheit! Vielleicht stelle ich mich mit an deinen Stand … Hast du ihn wieder getroffen?« Martha und Lioba waren mittlerweile sehr vertraut miteinander, die Verbindung der jungen Frau zu einem Mönch war kein Geheimnis mehr zwischen ihnen.

»Ja. Ich ziehe um!« Martha strahlte die Nonne an.

»Oh, wie schade. Wohin?« Lioba machte ein enttäuschtes Gesicht.

»Auf den Petersberg. Dort ist im Grünen Hagen eine Wohnung frei, in der ich eine kleine Schneiderwerkstatt unterhalten und mit meinen Kindern wohnen kann. Mehr kann ich leider nicht verraten!«

Lioba stand auf und umarmte sie. »Ich freue mich für dich! Dann kommt also auch bald dein Peter? Darf ich dich dort besuchen?«

»Das musst du sogar. Du sollst doch den Fortgang meiner Schwangerschaft überwachen!«

Sie fassten sich an den Händen und lachten. Lioba freute sich ehrlich für ihre Freundin. Martha war eine starke Frau und konnte gut allein für sich sorgen – ohne die strenge Beobachtung der Aufseherin.

»Ich werde dir helfen, deine Sachen den Berg hinaufzutragen. Du darfst dich nicht mehr so anstrengen!« Lioba erhob mahnend den Zeigefinger.

Als die beiden am nächsten Tag gemeinsam mit einer großen Kiste vergnügt am Haus zum Güldenen Rad in der Breiten Straße vorbeiliefen, war Katarina gerade auf der Straße, um ihr Tor für den Bierausschank zu öffnen.

»Guten Tag, Lioba, guten Tag, Martha, was macht ihr beide denn hier?«, sprach sie die Frauen in einer Mischung aus Neugierde und Skepsis an.

»Martha zieht um. Auf den Petersberg! Ich komme später noch einmal bei dir vorbei«, rief Lioba ihr zu und winkte mit der freien Hand.

Katarina wusste nicht, was sie entgegnen sollte. Eine Weile stand sie wie angewurzelt da und schaute den beiden Frauen hinterher. Als sie sich wieder gefasst hatte, lief sie zum Rathaus und ersuchte den Wachtposten, ihren Mann herauszubitten.

»Was ist denn los, Katarina? Ist es wirklich nötig, dass du mich aus meiner Sitzung holst?«, zischte Martin sie ärgerlich an, als er schließlich vor ihr stand. Er war noch ganz aus der Puste von den vielen Stufen.

»Martin, diese Bursfelderin zieht auf den Petersberg!«

»Schweig still! Du weißt von nichts, hörst du? Ich erkläre es dir später. Günther hat mich informiert. Geh nach Hause und halte deine Neugier bis heute Abend im Zaum!« Martins Augen funkelten wütend. Er blickte sich unauffällig um und versicherte sich, dass ihr Gespräch nicht beobachtet wurde.

In diesem Moment öffnete sich das Fenster des Rathaussitzungssaales. Von der einen Sekunde auf die andere verwandelte sich Martins Miene. Er lächelte seine Frau demonstrativ an und gab ihr einen Wangenkuss.

Frauen und ihre Geschwätzigkeit!, dachte er auf dem Weg zurück ins Rathaus und schüttelte ärgerlich den Kopf.

Am Abend erklärte er Katarina, wie sie ihren Ruf schützen mussten, gerade jetzt, wo ihm viel Respekt entgegengebracht wurde und er kurz davor war, in den Viererrat aufzusteigen. »Günther war im Kloster Reinhardsbrunn, als der alte Hartung einen Tag später das Zeitliche segnete. Dieser Pater Werner hat meinen Bruder erpresst. Er sagt, er will behaupten, dass er Schuld am Tod des Abtes hat, um endlich Prior zu werden.«

»Oh, mein Gott. Hat er wirklich dafür gemordet?«

»Natürlich nicht. Was denkst du denn? Aber stell dir vor, jemand würde das Gerücht verbreiten. Stell dir vor, wie sich die Menschen ihre Mäuler zerreißen würden. Die von Nordhausens wären erledigt!«

»Und was wollte er?«

»Dass seine Liebschaft mit seinen Bastarden in seiner Nähe wohnt und vom Kloster unterstützt wird. Günther hat mit mir gesprochen. Wenn's weiter nichts ist … Himmel, es kostet ja nicht die Welt. Hermann hatte gleich eine Idee, wie er das dreht. Schließlich führt er die Bücher!«

Katarinas Wissbegierde war gestillt. Sie freute sich nun, dass sie als Kundin der Schneiderin auch sicher bald deren neues Heim betreten würde. Ihr blaues Kleid musste bald fertig sein.

Indessen richtete Martha sich im Grünen Hagen ein. Das schöne große Bett des Abtes stand noch da, genauso wie der Tisch mit den vielen Stühlen. Sie freute sich darüber und stellte sich vor, wie sie und Werner mit Mutter und den beiden Kindern dort sitzen und gemeinsam essen würden. Es klopfte.

»Wir bringen den Bügeltisch mit dem Eisen«, drang eine Stimme durch die Tür.

Sie öffnete. Draußen standen zwei Laienmönche.

»Im Auftrag des Klosters. Wo sollen wir es aufstellen?«

Martha gab den Brüdern entsprechende Anweisungen. Sie war voller Energie. Voll Vorfreude packte sie ihre angefangenen Arbeiten aus, öffnete das Fenster, damit die warme Sommerluft, der Duft der Natur und die Stimmen der Vögel hineinkonnten, und setzte die Nadel am Stoff an. »Ich bin frei. Hier in dieser großen Stadt bin ich frei. Werner ist in meiner Nähe und wir haben ein Zuhause!«, freute sie sich.

Kapitel 16

Herbst 1451

ALS DIE KOMMISSION, der Nikolaus von Kues die Reform des regulierten Erfurter Klerus übertragen hatte, dann Ende August – der Kardinal war schon lange nach Westdeutschland und in die Niederlande zur Fortsetzung seiner Mission weitergereist – ihre Arbeit aufnahm, wiederholte sie das erfolgreiche Beispiel des Frühlings und setzte eine feierliche Prozession in Bewegung. Die beiden höchsten geistlichen Würdenträger Abt Christian Kleingarn und Johannes Buch, der eigens aus Halle berufene Augustiner Propst des Stiftes Neuwerk, führten sie an. Es folgten der Doctor decretorum Paulus, Propst zu Sankt Moritz in Halle, der nicht Mitglied der Kommission war. Ihn hatte Busch hinzugezogen, da er als Chorherr der Windesheimer Kongregation – einem Klosterverband – wie er selbst Visitationserfahrung hatte. Des Weiteren Heinrich Ludwig, Professor an der theologischen Fakultät in Erfurt und Augustiner Eremit, der als Provinzial von Sachsen-Thüringen ebenso wie die übrigen von dem Legaten berufenen Ordensleute von der Observanz war, also der Reformrichtung seines Ordens angehörte. Dann kamen als Rechtskundige die beiden weltlichen Angehörigen der Kommission: die Senioren der Universität und Doktoren geistlichen Rechts Jakob Hartmann, der schon bei der Reform des Petersklosters mitgewirkt hatte, und Tilmann Ziegler, Protonotar der Stadt Erfurt. Den Abschluss bildeten die vier Delegierten der Stadt: Je zwei Ratsherren, Martin von Nordhausen war einer von ihnen, und zwei Vierherren. Jedem der Genannten folgte mindestens ein Begleiter. So zogen sie regelmäßig durch die Straßen Erfurts und suchten im Verlauf von fast sieben Wochen acht Konvente auf: die regulierten Chorherren der Reglerkirche und Sankt Wigbert, die drei Bettelorden der Dominikaner, Franziskaner und Serviten und die vier Nonnenklöster der Zisterzienserinnen, Magdalenerinnen, Benediktinerinnen und die Augustiner Chorfrauen. Wortführer war zunächst Johannes Busch. Abt Kleingarn übernahm es, den Klosterinsassen den Visitationsbefund und die von der Kommission verordneten Reformmaßnahmen mitzuteilen. Die Chorherren und die Nonnen nahmen die Reform verständig und demütig an. In seinem Bericht vor dem Stadtrat übte Johannes Busch dennoch Kritik: »Die Benediktinerinnen zu Sankt Cyriak treiben einen so großen Aufwand in ihrer Kleidung, dass wir meinten, Burgfräulein vor uns zu haben.« Die Ratsherren lachten. »Schuld daran ist der Umstand, dass bisher arme Mädchen kaum in ein Kloster aufgenommen wurden, da man bei der Aufnahme zu viel Geld und Aussteuer verlangt.« Nun nickten die Ratsherren zustimmend. »Obwohl auch in Sankt Martin Bürgertöchter leben, trafen wir hier allerdings auf weniger Aufwand, auf Schlichtheit in der Lebensführung. Bereitwillig lieferten sie ihre geringe Habe aus und rührten uns dadurch, dass sie uns eigenhändig eine Rute zur Züchtigung vorlegten. Wovon wir selbstverständlich keinen Gebrauch machten.« Hochgezogene Augenbrauen und anerkennende Blicke.

Der versammelte Rat war zufrieden. Der Kommission wurde gedankt und sie wurde mit Geld und Wein beschenkt. Doch waren sie nicht ganz erfolgreich. Die Dominikaner, Franziskaner und Serviten hatten sich den Reformforderungen widersetzt. Auch die Augustinerchorherren waren widerspenstig gewesen – wenngleich es die Kommission schaffte, sie mit viel Arbeit und Mühe von ihrem unordentlichen Leben abzubringen.

Im September brachte Martha ein gesundes Mädchen zur Welt, das Werner und sie Dorothee nannten. Marthas Mutter war gerade zum zweiten Mal in Erfurt. Der Bursfelder Färber hatte ihr gerne erneut die Mitreise angeboten. Er war im vergangenen Jahr Witwer geworden. Niemand nahm Anstoß an seiner Reisebegleitung. Ihm gefiel die tüchtige Frau.

Schwester Lioba half bei der Geburt, die ohne Probleme verlief. Lioba hatte bereits genug Erfahrung, um ohne ihre Lehrerin zu arbeiten. Martha vertraute ihr und liebte ihre ruhige Art. Emmi und Mutter Anna assistierten mit warmem Wasser, Tüchern, Duftsträußen und kühlen Stirnauflagen. Sogar Werner konnte gleich nach der Entbindung durch die Hintertür zu seiner Frau ans Bett und seine kleine Tochter auf dem Arm halten. Er küsste Martha, setzte sich neben sie auf den Bettrand, bedeutete Peter, sich zu ihm zu setzen, und dann schaute er voll Rührung auf das kleine in Windeln gewickelte Bündel. »Ich liebe euch alle drei!«

Günther missfiel die Situation. Durch sein Wissen war er meistens in der Lage zu sagen, wo sich Werner befand. Der Mönch nahm sich zu viel heraus. Durch die Fälschung der Bücher, zu der Hermann gezwungen war, ihre geheime Abmachung und den Verdacht, den Werner jederzeit öffentlich aussprechen könnte, hatte der Bursfelder Mönch ihn in der Hand. Er musste ihn noch mal zu sich rufen. Er passte einen Augenblick ab, in dem nicht auffiel, dass er einen ernsten Gesprächsanlass mit ihm hatte. Im Vorbeilaufen, als Werner aus dem Scriptorium kam, bat er ihn, kurz in seine Stube zu kommen.

Auch Werner wollte nicht in problematischem Gespräch mit Günther gesehen werden. Er schaute sich um und versicherte sich, dass niemand auf dem Flur war und beobachtete, wie er den Prior aufsuchte.

Der saß auf seinem breiten Stuhl und schaute ihn unfreundlich an, als Werner eintrat. »Pater Werner, ich sehe, dass Ihr sehr glücklich seid. Ich muss Euch aber umso mehr bitten, dies nicht zur Schau zu tragen. Anderen Mönchen ist dieses Glück nicht vergönnt und natürlich führt es die Reform ad absurdum. Ihr wart abgeordnet, um die Regeln des Heiligen Benedikt umzusetzen. Ich verlange äußerste Diskretion und eine vorbildliche Anteilnahme am Klosterleben. Beten und Arbeiten! Vernachlässigt nicht die Schreibstube!«

»Ich kenne meine Pflichten und weiß, was für Euch und mich auf dem Spiel steht. Die Glocke ruft zum Gebet!«, damit drehte er sich um und ließ den Prior innerlich rasend vor Zorn zurück. Wer hielt die Zügel in der Hand?

Kapitel 17

1452

DER BESUCH DES KARDINALS hatte gezeigt, dass eine treffliche Predigt viel vermochte. So hofierten die Erfurter den Franziskaner Johann Capestrano, den eine ausgedehnte Reise im Frühling des folgenden Jahres nach Erfurt führte. Der Rat empfing ihn mit Ehrerbietung und geleitete ihn ins Barfüßerkloster. Das Kloster war ganz in der Nähe des Dominikanerordens. Die Kirche der Franziskaner war groß und lang. Zwischen ihrem und dem Predigerorden floss der Breitstrom. Gleich hinter dem Kloster befand sich eine große Mühle, dahinter die Schlösserbrücke, auf der jeden Tag Markt gehalten wurde. Die Pferde des Capestrano wurden im städtischen Marstall untergestellt und einen Monat lang gefüttert. Der Italiener predigte jeden Tag vor einer täglich wachsenden Menge auf dem weiten Platz vor den Graden. Hier, unter den Kavaten, hatte der Rat eigens für ihn in kürzester Zeit ein Haus aus gutem Holz errichten lassen. Allmorgendlich wurde der fremdländische Mönch vom Kloster abgeholt und zum Predigtstuhl begleitet. Man lauschte seinen Worten und brachte ihn nach getaner Arbeit wieder zurück. Er predigte auf Latein. Ein Lektor übersetzte seine Botschaft dem Volk auf Deutsch. Johann Capestrano war ausdrücklich Gast des Magistrats. Dessen Meistern und Vierherren kam die Ehre zu, dem andächtigen Vater das Geleit zu geben. Es war ein Schauspiel, das die Gemeinde, die ihre Obrigkeit in der Nähe des wundertätigen Mannes erlebte, beeindrucken sollte. Die Ehrbaren wurden von der fremdländischen Frömmigkeit und Beredsamkeit bewegt.

Hartung Cammermeister war ergriffen. »Capestrano ist ein andächtiger und geistreicher Mann, dessen göttliches Leben ich nicht genug rühmen kann.«

Martin pflichtete ihm mit wichtiger Miene nickend bei.

Johann Capestrano war ein Bußprediger. Obwohl schon etwas in die Jahre gekommen, sprühte er vor südländischer Leidenschaft. Er trug Heiltümer des Heiligen Bernhard in seiner Tasche und mit marktschreierischem Gehabe wirkte er vielerzählte Zeichen und Wunder. Die kühleren Kirchenkollegen verzogen missbilligend ihre Gesichter. Die Ratsherren, insbesondere Martin von Nordhausen, schätzten sein Auftreten als Mittel zum Zweck. Die Bürger wurden zu Eintracht, Bescheidenheit, Gehorsam, Demut und Sittsamkeit ermahnt und angehalten, ihre Brettspiele und Würfel herzugeben und ihre Zopfgebinde abzuschneiden. Capestrano unterstützte damit die städtischen Verordnungen, die den Spielteufel vertreiben und hochmütige Haar- und Kleidergebaren der Frauen mäßigen sollten. Der Franziskaner hatte mehr Erfolg dabei als sie. Im Laufe der Wochen begannen Spieltische, Würfel, Kartenspiele, Haarzöpfe und Brettspiele, die ihm bereitwillig überantwortet wurden, zu einem gar großen Haufen auf dem Platz vor den Graden des Domes anzuwachsen.

Martin, Günther und Hermann verbrachten einen Spätnachmittag bei den Eltern. Die Mutter erklärte ihrer Schwiegertochter Katarina gerade, wie sie ihre gute Biersuppe zubereitete.

»Ich lasse in einem Topf Bier auf dem Feuer heiß werden, dann schlage ich ein paar Eier in einen anderen Topf, lege ein Stück Butter dazu, quirle es mit ein wenig kaltem Bier ab, gieße alsdann das warme Bier an die Eier, salze das Ganze ein wenig und quirle alles zuletzt wohl durcheinander, damit es nicht zusammenläuft. Zum Schluss schneide ich Semmel, Weißbrot oder anderes gutes Brot, wie heute, und richte die Suppe darauf an. Du kannst sie auch mit Zucker und Zimt würzen.«

»Das klingt köstlich und duftet auch so. Lass mich den Nachtisch mit deinem Mandelöl bereiten! Ich vermische es mit Wein, koche es mit Haferflocken auf und würze es mit Nelken, Zimt und Honig. Das wird unsere Männer freuen!«

Während die Frauen kochten, die kleine Judith mit Holzschüsseln und Löffeln spielte, unterhielten sich der Vater und die Söhne über die erfolgreichen letzten Wochen und die Anhebung der allgemeinen Moral. »Es wäre gut, wenn unsere Botschaft nun mal für länger fruchtete und wir der Kommissionen und auswärtigen Reformhelfer nicht mehr bedürften.«

Darin waren sie sich einig und wünschten sich langsam Ruhe und Normalität – so interessant diese Abwechslungen auch waren, sie waren aufreibend und mussten gelenkt werden.

Es war der letzte Tag des Aufenthalts des Italieners, seine letzte Predigt. Von weither waren Tausende gekommen, die den Haufen weiter anwachsen ließen. Ein großes Feuer wurde entfacht. Es loderte bis zum Himmel und die Menschen sahen zufrieden zu. Immer wieder riefen sie »Jesus« und »Misericordia«. Und immer noch besuchten die Gäste den Garten vor dem Peterskloster. Seine Besonderheit hatte sich herumgesprochen. Die Mönche öffneten die Läden der Küche und verkauften das selbst gebraute Klosterbier und den eigenen Wein.

Nicht lange nach der Abreise des italienischen Mönches tauchten allerdings wieder die ersten Würfelspiele auf. Die Frauen ließen sich Zöpfe flechten und der alte Spieltrieb und Zeitvertreib lebte erneut auf. Der Rat setzte weiter auf Prediger aus den eigenen Reihen der Erfurter Alma Mater und aus den Reihen der Benediktiner in Sankt Peter und Kanoniker an Sankt Marien, die stundenlange Predigten hielten. Die Augustiner-eremiten predigten bei den Magdalenerinnen auf dem Anger. Die Reformbemühungen durften sich nicht in Luft auflösen und waren noch längst nicht an ihrem Ziel.

Kapitel 18

1453

UNTER DEM EINDRUCK der letzten beiden erfolgreichen Jahre, in denen die Bürger der Stadt aufgerüttelt wurden und sich in den Kirchen einiges tat, wurde Martin von Nordhausen dann auch endlich zum Vierherr gewählt. Sein Bruder war Prior in dem Kloster, das nach dem Besuch des Kardinals so bekannt wie kein anderes war. Der Name von Nordhausen hatte Gewicht.

»Ich bin sehr stolz auf euch, meine Söhne! Aber die Menschen brauchen immer wieder klare Vorgaben. Ihr seht, wie die Moral erneut zerfällt. Bleibt dran!«, sagte der Vater nach einem gemeinsamen Mittagessen, an dem Günther wie fast jeden Sonntag in die Stadt hinuntergekommen war. »Wir müssen mal wieder durchgreifen, ein Zeichen setzen, den Bürgern zeigen, dass wir da sind. Die Juden müssen sich taufen lassen. So, wie es von Kues verlangt hat. Sie müssen zu Christen werden. Wer sich nicht taufen lässt, dem wird das Bürgerrecht entzogen. Ich kann den Menschen nicht klarmachen, dass sie bestimmte Regeln befolgen müssen, wenn sie sehen, dass die Juden machen, was sie wollen!«

»Ja, das wäre eine gute Maßnahme!«, pflichtete Günther ihm bei.

Werner und Martha waren glücklich mit ihrem Leben. Manchmal schaute Martha aus dem Fenster und Werner trat vor die Mauer und winkte ihr und den Kindern zu. Wenn sie eine Kerze ins Fenster stellte, wusste er, dass sie ihn unbedingt sehen wollte. Peter und Dorothee liebten ihren Vater, wenngleich sie ihn Pater Werner nennen mussten. Das Schneidern brachte Martha so viel Geld ein, dass sie nicht gezwungen sein würde, die Kinder in ein Kloster zu geben, wenn sie älter waren. Entgegen ihrer Befürchtung fielen sie auch nicht auf, denn der Grüne Hagen war groß und so manch interessante Lebensgeschichte verbarg sich hinter den anderen Türen. Lioba kam oft vorbei, manchmal in Begleitung von Katarina, die die Schneiderin meist argwöhnisch beäugte. Ihr missfiel es, dass Martha ein so unbekümmertes Leben führte.

Eines Tages, auf dem Rückweg hinunter in die Stadt, sagte sie zu Lioba: »Sie kommt mir wie eine Hexe vor. Sehr schön, sehr schlank, sehr selbstsicher und immer in guter Stimmung. Ohne Mann ... mit ihren Kindern hier oben. Und dieses Interesse an Kräutern, als sie noch bei euch im Kloster wohnte ...«

»Schweig!«, entgegnete Lioba, »sag so etwas nie wieder! Sie ist keine Hexe! Du weißt, was solche Worte anrichten können. Was bist du nur für ein Mensch!«

Damit ließ sie Katarina stehen und setzte den Weg in schnellem Schritt alleine fort.

Solange ich noch etwas von dieser Martha geschneidert haben will, schweige ich, aber ich kann es mir auch anders überlegen, dachte Katarina bei sich.

Kapitel 19

1454–1457

DIE RATSHERREN HATTEN sich im Rathaus versammelt. Martin von Nordhausen gab bekannt: »Soeben habe ich eine Antwort vom Erzbischof erhalten. Ich hatte ihm dargelegt, dass es uns unter den gegebenen Umständen schwerfällt, den Judenschutz zu garantieren. Er hat geantwortet, dass wir ab sofort von der Verpflichtung, Juden aufzunehmen, entbunden sind.« Die Anwesenden applaudierten. »Damit können wir nun bekanntgeben, dass die, die sich taufen lassen, als Bürger bleiben können, alle anderen verlieren ihr Bürgerrecht, damit auch leider ihre Grundstücke.«

»Ganz schön hart«, bemerkte Ziegler.

»Was ist daran hart? Sie haben doch die Wahl. Könnt Ihr Euch noch an die Worte von Kues' erinnern?«

Alle nickten.

Die Entscheidung verbreitete sich wie ein Lauffeuer in der ganzen Stadt. Die Geldwechsler, Pfandhäuser, Rabbiner, Schofarmacher, Fleischer, alle Mitglieder der jüdischen Gemeinde waren in heller Aufregung. Abt Kleingarn erfuhr davon von seinem Prior Günther.

»Abt, der Bischof hat den Judenschutz aufgehoben. Die Juden werden die Stadt verlassen.«

»Der Stadtrat hat den Judenschutz aufgehoben. Der Bischof hat nichts gegen sie. Da predige ich Frieden und gegenseitige Akzeptanz, in unserem Garten lesen Besucher die Worte der Bibel – und nun das. Das ist das falsche Zeichen!« Kleingarn wendete sich enttäuscht von Günther ab.

Günther berichtete Martin von der Reaktion seines Abtes: »Ich befürchte, Abt Christian könnte mich künftig übergehen. Ihm missfällt die Vertreibung der Juden mit ihren Frauen und Kindern, die sich ein Leben hier aufgebaut haben. Er schätzt seinen Mönch Werner sehr. Wenn ich ihm aber sagen würde, wie es wirklich um seinen Zögling steht, laufe ich Gefahr, dass er in seiner Güte Werner vergibt und der ihm erzählt, welchen Handel er mit mir ausgemacht hat.«

»Katarina schlug mir unlängst vor, diese Martha in Schwierigkeiten zu bringen. Eine Hexenanklage. Und schon hättest du wieder ein Druckmittel. Sie soll sich für Kräuter interessiert haben ...«

»Nein, lass mal, ich mache das schon. Im Moment sitze ich fest im Sattel.«

Die Juden verließen in diesem Jahr in großer Zahl die Stadt. Günther kommentierte es mit Zustimmung, Abt Christian mit Mitgefühl und Enttäuschung. Er besprach sich zunehmend mit seinen Mönchen aus Bursfelde und ließ Günther kaum noch an seinen Gedanken teilhaben. Die gegenseitige Sympathie hatte sich gewandelt. Während Günther die Einheimischen und die Stadt in den Vordergrund stellte, verfolgte Abt Christian die Vision einer Reformbewegung über die Grenzen hinaus. Er reiste viel und kümmerte sich auch um die Zustände in auswärtigen Klöstern. Der sympathische Werner spaltete die Bruderschaft, indem er diejenigen lobte, die über den Tellerrand hinausschauten. Eine Routine machte sich breit, in der sich jeder arrangierte und dabei immer unzufriedener wurde. Werner und Martha spielten drei weitere Jahre Versteck, Günther baute seinen Heimvorteil aus und warb weiter um die Gunst der Erfurter sowie der Klosterbrüder, Abt Christian dagegen engagierte sich in Missionen über das Kloster hinaus. Die Reform griff, aber es fehlte an Lebendigkeit, da – zumindest sahen es die von Nordhausens so – der Ehrgeiz eines echten Erfurters fehlte, wirklich etwas zu bewegen. Ein Erfurter musste mit Kompetenzen ausgestattet sein, Anreize zu schaffen, Verordnungen zu erlassen, die Klosterbrüder zu vereinen. Nur ein Erfurter arbeitete mit vollem Herzen mit dem Rat der Stadt zum Wohle aller zusammen. Die unterschiedlichen Interessen zwischen den Bursfelder Abgesandten und den einheimischen Prokuratoren und die unklare Dauer der Abordnung sorgten für zunehmende Sprachlosigkeit und Stillstand.

Kapitel 20

1458

Als die von Nordhausens an einem Sonntag wieder beisammen am Tisch saßen, den guten Käse der Mutter mit noch warmem Brot aßen und dazu ein süffiges Bier tranken, vertraute Günther seinen Brüdern und dem Vater seine Sorgen an.

»Ich gehöre seit 1434 diesem Kloster an. Habe studiert und gute Kontakte zu den wichtigsten Personen. Ich muss mir durch keinen kleinen Mönch aus einem kleinen Kloster oder einen Bursfelder Abt unseren Erfurter Konvent erklären lassen!«, sagte er aufgebracht.

»Nein, wahrlich. Wer sich für eine allgemeine Bewegung starkmacht und ständig unterwegs ist, kann sich schwerlich angemessen um die Belange des Ordens vor Ort kümmern«, pflichtete Martin ihm bei.

»Hört auf euren alten Vater: Mach deine Arbeit, so gut du nur kannst, lass die Bursfelder ein bisschen außen vor. Eines Tages ist die Abordnung vorbei und sie verschwinden so schnell, wie sie gekommen sind. Die, die hierbleiben, werden wissen, wer sich für sie eingesetzt hat.«

»Abt Christian hat Beziehungen im ganzen Land. Am Ende wird er zu Höherem berufen und ernennt einen seiner Zöglinge zu seinem Nachfolger – wie es von Hagen getan hat ...«

»Abwarten«, sagte Martin.

Sie schwiegen.

Es war Winter. Ein kalter Wind zog durch die Straßen, Schnee lag auf den Dächern. Als Hermann und Günther beim Vier-Uhr-Glockenschlag zurück zum Petersberg liefen, wurde es bereits dunkel. Oben im Grünen Hagen sahen sie Licht brennen.

»Wahrscheinlich sitzt die Familie Flodenburg gerade behaglich vor dem Feuer ... Schauen wir mal, wie sich die anderen im Kloster warmhalten.«

Günther hielt sich die Kapuze am Hals zu. Er fror.

Werner war nur für eine Stunde zu Martha und den Kindern gegangen. Sie bestellten Eierkuchen bei Emmi. Martha hatte diesen Winter gut verdient mit dem Nähen von warmen Kleidern und Umhängen.

Der Mönch erzählte Martha von dem kühlen Umgang seines Priors mit ihm. Darauf erinnerte sich Martha an eine Unterhaltung mit Lioba. »Es ist schon länger her, aber vielleicht doch von Bedeutung: Schwester Lioba warnte mich vor Katarina. Sie sagte, sie sei eifersüchtig und missgünstig. Sie hatte Lioba gegenüber einmal den Verdacht geäußert, dass ich eine Hexe sei. Stell dir vor, die Frau eines Erfurter Vierherrn würde so etwas laut sagen. Man würde ihr glauben!«

Werner erschrak. Er wusste, wie schnell sich das Blatt wenden konnte. Sein Freund Johannes von Vacha hatte ihm erzählt, dass er schon ein paarmal Hexen die Beichte abnehmen sollte und er gar nichts Verwerfliches an ihnen finden konnte. In den meisten Fällen war es allein üble Nachrede gewesen, die sie in ihre missliche Lage gebracht hatte. Neid, Eifersucht und Missgunst waren gefährliche Regungen. »Der Glaube an Hexerei gilt als heidnisch. Nur wenige Fälle landen auf dem Scheiterhaufen. Und dennoch, wenn du dich ängstigst, werde ich den Prior mit dieser Androhung konfrontieren. Entweder er nimmt Einfluss auf seinen Bruder oder ich vertraue mich Abt Christian an.«

Als Werner Günther nach dem Gottesdienst in der Peterskirche zur Rede stellte, versprach der Prior, dafür zu garantieren, dass seine Schwägerin so etwas nie behaupten würde. »Haltet Euch einfach an unsere Vereinbarung, Pater Werner!«, beschied er den Mönch.

Dann suchte Günther seinen Bruder, der gerade über die Bücher gebeugt an seinem Schreibpult im Archiv stand, auf. »Hermann, es ging nun zwar einige Jahre gut, aber diese Unsicherheit, ob nicht vielleicht Martins Weib in der den Frauen eigenen Geschwätzigkeit sich verplappert oder Pater Werner das Gewissen plagt und er sich dem viel zu weichen Abt offenbart, macht mich mittlerweile krank. Stell dir vor, wenn es ans Licht käme, dass du die Bücher fälschst und ich mich erpressen lasse, was einem Schuldgeständnis gleichkommt. Es muss etwas passieren!« Er lief dabei unruhig im Kreis.

Hermann schaute ihn betroffen an und beschwichtigte ihn: »Martin wird mit Katarina reden müssen und Pater Werner geht es in erster Linie um sein Weib. Sei ganz beruhigt!«

In der letzten Januarwoche erreichte das Kloster die Nachricht, dass Abt Christian am 18. Januar 1458 in Breitenau, wo er gemeinsam mit dem Landgrafen von Hessen einen Reformversuch unternahm, vergiftet wurde. Die Mönche waren außer sich. Sie hatten ihren Abt geliebt. Als auch Wilhelm von Hessen wenig später starb, waren sich die meisten einig: »Die Benediktiner von Breitenau suchten die Gefahr einer Reform abzuwenden.«

Günther kümmerte sich verantwortungsvoll um die Leitung seines Klosters. Mithilfe seines Bruders im Stadtrat und Hermann fand sich eine zuverlässige Wählerschaft, die ihn einstimmig zum Nachfolger Kleingarns wählte.

Nach der Wahl eilte Werner zu Martha: »Hast du es schon gehört? Prior Günther ist nun Abt! Leider muss ich erkennen, Martha, dass ich ohne meinen Abt im Netz der von Nordhausens, die ja offensichtlich über Leichen gehen, selbst gefährdet bin. Nicht nur ich, auch du und die Kinder. Ich werde das Kloster verlassen. Mit allen Konsequenzen.«

»Was willst du tun?«, fragte Martha beunruhigt.

»Ich muss handeln. Ich komme später noch mal zu dir.« Er gab Martha und den Kindern einen Kuss und ging zurück zum Kloster. Dort vertraute er sich seinem langjährigen Freund Johannes von Vacha an. Es musste jetzt schnell gehen.

»Johannes, sei mir nicht gram. Ich habe dir lange eine Seite von mir verschwiegen. Jetzt möchte ich mich dir offenbaren: Schon seit Bursfelde habe ich eine Frau, die ich über alles liebe, mit der ich zwei Kinder habe und die meinetwegen ihr vertrautes Leben aufgab und nach Erfurt kam. Unser neuer Abt, Günther von Nordhausen, hat Dreck am Stecken, wie du weißt. Damit ich schweige, hat er meiner Liebe, Martha, eine Wohnung verschafft, Alimente vom Kloster für sie abgezweigt und mich nicht bestraft. Nun zieht er hier die Strippen. Ich fürchte um mein Leben, Johannes, und mein Gewissen plagt mich schon lange. Ich muss hier weg.«

Johannes schaute ihn entsetzt an. Er wusste aus früheren Gesprächen, was Werner Günther vorwarf. »Wenn Christian nicht mehr ist und du gehst, dann lasse ich mich zurück nach Bursfelde versetzen. Unsere Mission ist erfüllt. Der neue Abt wird sich weiter ohne uns um die Reform hier kümmern.«

»Johannes, ich werde die Kutte ausziehen. Dann klebe ich mir zur Tarnung Haare einer Pferdemähne mit Harz auf meine Tonsur und gehe unerkannt zusammen mit meiner Frau und den Kindern zurück nach Bursfelde. Dort wirst du uns trauen, sobald du wieder da bist. Ich werde mir mein Leben als Schreiber auch so verdienen.«

»Du willst also fliehen?«

»Nein, ich biete es Abt Günther an.«

Seine Entscheidung stand fest, er verlor keine Zeit. Er war entschlossen. Er musste mit dem Abt reden, bevor der plante, wie er ihn loswerden konnte.

»Abt Günther, kann ich Euch sprechen?«, nutzte er die nächste sich bietende Gelegenheit.

»Fasst Euch kurz. Die Erpressung hat ein Ende.«

»Ich habe nicht vor, Euch zu erpressen. Vielmehr habe ich einen Vorschlag: Ich verlasse das Kloster, ohne Exkommunikation, einfach so. Ihr sagt, ich hätte einen Antrag für ein anderes Kloster gestellt. Das ist alles. Ich weiß nichts mehr von Euch und Ihr wisst nichts mehr von mir.«

Günther überlegte und sagte nur: »Einverstanden. Morgen! Mit Sack und Pack!« Er blickte den Mönch kühl an.

Werner traf die Kurzfristigkeit mitten ins Herz. Sein ganzes Leben hatte er dem Klosterleben geopfert, und nun hatte es kaum ein Augenzwinkern gedauert, um sich loszusprechen. Doch genau das war seine Rettung. Er rannte ins Dormitorium, um ein paar Kleidungsstücke in einen Sack zu stopfen, dann in die Schreibstube, um ein paar Bücher auf einen Stapel zu legen und einen der Mönche anzuweisen, diese Bücher nach Bursfelde schicken zu lassen für Johannes von Vacha, der sie vielleicht auch mitnehmen würde, falls er bald fuhr. Dann verabschiedete er sich von ein paar lieb gewonnenen Ordensbrüdern und von seinem fleißigen Gärtner. Allen sagte er, er ginge zunächst nach Bursfelde und von dort in ein anderes Kloster, das noch nicht feststand – auf eigenen Wunsch. Dann eilte er zu Martha, ging diesmal durch die Gaststätte, erzählte Emmi, dass sie heute packen und morgen in aller Herrgottsfrühe abreisen würden.

Martha traute ihren Ohren nicht. »Morgen? Zurück nach Bursfelde? Mit dir, als freiem Mann? Meinem Mann?«

»Ja, glaub mir! Günther ist mir etwas schuldig und Johannes wird uns trauen, noch ehe jemand etwas hinterfragt. Und dann leben wir bei deiner Mutter als Familie in deiner Heimat. Meinen Eltern will ich einen guten Lebensabend finanzieren. Ich kann als Schreibkundiger eine Menge Geld verdienen, mich den Grafen der Bramburg andienen.«

»Nun, und ich könnte dir auch etwas geben.« Sie lachte. »Endlich hat das Versteckspiel ein Ende! Ich muss mich von Lioba verabschieden!«

»Wir werden Erfurt bald als normale Eheleute wieder besuchen, damit du Farben und Stoffe kaufen kannst.«

Werner nahm sie in den Arm und drehte sich mit ihr im Kreis. Peter und die kleine Doro schauten ihnen lachend zu.

»Kinder, ihr dürft nun zu Recht Vater zu Pater Werner sagen. Er ist euer richtiger Vater!«

Sie lachten, tanzten und versuchten so schnell wie möglich ihre Sachen zusammenzupacken, während Emmi sich um eine Kutsche kümmerte.

Diese letzte Nacht in Erfurt lagen sie zu viert im Bett im Grünen Hagen. Während Martha, Peter und die kleine Doro schliefen, wachte Werner über seine kleine Familie. Er hatte Emmi aufgetragen, Fenster und Türen nach Schankschluss gut zu verschließen. Als der Morgen graute, stand die Kutsche bereit. Werner zog sich die schwarze Kutte aus, klebte sich Pferdehaare, die Martha ihm ansehnlich zurechtschnitt, auf die Tonsur, zog die Sachen an, die ihm Martha vor ein paar Jahren genäht hatte, und zusammen bestiegen sie den Wagen mit dem schweren Gaul davor. Sie verließen die Stadt durch das Löbertor. Immer wieder drehte sich Werner um, bis die Stadt nicht mehr zu sehen war und er sicher war, dass ihnen niemand folgte.

Die Sonne schien inzwischen warm, die Vögel sangen, auf den Wiesen summte und brummte es und hier und da fuhren sie entlang eines plätschernden Baches. Es wurde Frühling. Martha und Werner fassten sich an und drückten sich die Hände.

»Vielleicht sind wir schon bald wieder hier!«

In Bursfelde fuhren sie direkt zur Mutter, die Dorf-
bewohner erkannten Werner nicht als den Mönch von
früher, alten Ordensbrüdern vertraute er sich an. Johannes traute sie, und in Erfurt hielt sich für kurze Zeit
das Gerücht, dass Pater Werner auf eigenen Wunsch in
ein Kloster nahe seines Elternhauses zurückwollte. Er
wurde ein angesehener und frommer Schreiber, guter
Ehemann und Vater.

Nachwort

2021 (570 Jahre später)

Es ist Mai. Die Sonne scheint, die Pflanzen blühen in bunten Farben. Ein Mann namens Werner und eine Frau namens Martha sitzen auf einer Bank unter einem Olivenbaum vor der Peterskirche auf dem Petersberg in Erfurt. Eine der Hauptattraktionen der Erfurter Bundesgartenschau.

2009 waren Werner und seine Frau von Bursfelde aus, wo sie gemeinsam mit befreundeten Familien das ehemalige Bursfelder Kloster bewohnt und geistlich und baulich wiederbelebt hatten, nach getaner Arbeit nach Erfurt gezogen. Es standen andere Orte zur Debatte, aber in Erfurt fühlten sich beide, als wären sie nach langer Reise an ihrem Ziel angekommen. Werner hatte sich in der Gestaltung des Petersberges engagiert, weil er sich weiterhin mit Kirchen- und Klostergeschichte beschäftigen wollte und um die einzigartige Verbindung der Benediktinerklöster von Erfurt und Bursfelde wusste. Ein schöner Garten Jerusalem mit Feigenbäumen, Weinstöcken und Sitzgelegenheiten war seine Vorstellung und ein großes Schild, das Micha 4 zitiert und damit in die heutige Zeit passt, in der die Bedeutung von Toleranz, Frieden und gegenseitiger Akzeptanz nicht genug betont werden kann.

»Morgen kommen Peter und Dorothee. Ich habe für sie Eintrittskarten besorgt. Machen wir uns gemeinsam einen schönen Tag!«, sagte Werner und gab Martha einen Kuss.

Glossar

Byzanz – oströmisches Reich, Hauptstadt Konstantinopel, heute Istanbul

Ostkirche – Christentum, dessen Ursprünge auf die alt-
kirchlichen Patriarchate zurückgehen

Konzil – Versammlung von Bischöfen und anderen
hohen Klerikern

Konventuale – stimmberechtigtes Mitglied eines Konvents

Familiare – bedienstete Person eines Klosters, die in
der Gemeinschaft lebt, aber nicht zum Orden gehört

Pater – Ordenspriester der römisch-katholischen Kirche

Klausur – abgeschlossener Teil eines Klosters

Komplet – Nachtgebet im Stundengebet der Christen-
heit

Kollation – Lesung

Dormitorium – Schlafsaal der Mönche

Refektorium – Speisesaal der Mönche

Kapitelsaal – Versammlungsstätte oder Sitzungssaal eines Klosters

Bursfelder Kongregation – auch Bursfelder Union. Verein von 75 Benediktinerklöstern, gestiftet von Johann von Hagen (1439–69), Abt des Klosters Bursfelde, gemeinsam mit Johann Busch zur strengen Beobachtung der Benediktinerregel

Ablass – auch Indulgenz. Ein von der Kirche geregelter Gnadenakt, durch den nach kirchlicher Lehre (meist gegen Geldgaben) zeitliche Sündenstrafen erlassen werden

Mesusa – Behältnis für jüdischen Haussegen

Chorherr – Synonym für Kanoniker

Kanoniker – Mitglied eines Stifts- oder DomKapitels

Kapitel – Körperschaft der Geistlichen einer Dom- oder Stiftskirche oder eines Kirchenbezirks

Oblate – Kind, das ins Kloster eintritt

Protonotar – Träger eines hochrangigen päpstlichen Ehrentitels

Visitator – Beauftragter des Papstes, der mit umfassenden Befugnissen ausgestattet ist

Häresie – Aussage, die im Widerspruch zu kirchlich-religiösen Glaubenssätzen steht

Observanz – strikte Einhaltung religiöser Regeln

Vierherr – Mitglied des obersten Gremiums der Vierherren im Stadtrat

Biereige – Bierbrauer

Waid – Färberpflanze zur Gewinnung eines blauen Farbstoffes

Graden – Stufen

Schachtzabel – Schachspiel

Schlunze – Erfurter Starkbier

Plempe – Erfurter Bier mit geringem Alkoholgehalt

Historische Figuren

Nikolaus von Kues, Papstlegat

Papst Eugen

Kardinal Cesarini

Kardinal Tommaso Parentucelli (späterer Papst Nikolaus V.)

Erzbischof Bessarion

Erzbischof Georgius Gemistos

Kaiser Johannes VIII. Palaiologos

Patriarch Joseph II. von Konstantinopel

Hartung Cammermeister Prokurator

Abt Hartung Herling

Abt Christian Kleingarn von Bleicherode

Johannes Allenblumen, Patrizier von Erfurt

Gunther oder Günther von Nordhausen, Prior, später Abt vom Peterskloster

Martin von Nordhausen, Bruder von Gunther, Mitglied des Stadtrats, später Vierherr

Katarina Färber, Frau von Martin von Nordhausen

Hermann von Nordhausen, Bruder von Gunther, Mönch im Peterskloster

Patrizierfamilien in Erfurt: Rosenzweig, Lang, Ludolf, Nafzer

Werner Flodenburg aus Hagen, Mönch der Reformdelegation aus Bursfelde

Mainzer Erzbischof Dietrich von Ehrbach

Schwester von Hartung Herling, die tot aufgefunden wird

Bernhard Rechterfeld, Johannes Vacha – Bursfelder Reformmönche

Kantor Konrad von Kreuzburg

Abt Johannes Hagen

Graf von Gleichen und seine Frau Melechsala

Johannes Müller, Mönch im Peterskloster

Thomas von Bamberg, Mönch im Peterskloster

Weitere Mönche: Nikolaus von Eger, Christian von Eisenach, Georg Ziegler, Hermann Dorente, Hermann von Alfeld, Heinrich Holt

Otto Pfefferkorn, Visitator der Nonnenklöster

Tilmann Ziegler, Protonotar der Stadt Erfurt

Johann Capestrano, bekannter Bußprediger

© https://commons.wikimedia.org/wiki/File:Lesser_Ury_-_Am_Kurfürstendamm_(1910).pg

Armin Öhri
Das schwarze Herz
Historischer Roman
280 Seiten
12 x 20 cm, Paperback
ISBN 978-3-8392-2804-3
€ 14,00 [D] / € 14,40 [A]

Der alte Herzog von Gerolstein liegt tot in seinem
Herrenhaus. Bei ihren Ermittlungen stoßen Tatort-
zeichner Julius Bentheim und sein Freund Albrecht
Krosick auf ein Netz aus Intrigen, Mord und Gewalt.
Unversehens geraten sie in den Einflussbereich einer
Geheimloge und schon bald kommt es zu mysteriö-
sen Verwicklungen mit gefährlichen Doppelagenten
und zänkischen Frauenzimmern. Auch die Insassen
eines Irrenasyls sowie ein verschrobener Adliger, der
angeblich mit dem Teufel im Bunde steht, sorgen für
Gruselspannung in der Metropole an der Spree.

GMEINER SPANNUNG

WWW.GMEINER-VERLAG.DE
Wir machen's spannend

Erfurt